教育部人文社会科学研究青年基金项目"上海自由主义文学思潮研究（1927—1937）"（14YJC751014）

浙江省哲学社会科学规划课题"上海自由主义文学思潮论（1927—1937）"（14NDJC252YB）

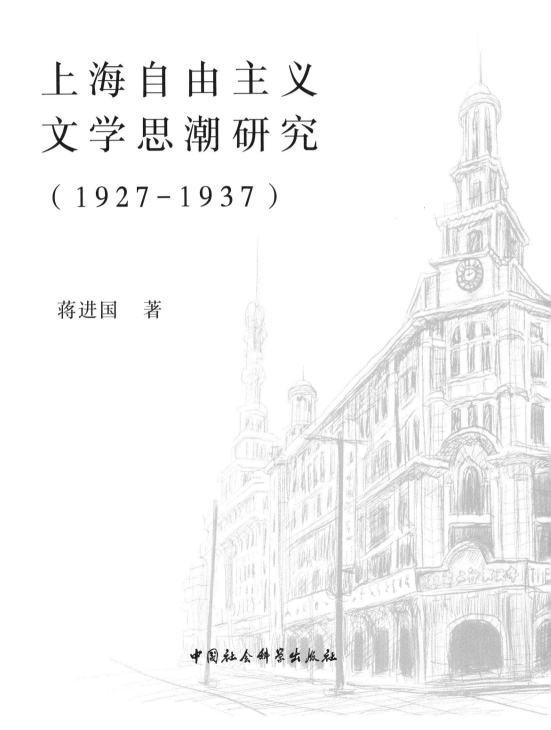

A Study of Liberalism in
Shanghai Literature: 1927–1937

上海自由主义
文学思潮研究
（1927-1937）

蒋进国　著

中国社会科学出版社

图书在版编目（CIP）数据

上海自由主义文学思潮研究：1927-1937 / 蒋进国著 . —北京：中国社会科学出版社，2024.4

ISBN 978-7-5227-3316-6

Ⅰ.①上… Ⅱ.①蒋… Ⅲ.①自由主义学派—文学研究—中国—1927-1937

Ⅳ.①I209.6

中国国家版本馆 CIP 数据核字（2024）第 057771 号

出 版 人	赵剑英
责任编辑	慈明亮
责任校对	周　昊
责任印制	戴　宽

出　　版	中国社会科学出版社
社　　址	北京鼓楼西大街甲 158 号
邮　　编	100720
网　　址	http：//www.csspw.cn
发 行 部	010-84083685
门 市 部	010-84029450
经　　销	新华书店及其他书店
印　　刷	北京君升印刷有限公司
装　　订	廊坊市广阳区广增装订厂
版　　次	2024 年 4 月第 1 版
印　　次	2024 年 4 月第 1 次印刷
开　　本	710×1000　1/16
印　　张	11.75
插　　页	2
字　　数	179 千字
定　　价	66.00 元

填补自由主义文学思潮研究的空白

——《上海自由主义文学思潮研究（1927—1937）》序

杨剑龙

迥异于近代以来在西方政治思想占据主流地位的情形，自由主义在中国政治思想中大多处于边缘处境，甚至处于被忽视被鄙视的境地，在中国 20 世纪文学发展与评价的历史中，尤为明显。我曾在 2008 年出版的《论语派的文化情致与小品文创作》一书中，将"论语派"视作自由主义作家群："论语派作家在东西方文化传统的濡染中，形成了他们自由主义知识分子独特的文化情致。他们执著于对个体独立与自由的坚守，执著于自由主义政治立场，反对与抗拒对于个体独立与自由的压制。"长期以来，在极"左"思潮和阶级论视域中，往往将自由主义作家归入资产阶级、小资产阶级作家，予以否定、批判、鄙视，甚至形成了谈"自由"而色变的畸形状态。现在我们回眸 20 世纪中国文学史，诸多自由主义作家及其创作，越来越得到重视与肯定：胡适、周作人、林语堂、朱光潜、梁实秋、沈从文、徐志摩、李长之、废名、师陀、萧乾、李健吾、林徽因、凌叔华、章克标、邵洵美、梁宗岱、穆旦等。自由主义作家的历史贡献应该得到深入的研究与充分的肯定：自由主义作家强调对于个体独立与自由的坚守，拓展了文学对人生与人性表达的广度与深度；自由主义作家强调文学独立性和审美性，建构起文学创作的多样化审美范式；自由主义作家抗拒对于个体独立与自由的压制，形成了现代知识分子思想自由个性独立的传统。虽然自由主义文学至今也未得到充分的研究与肯定，虽然自由主义文学思潮至今也未得到深入的梳理与探究，但是 20 世纪中国文学发展中的自由主义作家、自由主义文学思潮，理应得到更为深入的研究、充分的肯定、广泛的弘扬。

也许由于其硕士学位论文研究吴宓，也许受到我研究论语派的启发，进国在选择博士学位论题时，便拟定了以上海自由主义文学思潮为论题，力图梳理现代自由主义文学思潮在上海的兴盛与发展的过程。进国 2012 年学位论文答辩时，我的评语为："蒋进国的论文以 20 世纪 30 年代上海自由主义作家为研究对象，在梳理了自由主义思潮的发生发展后，分析自由主义思潮在上海的发展过程，探究书报审查制度、政治权力等对于上海自由主义思想的影响。论文分别研究了胡适、徐志摩、梁实秋、林语堂等创作的自由主义倾向，还对于上海自由主义文学思潮的意义和局限进行反思。该论文拓展与深化了对于自由主义文学的研究，具有独特的学术价值。论文视野开阔、资料详实、梳理比较清晰、书写规范、表达流畅，有作者自己的独到见解，呈现出作者较好的论文写作能力和逻辑思维能力。"进国以优异的成绩获得博士学位后，对论文不断修改不断完善，在该著即将出版之际，嘱我为其著作作序，义不容辞。从上海自由主义文学思潮研究角度看，该著具有填补学术研究空白的意义和价值，其成就与特点大概有如下几方面。

一，从上海文化场域梳理自由主义文学思潮。文化场域与文学发展具有极为重要的关联，该著在梳理了现代自由主义文学研究的历史脉络后，梳理了东西方自由主义理念的阐释与嬗变后，细致梳理 20 世纪 30 年代上海文化场域中，自由主义文学思潮的发生与发展进程，分析上海雄厚的现代工业基础、繁荣的金融体系、独立的法制环境、便捷的交通网络、发达的现代出版业以及完善的文化休闲空间等，为自由主义文学思潮在上海的发生和发展提供了历史机遇。进国认为："现代上海的经济基础、文化积淀、社会体制、公共文化空间和出版传播平台等众多优势，为自由主义思潮的生长提供了适宜的物质、文化和场域时空环境，为自由主义作家的生活和写作创造了适宜的文化空间，也为 20 年代末期中国文学中心的南移做好了接纳的准备。"这是切中肯綮的。

二，从社群日常生活分析自由主义作家聚散。在分析了中国现代文学中心的转移和知识分子的迁徙沪上后，在梳理30年代上海自由主义作家的殊途同归、萍踪偶聚的集聚后，该著从社群日常生活角度梳理分析上海自由主义作家的聚散，分析胡适作为畅销书魁首的经济收入，分析林语堂、梁实秋沪上的居住环境，梳理自由主义作家们的周六沙龙和平社餐会，分析自由主义文人的打麻将、吃花酒等娱乐休闲方式等，再梳理场域流变与上海自由主义作家的星散，分析上海文网中左右翼作家的合流。该著在翔实资料的梳理分析中，在独具慧眼的角度与探究中，梳理分析上海自由主义作家的生活生存与聚散状态。

三，从上海叙事视角研究自由主义文人创作。该著认为上海自由主义作家20世纪30年代的创作"有一条符合自由主义文学思潮主要特征的叙事脉络"。该著分析胡适的政论文章"鲜明地体现了自由主义知识分子的政治诉求"，呈现其政论文的平实性、时效性、逻辑性等；梳理徐志摩的创作"重点反思中国治乱循环的社会政治模式"，呈现出"'荒歉'时代的焦虑"；分析梁实秋的散文"显得儒雅君子、温柔敦厚、笔锋温婉，具有英美绅士公平、容忍的自由主义风度"，以理性的节制反映常态的人性；梳理林语堂的政治小品，"他用政治隐喻的方式，将沉重而尖锐的社会政治问题处理成文章的隐性背景，含沙射影地批判时局"；分析沈从文"试图创作一种能给读者带来超越现实生活的幽美悲悯的文学"，"以'乡下人'视角尖锐批判都市人性，虚构农村田园牧歌乌托邦"。该著对于自由主义文人创作的梳理分析，独辟蹊径，切中肯綮。

进国在该著的"余论"中指出："个性主义和自由主义信念在20世纪30年代前后的上海，在胡适、梁实秋、徐志摩和林语堂等人为代表的自由主义作家手中，被再次建构起来。"认为："30年代上海自由主义文学思潮不但没有背离五四新文化的传统，而且用文学话语坚守了新文化运动的核心理念之一：自由。"这就充分肯定了上海自由主义作家们的建树与功绩。

进国在上海师范大学攻读博士学位期间，呈现出十分刻苦勤奋的学习态度和认真严谨的研究精神，读博期间就在 CSSCI 核心刊物独立发表学术论文 5 篇，毕业后进国一直保持着这种态度和精神，该著的出版是进国的博士生学术研究的总结，期望进国有更多更好的研究成果问世。

杨剑龙

2024 年 2 月 19 日

于天悦新居

目　　录

绪论　中国现代文学不可承受之轻

关于文学之根，笔者认同下面一段温暖的表述：

> 文学从本质上说它不是思想，它是生命中无以言说的血泪和欢欣，文学的根本功能是让我们窥见在这个世界上别的人的内心和我们如此相通，使我们不再感到生命的寂寞，使人与人的联系变得更为紧密。从这个意义上说，情感永远是文学最有价值的一部分，也是人身上最具普世意义的一部分。①

思想趋于理性，抽象玄思而不及物。从文字流露的情感，到文本蕴含的思想，再到具有艺术共性的作家和作品组成的思潮，进而提炼出具有强大话语吸附能力的"主义"，我们似乎越来越远离文学最初始的表达。文学研究应该趋于温暖的感性，还是趋于深邃的理性？是带着十字街头和泥土草地"毛茸茸"的触觉贴地飞翔，还是用象牙塔的理性思辨穿透纸背？用一种"主义"统摄文学样态似有隔靴搔痒之感，用"自由主义"这个枝蔓丛生的政治学概念，去投射近一个世纪前的泛黄文学文本，合法性何在？

中国现代文学研究领域出现各种"主义"话语，并非研究者随意嫁接，而是中国现代文学生态的固有属性。学界对梁启超一百多年前首开"新民"之说津津乐道，感佩其高抬文学的社会地位，而梁启超附加在小说身上的诸多"恶名"却被忽视了。"欲新一国之民，不可不先新一国之小说。故欲新道德，必新小说；欲新宗教，必新小说；

---

① 艾伟、何言宏：《重新回到文学的根本》，《小说评论》2014 年第 1 期。

欲新政治，必新小说；欲新风俗，必新小说；欲新学艺，必新小说；乃至欲新人心，欲新人格，必新小说。"小说有"熏""浸""刺""提"四大功效，或"如近墨朱处而为其所染"，或"入而与之俱化"，或"能入于一刹那顷，忽起异感而不能自制"，或"自内而脱之使出"，故小说可爱。但梁话题一转，认为小说亦可畏，"中国人状元宰相之思想""佳人才子之思想""江湖盗贼之思想""妖巫狐鬼之思想"都来自小说，小说塑造社会秩序，也荼毒群众心智。国民相命、卜筮、祈禳之迷信，国民慕科第、趋爵禄、奴颜婢膝、寡廉鲜耻之官本位，国民轻弃信义、权谋诡诈、云翻雨覆、苛刻凉薄之无德无行，青年多感、多愁、多病之靡靡之态，皆因小说。更有甚，"举国皆荆棘"、哥老会、大刀会、义和拳蜂拥而起，亦"惟小说之故"。"小说之陷溺人群"，以至于泱泱中华沦落到丧权辱国、山河破碎之境，"吾国前途"岌岌可危。"今日欲改良群治，必自小说界革命始；欲新民，必自新小说始。"[①] 在这篇为新文学张目的檄文中，梁启超对小说的批判远大于肯定。在他眼中，小说罪大恶极，已成国家羸弱的渊薮。

梁启超一生致力于民族改造，倡导各领域"革命"，"偏至"到将国家命运寄托在小说身上，或属不得已而为之。他痛感华夏凋敝的现实，游历海外，遍寻衰败中国的疗救之策，奔走呼号，寻医问药，尝遍百草而不得解药，迫不得已抓住"小说"这根"稻草"。文学与民族盛衰，文学与国家兴亡，文学与政治进步，文学与社会群治，从未如此紧密地勾连在一起。中国现代民族国家与文学的捆绑进程正式开启了。西学东渐的潘多拉盒打开，各种眼花缭乱的"主义"鱼龙混杂。这些主义和思潮，只要与民族国家的建构进程相关，几乎都能在现代文学领域找到踪迹。

梁启超不仅有"小说新民"的理念变革，也有《新中国未来记》的"新民"创作。五四新文学"为人生"派作家与梁的"新民"思路一致，他们一边反对文以载道，一边载启蒙主义、改造国民性之新

"道"。起初，新文学家们潜心写实主义，注重文学的实用主义和改良社会功能。冰心坦承自己作小说的目的，"是要想感化社会，所以极力描写那些旧社会旧家庭的不良现状，好叫人看了有所警觉，方能想去改良"①。鲁迅创作小说的缘起，"没有要将小说抬进'文苑'里的意思，不过想利用他的力量，来改良社会"。"所以我的取材，多采自病态社会的不幸的人们中，意思是在揭出病苦，引起疗救的注意。"②

不仅新文学家如此，学衡派的吴宓也认为，小说不是生活的消遣，而是人生的表现。他赋予小说对个人、社会和世界的文明教化功能，包括涵养心性、培植道德、通晓人情、谙悉世事、表现国民性、增长爱国心、确定政策、转移风俗、造成大同之世界、促进真正之文明等。③ 吴宓从读者的接受层面出发进入小说文本，认为小说的目的不在于暴露黑暗，而在于塑造端正深厚的人生观。在吴宓的视野中，现代文学理应承担造就"大同世界"和"真正文明"的使命，这是文学的"不可承受之轻"。

历史似乎并未给现代文学独立生长的机会。自诞生伊始，五四新文学就不具备作为一种独立意识形态发展的可能性。五四新文学的核心价值是五四新文化运动赋予的，而五四新文化运动的重要意义又是五四运动赋予的。新文学以一种思想资源参与中国现代民族国家进程，作为现代化启蒙话语而长期存在。晚清以降，国家屈辱带来的悲凉和愤懑，压制了五四新文学负载的纯文学审美价值和多元化情感取向。当国破家亡的旧山河被逐渐整肃，文学或可从民族国家的漩涡中心回到本初的样态。大革命之后，在被称为现代文学黄金时代的20世纪30年代，革命和阶级话语方式蔚为大观。日寇全面侵华后，鲁迅指认的京派和海派之争，也淹没在民族救亡话语中。

百年现代文学，能和数千年历史积淀的古代文学"平起平坐"，并列二级学科，与政治话语的加持息息相关。现代文学具有强烈的意识形态属性，对五四运动以来中国的现代化进程具有持续的话语支撑

①　冰心：《我做小说，何曾悲观呢》，《晨报》1919年11月11日。
②　鲁迅：《鲁迅全集》（第4卷），人民文学出版社2005年版，第525、526页。
③　吴宓：《文学与人生》，王岷源译，清华大学出版社1993年版，第59—68页。

作用。民族国家现代化进程需要文学承担启蒙或救亡使命，主流意识形态需要文学行使动员和宣传功能，中国现代文学才拥有今天的历史地位。现代社会，知识谱系的合理化和专业化成为不可逆的世界潮流。文学不再仅仅是作家和文本，文学成为一门学科，一门具有独立话语特色的专业。在当代中国，文学不仅仅是一门艺术审美学科，更是一门主流意识形态学科。文学的学科教学不仅仅是审美教育，更是意识形态教育。很长一段时间以来，现代文学史的编写、传播及其教学，核心话语是左右争锋、国家盛衰或民族兴亡，其次才是情感审美、语言技法和叙事艺术等。现代文学是现代中国社会历史和思想文化发展脉络的图谱，非文学特质比古代文学繁复，学科属性也比古代文学复杂。

20世纪被学者称之为"非文学的世纪"，"政治文化思潮影响和制约着20世纪大多数年代文学的基本走向"。"文学革命伴随着思想、政治启蒙的新文化运动而发生，它与反帝反封建的政治思潮难以完全剥离。"受制于历史、经济、文化、战争等因素，20世纪文学在整体上未能"作为一个独立的领域得到自足性的发展"，"文学自身的本体性要求未能得到充分张扬，文学的审美特性未受到足够的重视"①。世界教育史上，直接影响和改变一个民族现代化进程的大学可能首推北京大学；而世界文学史上，被赋予挽救民族危亡使命的也可能首推中国现代文学。一百多年前的梁启超将文学捆绑在民族国家的战车上，历经20世纪90年代以来的商品化和新世纪以来的新媒体技术的极大冲击，"非文学世纪"的强大历史惯性依旧持续运行。

虽然文学的内部研究和外部研究之争至今仍在学界持续，不少学者对文学研究的"史学化""思想史化"深感忧虑，但事实上，现代文学同中国的历史、政治和文化紧密咬合，使得现代文学史与近现代思想史、中华民国史、中华人民共和国史、现代知识分子沉浮史等紧密勾连。许多从事现代文学研究的学者都有"大文化""大文学"情结，将文学史叙述为文化史、思想史、知识分子史的研究成果俯拾

---

① 朱晓进等：《非文学的世纪》，南京师范大学出版社2004年版，第3页。

皆是。

中国现代文学史是一种思想体系，是在文学教育体系下形成的历史观念、道德判断和意识形态集合。对于中国现当代文学史的评价从来就不仅是艺术史和学术史的评价，而是一种革命史和政治史的评价。作为当代中国教育体系中的一个学科概念，其本质也在这里。① "谈论作为知识生产的文学史，必须深入体会体制与权力的合谋、意识形态与技术能力的缝隙，还有学者立场与时代氛围之间错综复杂的关系。"② 研究者若要有所建树，既要面对长期以来政治话语建构的文学史体系，又要面对文学个体所接受的漫长的语文教育、文学教育和思想教育。或可以说，中国当代人文社会学科，要想在现有的学科累积基础上进行突破，关键因素不只是学科自身的学理逻辑，还要关注当代社会历史思潮和政治文化。

自由，是五四精神的"图腾"之一③，也是中国现代文学思潮的核心理念之一，更是社会主义核心价值观的重要内容之一。"每个人的自由发展是一切人的自由发展的条件"④，马克思和恩格斯的论断永不过时。作为政治学核心理念的"自由主义"，作为理念人重要一翼的"自由主义作家"或"自由主义知识分子"，作为现代文学史版块之一的"自由主义文学思潮"，就成题中应有之义了。有学者已经注意到在"左翼"文学研究中存在的"绝对主义思维方式和历史主义本质论"⑤ 以及文化研究领域"趋向无限扩张的单向性"⑥ 思维，这种思维在现代自由主义文学研究中尤为突出。

---

① 张福贵：《第三只慧眼看文学史》，《文艺争鸣》2016 年第 10 期。

② 陈平原：《作为学科的文学史·增订本序》，北京大学出版社 2011 年版，第 2 页。

③ 刘纳：《辨析五四的独立自由精神和陈寅恪的独立自由理念》，《首都师范大学学报》（社会科学版）2020 年第 3 期。

④ 中共中央马克思恩格斯列宁斯大林著作编译局编：《马克思恩格斯选集》（第 1 卷），人民出版社 1995 年版，第 294 页。

⑤ 张宁：《无数人们与无穷远方：鲁迅与左翼·前言》，复旦大学出版社 2006 年版，第 2 页。

⑥ 高小康：《斯宾格勒魔咒：中国都市发展与文化生态困境》，《探索与争鸣》2011 年第 6 期。

　　考察自由主义文学产生、发展的历程，不能忽视具体的时空维度和社会语境。20世纪30年代是中国现代文学的黄金时期，上海又成为这个时期的文学中心。上海文学的逐渐凸显与近代以来这座城市的现代化进程密不可分。[①]由于独特的地理优势以及租界的存在，上海具有当时中国最丰厚的经济实力、最迅捷的外来思想接受渠道、最开放的文化氛围、最宽松的政治环境、最发达的现代报业印刷机构、最庞大的市民文化消费群体和发达的大学教育网络。大革命前后，同北京和其他北方诸省相比，上海对作家和知识分子吸引力更强。这一点，可以从此时间段胡适、鲁迅、林语堂、梁实秋、徐志摩、沈从文和众多"左翼"作家的传记、日记和文学作品中找到佐证。1927年前后，上海几乎齐聚了当时中国最优秀的作家群体。虽然后来胡适返回北大，梁实秋北上青岛大学，徐志摩遇难，《新月》停刊，但此后林语堂却在上海创造了"文坛暴发户"的十年辉煌。抗日战争全面爆发之后，这一思潮发生时空转移，像上海时期如此规模的自由主义作家群体再也没有出现过。鉴于此，本书采用空间定位（上海）和时间断代（1927—1937）的方式切入自由主义文学思潮，用历史（现代史）、文化（上海文化）和文学（自由主义文学思潮）相结合的多维视角，尝试为现代上海文学研究探寻一个新的向度。

　　[①]　学界关于20世纪二三十年代的上海社会文化语境研究收获颇丰。例如王晓渔《知识分子的"内战"：现代上海的文化场域（1927—1930）》，上海人民出版社2007年版；忻平《从上海发现历史——现代化进程中的上海人及其社会生活（1927—1937）》，上海人民出版社1996年版；许纪霖《近代中国知识分子的公共交往（1895—1949）》，上海人民出版社2008年版；张晓春《文化适应与中心转移：近现代上海空间变迁的都市人类学研究》，东南大学出版社2006年版；章清《"胡适派学人群"与现代中国自由主义》，上海古籍出版社2004年版；章清《大上海亭子间：一群文化人和他们的事业》，上海人民出版社1991年版；周晔《伯父的最后岁月：鲁迅在上海（1927—1936）》，福建教育出版社2001年版；叶中强《上海社会与文人生活（1843—1945）》，上海辞书出版社2010年版等。

第一章 酒神魔咒与现代自由主义文学的沉浮

作为现当代文学研究的热点论题之一，自由主义文学研究业已取得的成果有目共睹，但在理论体系与文学史建构两个重要方面尚未取得突破性进展。首先，自由主义文学研究理论体系的风险来自"自由主义"概念本身。由于"自由主义"外延复杂而含混，加之其"非文学性"所指，使"自由主义文学"概念无法有效包容研究目标，无力阐释诸如鲁迅这样具有丰富"自由"因子的对象，① 削弱了研究合法性。这种过分倚重"自由主义"的理论惰性，使研究者无法找到穿透此种文学样态的有效解读范式，而身陷"主义"泥沼，从而将研究对象本质化，遮蔽自由主义文学的丰富性。其次，自由主义文学的文学史建构孱弱。20 世纪 80 年代以前，自由主义作家往往处于被批判和遮蔽状态；改革开放后，该领域逐步摆脱文学工具论束缚，开始缓慢复苏；90 年代以来，诸多因素推动自由主义文学研究升温，出现该领域作家、作品、流派和思潮的发掘热潮，继而步入扩大化阶段，导致自由主义文学范畴因"泛化"而丧失其固有归约性。

一 遮蔽：历史深处的酒神魔咒

近现代中国，每个社会思潮的转型期都能捕捉到自由主义身影，每个社会格局的转捩点都能听见自由主义知识分子的声音；而现代文学史架构，也离不开自由主义作家、社团、流派和思潮的支撑。将中

---

① 郜元宝：《再谈鲁迅与中国现代自由主义》，《鲁迅研究月刊》2000 年第 11 期。

国现代史和现代自由主义文学思潮比照后发现，自由主义的命运就是自由主义文学的晴雨表，现代自由主义文学的文学史定位，随社会思潮变迁而不断起伏。自由，作为一种"主义"，是随欧风美雨输入近代中国的舶来品。辛亥鼎革之后，国家机器的集权惯性依然强大，由此注定自由主义政治道路磕磕绊绊；但作为一种价值理念，其影响却一直绵延不绝。自由主义，在五四时期参与发起了狂飙突进的社会变革，在 20 世纪 20 年代末的上海点燃了人权论战的导火索，在 30 年代初的北平酝酿了独立评论派"民主与独裁"论争。20 年代末到抗日战争初期，胡适等自由主义知识分子尝试组建"新月社""平社"等社团，出版《新月》《独立评论》等政论刊物，在国民党当局舆论高压和"左翼"声讨中，虽苦苦支撑，最后均星散瓦解。20 年代以来，国民党当局一直采用密令查封、公开焚毁等手段，控制自由主义的传播，用恐吓抓捕、绥靖收买等方式瓦解自由主义知识分子群体。40 年代，国民党开始全面围堵自由主义。1943 年 3 月，蒋介石在《中国之命运》一书中说：五四以后，国内盛行"个人本位的自由主义与阶级斗争的共产主义"，这些思想"在客观上是与我民族的心理和性情，根本不能相应的"，"不仅不切于中国的国计民生，违反了中国固有的文化精神，而且根本上忘了他是一个中国人，失去了要为中国而学亦要为中国而用的立场"，自由主义和共产主义"真是文化侵略最大的危机，和民族精神最大的隐患"[1]。在国民党当局眼中，共产党和自由主义者等量齐观，被同样视为铲除对象。1949 年 8 月，国民党政权崩溃在即，美国国务院发表《美国与中国的关系》白皮书，将那些对国民党彻底绝望、对共产党政权持怀疑观望态度、仍然认同欧美价值观的中间人士称为"民主个人主义者"。同时，白皮书将中国未来寄托在他们身上，但在历史回溯中，又把中国革命的失败，归因其孤立和弱小。白皮书发表后，毛泽东在《丢掉幻想，准备战斗》《别了，司徒雷登》《为什么要讨论白皮书》等文中，对"近视的思想糊涂的自由主义或民主个人主义的中国人"喊话说：美国人的钱，

---

[1]　蒋介石：《中国之命运》（增订本），正中书局 1946 年版，第 71—73 页。

"不愿意送给一般的书生气十足的不识抬举的自由主义者"，自由主义知识分子应改变看问题的错误方式，从艾奇逊的信和白皮书中认清美国政策的实质，迅速结束观望。根据当时的政治形势，毛泽东将"自由主义者"做了进一步界定和划分，认为美国控制了一批"区别于旧式文人或士大夫的新式的大小知识分子"，"到了后来，只能控制其中的极少数人，例如胡适、傅斯年、钱穆之类"①。中国现代自由主义者处于孤立无援的境地。

中华人民共和国成立前，虽然朱自清、朱光潜等的论著中对自由主义文学有所提及，但未见专题研究。1932 年，钱基博在《现代中国文学史》中认为，新文学领域里，"胡适之创白话文也"，"志摩为诗则喜堆砌，讲节奏，尤崇震动，多用叠句排句"②，钱基博比较认同陈衍、康有为、梁启超等人的文学风格，对白话新文学抱有一定的成见，对胡适、徐志摩等人的文学主张和文学创作评价偏低。1939 年，李何林的《近二十年中国文艺思潮论》将新月派"欧化绅士文人"看作是革命文学和无产阶级文学的真正敌人，认为"梁实秋这种'人性''天才'的文学论，确是典型的资产阶级的学说"③。不过，在《重版说明》中，著者坦言任何文学史都有"倾向性"，该著倾向性就是鲁迅和瞿秋白这两位"现代中国两大文艺思想家"。

中华人民共和国成立后，自由主义文学思潮在以阶级斗争为主线的文学史叙事中，受到持续批评。1953 年出版的《中国新文学史稿》是王瑶在"无规矩可循"的前提下，对 1951 年的清华大学授课讲稿的修改版本。王瑶在该著中判定，"从五四以来，新文学就是革命文学的传统；或者说是新民主主义革命的文学，或革命的现实主义文学的传统。因为从开始起，那基本思想就是反帝反封建的民主主义的革命思想"④。该著总体上从毛泽东和鲁迅的视角出发，臧否作家作品，被鲁迅抨击为"正人君子""资本家的乏走狗""脖子上还挂着一个

① 毛泽东：《毛泽东选集》（第 4 卷），人民出版社 1991 年版，第 1459、1485 页。
② 钱基博：《现代中国文学史》，上海书店出版社 2004 年版，第 402 页。
③ 李何林：《近二十年中国文艺思潮论》，陕西人民出版社 1981 年版，第 239 页。
④ 王瑶：《中国新文学史稿》（上册），新文艺出版社 1953 年版，第 56—57 页。

小铃铎"的胡适、梁实秋、徐志摩等人，成为革命文学的死敌。王瑶认为梁实秋等人"文学就不是大多数的""伟大的文学乃是基于固定的普遍的人性""人性是测量文学的唯一标准""绝无阶级的分别"等主张，"是典型的买办资产阶级的论调"，"新月社这种议论的出现，使主张革命文学的人知道了真正的论敌是什么样的人，也是促成左联成立的原因之一"①。

刘绶松《中国新文学史初稿》（1956）主要论述"革命文学的战斗业绩和成长过程""文艺思想与理论斗争"以及"文学事业上所反映的阶级斗争的发展"②。该著把"自由主义"视为买办资产阶级的标签，将自由主义文学思潮视为20世纪30年代与无产阶级文学阵营针锋相对的势力，"文学领域内的思想和理论的斗争，从来就是社会生活中阶级斗争的反映，是阶级斗争的一种表现形式；而文学上新的、进步的思想和理论，则从来就是在与各种落后的、腐朽的、反动的文艺思想和流派的激烈斗争中建立和发展起来的"。"当革命文学阵营内部正在开展着关于革命文学的论争的时候，'新月派'的人们就想以反动的理论来证明文学艺术在社会生活中没有任何实践的意义，反对我们无产阶级革命文学运动，想使文学艺术永久成为少数人消闲的工具，从而巩固他们的主子的血腥野蛮的统治"。"新月社是一个代表中国买办资产阶级的思想和利益的反动文学团体"，"他们对于革命文学运动是采取了势不两立的态度的，"新月社的论调荒谬反动，"他们更露骨地表示了对于革命文学的敌视和反对的态度"。最后在鲁迅等革命文学阵营的猛烈回击下，新月派在文化领域内的猖狂进攻被打败，阴险无耻的用心被揭穿，"革命文学的胜利前途和中国人民的革命利益"得到了保卫。③

50年代文学史对自由主义文学的批判，使人联想到希腊神话传说里的"酒神魔咒"。弗里吉亚国有一位富有但贪财的国王弥达斯。一次，酒神狄俄尼索斯的老师西勒诺斯醉酒，迷失在葡萄园。弥达斯盛情款待西勒诺斯十天十夜，并将他交还给酒神。作为回报，酒神答应

①　王瑶：《中国新文学史稿》（上册），第159页。

②　刘绶松：《中国新文学史初稿》（上册）（扉页内容说明），作家出版社1956年版。

③　刘绶松：《中国新文学史初稿》（上册），第239—245页。

满足国王的一个愿望：凡弥达斯手所及皆成金！酒神魔咒应验了，石头、树木和宫殿等都变的金光闪闪。欣喜若狂的弥达斯不久就陷入崩溃，因为手里的面包、蜂蜜、美酒都变成了坚硬的金子。① 经过长时间的意识形态规训，自由主义业已成为本质化的存在，凡置于自由主义名目之下的事物，或都难逃酒神魔咒。

二　复苏：80 年代的缓慢重启

现代自由主义文学思潮，被视为与新民主主义革命文化背道而驰，和鲁迅先生长期对垒，一直难以摆脱其消极定位。就此领域单篇期刊论文而言，CNKI 数据库显示，李旦初《"左联"时期同"自由人"与"第三种人"论争的性质质疑》和苏光文《论中国现代自由主义文艺思想派别及其消长》两文，是学界在 1980—1990 年的绝唱。前者将"自由人""第三种人"和左翼论争的性质，重估为文艺界的思想斗争和学术论争，意在批判"政治留声机"论，根治文艺界的"左倾"痼疾。② 后者认为诸如"现代评论"派等都是资产阶级的自由主义文艺思想派别。③

改革开放前后，革命工具论主导的文学史亦不鲜见。1979 年版《中国新文学史初稿》认为："自由主义文学思潮及其影响下的创作不过是为反动统治者服务"④。唐弢等主编《中国现代文学史》认定自由主义文学"立意充当国民党反动派清客和帮凶"⑤。伴随着改革开放以后外来思潮的陆续涌入，20 世纪 80 年代中期文学史的叙述方式开始发生转型。唐弢的《中国现代文学史简编》中，对自由主义作家

---

① ［德］古斯塔夫·施瓦布：《古希腊罗马神话》（上），王莹译，吉林出版集团有限公司 2009 年版，第 65 页。

② 李旦初：《"左联"时期同"自由人"与"第三种人"论争的性质质疑》，《中国现代文学研究丛刊》1981 年第 1 期。

③ 苏光文：《论中国现代自由主义文艺思想派别及其消长》，《西南师范学院学报》1982 年第 4 期。

④ 刘绶松：《中国新文学史初稿》（上卷），人民文学出版社 1979 年版，第 227 页。

⑤ 唐弢主编：《中国现代文学史》（二），人民文学出版社 1979 年版，第 26 页。

的敌对意识减弱，开始对这一类作品进行梳理。[①] 钱理群等学者编写《中国现代文学三十年》，在回溯第一个十年新文学社团的蜂起时，用大量篇幅展开"文学研究会""创造社""语丝社""湖畔诗社"，对"新月社"着墨不及"浅草社"多，认为"新月派"和"左翼"在上海的论争，是"一场双方都自觉意识到的、争夺文艺阵地与领导权的生死斗争"，最后"新月派在鲁迅等反击下立刻显出原形，失去了影响力"。第二个十年，因为政治斗争引发的阵营对抗，导致自由主义和马克思主义两大文学思潮的冲突比第一个十年更加尖锐和激烈，现代文学"形成了马克思主义和自由主义两大文艺思潮相对立的局面"[②]。这本文学史中的阶级斗争和二元对立思维痕迹还比较明显。

改革开放之初，大批被错划的"右派"分子得到平反，"四人帮"的阴谋文艺路线受到批判，学术界对人性和人道主义展开讨论，"文艺是阶级斗争的工具"论受到质疑，文艺与政治的关系等得以松动，文学创作在伤痕文学、反思文学、改革文学的更替中，向现实主义回归。80年代中期改革开放深化，学术界大量引进西方文化和哲学思潮，西方现代主义以降各流派的作家、作品、文学理论和批评方法蜂拥而入。被称为"方法年"和"观念年"的1985年，屡屡被学界回望。时至今日，许多人文研究者都非常怀念这一突然打开窗户呼吸新鲜空气的美妙时光，"重返八十年代"的呼吁不绝于耳。1985年，黄子平、陈平原和钱理群提出"二十世纪文学"概念，倡导文学史应以文学而非政治为标准。1988年，陈思和、王晓明开辟"重写文学史"专栏，力图"冲击那些似乎已成定论的文学史结论，并且在这个过程中，激起人们重新思考昨天的兴趣和热情"[③]。80年代末，中国文化推崇经典，关注精致，表现出精英气质，与徐志摩、梁实秋、林语堂等人的文化品位，找到某种契合点。由于现代自由主义文学思潮绵延

---

① 唐弢主编：《中国现代文学史简编》，人民文学出版社1984年版，第20—35页。

② 钱理群、吴福辉、温儒敏、王超冰：《中国现代文学三十年》，上海文艺出版社1987年版，第221、222、227页。

③ 陈思和等：《论文摘编·重写文学史》，《中国现代文学研究丛刊》1989年第1期。

不绝，涉及众多作家、作品、社团和流派，现代文学研究想绕道而行几乎不可能，所以在 80 年代中国现代文学研究中，自由主义文学一直呈隐性话语状态。

80 年代后期，虽尚未出现自由主义文学研究专著，但出现了大批关于自由主义文学个体或群体研究成果。诸如易竹贤、耿云志先生的胡适研究，钱理群先生的周作人研究，陆耀东先生的徐志摩研究，以及吸引了众多中青年学者注意力的沈从文、林语堂以及现代评论派、新月派、京派、海派的研究等。此外，钱理群在《试论五四时期"人的觉醒"》中，援引胡适、周作人、鲁迅张扬的"人"的理念，阐述五四时期未能得到充分展开，而"在中国现代思想、文化、文学史上始终不占主导地位，却又从未断绝过的自由主义、个性主义的思潮"[1] 的价值。汪晖在《预言与危机》里，认为五四时期个人主义没有自然地和自由主义文化和经济关系相联系，而是在感情和伦理领域获得了发展。[2] 自由主义文学研究 80 年代的复苏，为 90 年代该领域的"圈地运动"张目。

三 泛化："圈地运动"之累

20 世纪 90 年代，"摸着石头过河"的市场经济提出法治、责任、理性、公正等诸多诉求。自由主义思想史研究和知识分子研究开始起步，自由主义文学研究呈大范围扩张之势。中国经济社会的转型促使思想界和文化界的自由主义研究一片火热，现代、后现代思潮促进了社会价值观多元发展，社会政治和民族国家等宏大叙事占据主流的同时，日常生活和个体自我的微观叙事也在生长。"在道德准则上，一批人实际上已经历了由传统集体主义向个人主义、后个人主义的转化"[3]。一些知识分子从精英启蒙姿态走向民间和大众文化领域。个人

---

① 钱理群：《试论五四时期"人的觉醒"》，《文学评论》1989 年第 3 期。

② 汪晖：《预言与危机——中国现代历史中的"五四"启蒙运动》，《文学评论》1989 年第 3 期。

③ 金元浦、陶东风：《阐释中国的焦虑》，中国国际广播出版社 1999 年版，第 17 页。

主义拆解集体主义，个性躲避崇高，自由主义文化观念开始萌芽。新时期以来，现代文学研究渐趋拥挤，各种研究方法和批评理论难成卖点，研究者尝试转换视角，期待从自由主义切入有所收获。此时，海外学界研究成果的译介也促使自由主义文学思潮浮出历史地表。夏志清《中国现代小说史》等海外研究成果在国内引起关注，他们对自由主义作家的推重，引发了现代自由主义文学的发掘热潮，徐志摩、梁实秋、林语堂的作品逐渐升温，胡适也逐渐被"平反"。

　　1998 年，随着研究视域的转换和文学本体观回归，新修订的《现代文学三十年》吸收了 80 年代中期以来的研究成果，删去王瑶先生的长篇绪论，"不对三十年现代文学发展的特点与经验教训做历史总结""在各章标题上删去了概括性、判断性的内容"，展现出包容、开放和多元的文学史观。这一版文学史堪称国内大学文学教育系统影响最大的现代文学教材，至今已经印刷近 60 次。温儒敏先生在第一章"文学思潮与运动"中，对自由主义文学思潮部分进行了改写和重写，新增"胡适、周作人与新文学初期理论建设"一节，并在新文学社团的回溯中，将新月社前移到文学研究会和创造社之后，认为"他们致力于新诗艺术形式的探索，促使新诗艺术上走向成熟"。在阐释两大文艺思潮时，放弃"斗争"，使用"对立"，认为："从文学思潮的流脉看，梁实秋的这种批评和判断还是有眼光的，后来左翼文学也反省过'革命的罗曼蒂克'倾向。"在认定马克思主义文艺思潮是 30 年代文学主潮的同时，肯定了自由主义文学思潮的意义，"自由主义文艺思潮在理论和创作实践上也有不可忽视的实绩，并在文学史发展的大背景下对主流派文学起到了某种制约与补充的作用"①。这种文学史叙事方式客观肯定了自由主义作家的文学创作，摒弃了阶级对立思维，对自由主义文学观以及其现代文学史地位和贡献给予了客观评价。

　　时至今日，主流文学史依然认定 20 世纪 30 年代的文学思潮是马克思主义和自由主义双峰并峙。相比而言，自由主义文学思潮的研究无论从体量还是质量上都无法和马克思主义文学思潮相比。在意识形

---

① 钱理群、温儒敏、吴福辉：《中国现代文学三十年》（修订本），北京大学出版社 1998 年版，第 18、175、177、562 页。

态支撑力度、文本传播数量和读者接受面上，"文学研究会""左翼"作家以及中华人民共和国成立后的诸多主流文学样态，都让自由主义文学无法望其项背，但历经时代淘洗，自由主义文学展现的生命力亦备受关注。这不仅与当代社会语境密不可分，同时也与现代自由主义文学所具备的诸多内在品质紧密相关。90 年代中期以后，沈卫威、倪邦文、解志熙、支克坚、马俊山等在论著中探讨了自由主义作家、知识分子以及文学思潮的特征和价值。新世纪前后，学界出版了一些自由主义文学研究专著，刘川鄂的《中国自由主义文学论稿》在 2000 年付梓，① 胡梅仙的《中国现代自由主义文学话语之建构》也于 2009 年面世，② 胡明贵和王俊分别于 2013 年和 2019 年出版了《自由主义与新文学现代性品格》和《四十年代自由主义文学研究》。③

　　随着自由主义文学研究的深入，越来越多的作家、社团和流派，越来越长的时间跨度被纳入进来。"'自由主义文学'的文学史地位越来越重要，而且这个概念所涵盖的范围也不断膨胀。"④ 除了新月社，自由主义社团流派还包括京派、海派、现代派、新感觉派、第三种人、现代诗派、论语派等；除了胡适、徐志摩、梁实秋、周作人、林语堂、沈从文等核心骨干，被纳入自由主义作家范畴的还包括废名、师陀、朱光潜、萧乾、李健吾、林徽因、凌叔华、梁宗岱、李长之、穆旦、袁可嘉、汪曾祺等。现有的专著以及单篇论文显示，自由主义文学版图涵盖所有 20 世纪 20 年代以后非左翼文学流派。上至老庄、屈原、陶渊明，下至严复、王国维、梁启超、陈独秀、李大钊、陈寅恪等知识分子，以及马原、洪峰、格非、刘索拉、王小波、王朔等先锋和通俗作家，都可以使用自由主义标签。后来，鲁迅也被戴上"自

---

① 刘川鄂：《中国自由主义文学论稿》，武汉出版社 2000 年版。

② 胡梅仙：《中国现代自由主义文学话语之建构（1898—1937）》，中国社会科学出版社 2009 年版。

③ 胡明贵：《自由主义与新文学现代性品格》，人民出版社 2013 年版；王俊：《四十年代自由主义文学研究》，中国社会科学出版社 2019 年版。

④ 洪子诚：《问题与方法：中国当代文学史研究讲稿》，北京大学出版社 2010 年版，第 168 页。

由主义的帽子"，并由此引发激烈论争。① 虽然在现代知识分子群体中，鲁迅的人格独立和精神独立堪称独步，但就自由主义"容忍和包容""渐进改良""反对暴力"等方面的核心要义而言，鲁迅与胡适、徐志摩、梁实秋、林语堂、周作人等存在本质的不同。如果鲁迅被认定为自由主义者，那么胡适等人的自由主义身份就无法判定，自由主义概念也就被彻底消解了。用"自由"界定鲁迅是完全可行的，用超越"自由主义"的视角阐释鲁迅也是合理的，将鲁迅视为自由主义者的比照对象也是有意义的，但用"自由主义"来定位鲁迅需要谨慎。

　　研究者试图扩展自由主义文学领地，夯实研究基础和合法性，最后却南辕北辙。一时间，"自由主义"如同"现代性"一样，成为无所不能的"万金油"。如果因为在某一时间段契合了自由主义精神，而将这些时代、思想、风格迥异的作家、知识分子和流派，统统纳入自由主义文学范畴的话，概念的边界就被消解了。对此，温儒敏等学者指出，这种定义与其说是"自由主义作家"，不如说是"自由作家"。因为自由主义本身就是一种政治诉求，原来公认的自由主义文艺，像"现代评论派""新月派"，20 世纪 40 年代的自由主义文艺都有强烈的政治追求和政治背景。以是否倡导文学独立来界定自由主义文学，恐怕没有顾及到自由主义自身的脉络，而将它等同于一般人对"自由"的理解，即"不受拘束"②。此论触及自由主义文学研究的要害，可谓切中肯綮。

　　此外，自由主义文学的概念发生衍变，派生出诸如"文化自由主义""趣味自由主义""自由主义原则下的消极化个人主义姿态"等各种名目。有学者将梁实秋、林语堂、朱光潜等人置于"所谓自由主

---

① 相关文章参见王彬彬《鲁迅的脑袋和自由主义的帽子》，《鲁迅研究月刊》2000 年第 11 期；郜元宝《再谈鲁迅与中国现代自由主义》，《鲁迅研究月刊》2000 年第 11 期。有关中国现代自由主义知识分子问题的争论，参考李世涛主编《自由主义之争与中国思想界的分化》，时代文艺出版社 2000 年版。

② 温儒敏、李宪瑜、贺桂梅、姜涛等：《中国现当代文学学科概要》，北京大学出版社 2005 年版，第 232 页。

义者的人文主义文学派别"① 之下。自由主义文学研究中的泛化问题，已经引起学界注意，有学者称之为"泛自由主义"倾向："研究者们的研究倾向中普遍有一种拔高自由主义文学的倾向，急于提出并证明自由主义文学这种新的文学构成；并极力向前追溯，在传统文学资源中寻找与自由主义文学相对应的因子"②。但是，不管涉及鲁迅还是其他影响力较小的作家，用嫁接和衍生概念这种"打擦边球"做法，其潜在的风险不言而喻。最终，我们必须面对一个疑问：这个作家究竟是不是自由主义作家？

由此出现一个悖论：一方面是英美自由主义内涵与中国现代知识分子文化特征之间难以吻合；另一方面是自由主义文学的外延无限扩张。前者并不是自由主义文学研究所独有。历史学"西方中心主义"、文艺学"西方文艺中心论"和"失语症"，都已显示出中国本土语境和西方理论之间难以弥合的差异。有人认为自由主义文学体量巨大、浩瀚无边，也有人认为这一概念可有可无、虚无缥缈。用西方自由主义的表现和特征，衡量中国现代知识分子，就会得出类似"主义之不存，遑论乎传统"③ 的结论。后者稍显复杂。自由主义概念本身隐藏着本质化倾向，"自由"一旦冠名"主义"，就成为形而上的价值判断。虽然国内外学界对自由主义的定义五花八门，但其基本要素不容否定，用自由主义概念去阐释作家作品，应十分慎重。稍不留心，酒神魔咒就会固化研究对象。这不能不说是自由主义文学研究的隐忧。

四　还原：自由主义文学史建构

现代自由主义文学研究的脉络，揭示出该领域研究一直潜藏着的理论本质化和文学史泛化之隐忧。历经改革开放前漫长的遮蔽时段，

---

① 高占伟主编：《中国现代文学三十年》，广西师范大学出版社 2010 年版，第135 页。

② 张体坤：《中国自由主义文学的话语建构与理论阐释》，《北京科技大学学报》（社会科学版）2010 年第 2 期。

③ 雷池月：《主义之不存，遑论乎传统》，《书屋》1999 年第 8 期。

自由主义文学研究在 80 年代走向复苏，而 90 年代以后的"圈地运动"解构了其研究合法性。研究者需破除酒神魔咒，实施历史还原，通过作家个体、时代语境、地区场域和现当代文学通史若干层次的交叉融合，建构自由主义文学史研究的新范式。

　　鉴于自由主义文学葆有的持久魅力与目前专题研究成果相对匮乏形成的反差，以及自由主义文学史的阙如，当今学界理应怀有更高远的学术目标。转换原有研究路径，尝试自由主义文学史建构，将会催生更多研究成果。与纵横捭阖的近现代史相比，与左翼文学、革命文学、解放区文学等显性文学样态相比，自由主义文学此消彼长和艰难抗争的历史纵然如此丰富，却因长期淹没在主流意识形态之中，似草蛇灰线，时暗时明。为此，学界要从"破"和"立"两方面着手：一面破除酒神魔咒，更新逻辑观念，奠定研究转向的基础和前提，一面建构自由主义文学史话语体系，还原多元历史。

　　首先，破除酒神魔咒。特别要做到以下两点。

　　第一，对"主义"陷阱保持清醒的认知。王富仁先生曾经指出："科学研究的一个最起码的要求是：要从特定对象的研究中得到特定对象的更全面、更细致、更深入的认识，而不能从此一对象的感受和认识中获得的印象简单地位移到表面相同或相近的对象之上去。"[①] 的确，研究者不能用一种先入为主的本质化概念，去指涉研究对象，否则，弥达斯之手所触之处，皆成坚硬的存在。1928 年 11 月，胡适致信胡朴安："我不承认'中国学术与民族主义有密切的关系'。若以民族主义或任何主义来研究学术，则必有夸大或忌讳的弊病。"[②] 对于当前学界冠名各种"主义"的研究而言，胡适所言发人警醒。在某种程度上，自由主义文学研究的泛化和本质化倾向，也难逃"夸大或忌讳"之窠臼。

　　第二，探讨破除酒神魔咒的路径。弥达斯神话的结尾，沮丧万分

---

　　① 王富仁：《林纾现象与"文化保守主义"》，《中国现代文学研究丛刊》2007 年第 3 期。

　　② 胡适：《答胡朴安》，《胡适全集》（第 23 卷），季羡林主编，安徽教育出版社 2003 年版，第 518 页。

的国王将头伸进珀克托洛斯河源头中，冰冷的泉水很快洗刷了魔咒，点金术消失了。当前，现代自由主义文学研究面临的问题，不在于如何解读这些作家和作品，而是反思弥达斯逻辑，避免概念对文学性的规约和吸附，停止"圈地运动"，进行历史还原。从特定对象出发，从对象个体所在的社会、历史、文化语境出发，厘清现代知识分子之间的复杂关联，从个体的小历史观照大历史。

其次，建构自由主义文学史研究范式。借鉴"文学世家的历史还原"模式，① 通过作家个体、时代语境、地区场域和现当代文学通史若干层次的交叉融合，完成自由主义文学史的历史还原。历史还原也是一种逻辑建构，任何还原历史的努力，都无法真正复原历史原生态，只能无限接近历史，在竭力激活和还原历史记忆的过程中，通过史料辨析和发掘，重新绘制接近于历史原生态的文学地图。

为此，可以从以下四个方面进行深入探讨：

第一，从数量上由点及面，统筹个体和整体的关系。自由主义作家个体是构成整个文学思潮的细胞，个案研究是自由主义文学研究的起点和基础。这种个案研究不是传统的作家论，而是在现代自由主义文学脉络里，筛查和萃取研究个体的独特性，展开自由主义作家个体内心世界的丰富性。通过梳理和还原单个作家的创作过程和文学观念，考察其自由主义形态属性，既避免自由主义作家和其他作家千人一面，又防止从自由主义概念出发固化研究对象。

第二，在时间维度上，将文学史"小时间"放置在历史"大时间"框架下考察。将现代自由主义文学思潮和近现代以来的历史脉络紧密相连，把文学史、思想史、政治史等融合起来，努力还原特定时代的政治局势和历史思潮，在大历史中考察个体生命存在，探究自由主义作家文化选择和政治倾向的历史合理性。我们首先要做的不是扩大自由主义文学的疆域，丰富自由主义作家的名单，而是进入一个有代表性的历史时段和社会文化场域，然后将这一时段的个体状态与其他时期进行比照，考察出特定时代的独特因子。最后

----

① 梅新林：《文学世家的历史还原》，《中国社会科学》2011 年第 1 期。

将特定时间段的自由主义文学脉络串接起来，就能把"编年史"缝合为"断代史"。

第三，在空间维度上，将文学样态和具体地域空间结合在一起。吴晓东先生敏锐地指出："20世纪中国文学研究尚远远没有穷尽中国人的生存境遇、经验世界以及文学景观的复杂性。"但实际上，总有一些难以整合的经验碎片，一些彼此冲突矛盾的现象存在于文学史中，而恰恰是这碎片化的、冲突的、悖论式的图景才是文学史的原初景观。他主张文学史研究应该回到文学的原初景观中去，直面文学史的复杂的经验世界，直面原初的生存境遇。"一旦重新面对原初的文学史语境，以现代性理念为支撑的一元化图景就被打破了。异质性和差异性上升到文学史的前景中来。"① 发掘空间和地域文化因素在自由主义文学思潮中的意义，将文学史和地域文化史、都市文化史联系起来，选择自由主义作家社群聚集相对集中的城市，对其城市空间和城市文化进行考察，通过查阅传记、日记、书信等，还原自由主义作家个体在某一时段的收入状况、居住条件、社会交往等具体场域，阐释其文本创作和思想流变的内在原因。将自由主义文学思潮分解为一个多层次的历史空间，不再视为铁板一块的整体加以肯定或者否定，而是视为一个由多种要素和多种形态组合而成的复合体。将上海、北京等特定地域内的文学场域梳理清晰之后，就能拼贴成完整的自由主义文学地图。

第四，打通文学专门史和文学通史框架。自由主义文学思潮的独特性，只有在现当代文学通史和其他专项文学史的比照中，才能凸显出来。只有将自由主义文学的文学特性，置于断代文学史、地域文学史、文学论争史、文学批评史等框架体系中，才能真正破解自由主义文学的魅力符码，彰显其文学史意义。

由是观之，这种研究包含众多人文社科领域，对研究者知识谱系构成巨大挑战。有效阐释涉及政治、经济、文化等众多范畴的"自由主义"概念，是将自由主义文学史建构成丰富多元有机体的前提。通

---

① 吴晓东：《记忆的神话》，新世界出版社2001年版，第91、92页。

过个案、时代、地域和文学史的多层次咬合，自由主义文学的建构将实现在数量上从个体到整体、在思考维度上从时间到空间、在文学本体上从社会到文学、在史学意义上从专门史到通史的全面贯通。正如科林伍德所说："历史思维总是反思；因为反思就是在思维着思维的行动。"① 对酒神魔咒的本质化逻辑保持反思和警醒的文学史建构范式，将会成为自由主义文学研究向纵深拓展的可行路径。

---

① ［英］科林伍德：《历史的观念》，何兆武、张文杰译，商务印书馆 2003 年版，第 422 页。

第二章　自由主义文学思潮的知识考古

自由主义文学概念具有舶来性，但很少有西方学者使用"自由主义文学"的关键词。与此相反，国内以自由主义文学为研究主题的论文、报纸文章和各类专著并不少见。① 一个在西方很少使用的文学概念，在中国语境中却成为文学史和文学研究的常用词汇，其原因值得深思。概念是人设定的，是思维的产物。人类设定某种概念，是识别、区分和认识事物的需要。或许"自由"就像是空气，很少有人会感受到它的存在。或许当"自由"无处不在，"自由"就很大程度上已经失去了区分和标记某类事物的意义。自由主义文学是一个宏观概念、类别概念，不是一个微观概念、具体概念。自由主义文学是某种属性的文学社群、文学家和文学作品的合集，在现实中找不到唯一的对应物。自由主义文学描述的是一类文学样态的属性，是区隔于其他文学样态一类标准。用"自由主义文学"切入现代文学场域，不是研究者炮制概念，而是用这个概念观照文本、作家社群和文学思潮，能有效抽离出研究对象的特殊性、异质性和差异性，凸显现代文学思潮版图中某个维度上的意义和价值。

一　西方自由理念的相对性

自由理念与近现代中国社会思潮和文化元素相耦合，成为诸多社

---

① 截至 2023 年 5 月，在 JSTOR、SAGE、Frontiers 等外文文献数据库中，输入尚无以 "liberalism literature" 为核心关键词的文献。中国知网（https：//www.cnki.net）数据库显示，以"自由主义文学"为研究主题的学术论文 291 篇，其中包括 24 篇博士学位论文和 43 篇硕士学位论文。

会历史事件的肇端之一。但思想史研究中，追寻某一思潮流变是充满挑战的工作。同一时间截面的不同空间，其思潮的特征各异，同一地点的不同时间段，思潮形态也会发生演变。面对纷繁的术语，英国史学家昆廷·斯金纳坚持在"比较古老而有限制的意义上加以使用"①。同其他西方概念一样，liberty 或 freedom 迻译中国的历程，② 既存在物理学性质的转移，也含有生物学性质的嫁接，还发生了化学性质的元素反应。西方语义的"自由主义""个人主义"进入中国语汇，汉译时借鉴日文词汇。日本人在翻译 freedom 和 individualism 时，"保留了任性和不负责任的含义，随即成了人都为己的处世信条；正统的儒家信仰者对此为之惊恐不已。于是西方个人主义的美德，变成了无责任感的自私与放纵"③。与此类似，还有 rights、proletariat 等。不仅是自由主义，五四以来至今耳熟能详的各种"主义"大都经历了类似的"理论旅行"。近代中国社会思潮涌动的保守主义、国家主义、无政府主义、功利主义、达尔文主义、实用主义等，其内涵外延均发生了不同程度的衍异。

　　概念的流动和衍异增加了回到历史现场的难度，何况并不存在一个静止不变、等待研究者前来考古发掘的客观"现场"。历史现场并不是一个自我显露的、界限清晰的存在，即便是考古工作者发掘古城遗址，也会遭遇不同年代的沉积物紧紧碾压堆叠在一起的情况。对发

---

① ［英］昆廷·斯金纳：《近代政治思想的基础》（上），奚瑞森、亚方译，商务印书馆 2002 年版，第 18 页。

② 对照 1908 年上海商务印书馆出版的上下两册《英华大辞典》，可以对"freedom"与"liberty"翻译过程有基本的认识。该辞典对"freedom"的解释是：（1）自由；不受人节制；作为自由；自主，不为奴隶。（2）特权，特许，豁免。（3）自主，选择自由。（4）从容，安逸，不迫，自由自在。（5）出腹心相示，露腹心，直言，直白。（6）不羁，放纵，奔放；放肆。而对"liberty"的解释及所附录词组是：（1）自由，自主，自操之权，自主之理，自由自在。（2）允许，特许；允准；特许享自由；自由之权。（3）享格外权利及自由之区域；行止自由之权利。（4）逾平常礼仪之言行自由，亲狎，狎侮。（5）（哲）意志自由论（与必致论相反）；任意，从自己之意。参见颜惠庆等编《英华大辞典》（上），商务印书馆 1908 年版，第 954、1334—1335 页。

③ ［美］费正清编：《剑桥中华民国史》（上），杨品泉等译，中国社会科学出版社 1994 年版，第 5 页。

掘物进行仔细鉴定、分类、标注和分析之后，才能重建某一个时空范围内的方圆、面积乃至布局。研究者并不能预判在现场能够发掘到何种"素材"，也不能带着已有的思维定式先行预设，"重建"或"重构"的前提是自觉地放下"前理解"，用不戴手套的手指触摸毛茸茸的历史现实，赤手空拳地面向"事物本体"。鲁迅谈到古今中外各种事物和思潮在中国杂糅的境况时说："中国社会上的状态，简直是将几十世纪缩在一时……这许多事物挤在一处，正如我辈约了燧人氏以前的古人，拼开饭店一般，即使竭力调和，也只能煮个半熟；伙计们既不会同心，生意也自然不能兴旺。"① 美国思想史研究者墨子刻曾形象地比喻说，像"自由"这种内涵笼统的词汇，很像放了许多不同物品的箱子，中国人在这个箱子里面装的东西与西方人装的并不完全一样。而要弄清两个箱子的区别，只有开箱取物，将里面的东西分门别类，没有这种"开箱"功夫，就不可能把握中国知识分子"接受的西方观念"的路径。②

　　从"自由主义"到"自由"，从中国的"自由"到西方的"自由"，逐层打开，细心检视，打开自由主义文学思潮这个层层包裹的箱子，"辨别这些用法仍是完全可能的"③。中国现代思潮中的自由主义，既是西方思潮的渗透，又是中国对西方自由主义的"中国化"投射。16 世纪席卷欧洲的革命浪潮中，liberty 或 freedom 就是一面灿烂的旗帜。英国思想家阿克顿将自由称之为"一个成熟文明的精美果实"④，认为"自由是古代历史和现代历史的一个共同主题：无论是哪一个民族、哪一个时代、哪一个宗教、哪一种哲学、哪一种科学，都离不开这个主题"⑤。但是，自由的定义也十分"自由"，歧义丛生。德国社会学家卡尔·曼海姆曾经指出："在大多数情况下，同样

---

① 鲁迅：《鲁迅全集》（第 1 卷），第 360 页。

② 黄克武：《自由的所以然》，上海书店出版社 2000 年版，第 V 页。

③ ［美］本杰明·史华慈：《〈五四运动的反省〉导言》，《五四：文化的阐释与评价》，王跃、高力克编，山西人民出版社 1989 年版，第 11 页。

④ ［英］阿克顿：《自由史论》，胡传胜等译，译林出版社 2012 年版，第 11 页。

⑤ ［英］阿克顿：《自由与权力》，侯健、范亚峰译，商务印书馆 2001 年版，第 313 页。

的词或同样的概念，当处境不同的人使用它时，就指很不相同的东西。"① 处于不同文化背景、价值目标以及现实处境的主体，对自由有着不同的理解。英国政治哲学家埃赛亚·伯林认为："很可能，这世界上根本就存在着许多不可互相比较、不同程度的自由，我们无法把它们放在一个惟一的尺度上，来衡量它们的轻重。"②

西方思想家尝试从各个侧面解读"自由"。法国思想家莫内认为："自由与其说是做我想做的事情不如说是不做你想让我做的事情。自由是只要我不限制你，我可以做我想做的任何事情。"③ 此论显示了西方对个体与社会关系的基本定位，强调个人行为方式与社会群体规约之间的互相牵制。卢梭有一句道出人类生存矛盾性的名言："人是生而自由的，但却无往不在枷锁之中。"但他的下一句却少被提起："自以为是其他一切的主人的人，反而比其他一切更是奴隶。"④卢梭并非意在感叹人的自由被限制，而是强调被限制的自由保障了人类的基本权利。他的话，"与其说是抗议，不如说是道出了人类无法改变的基本生存状况"⑤，这种基本状况就是"枷锁中的自由"。放任个人无限意志的绝对自由，无论从社会学还是哲学角度而言，都是不可能实现的。社会学角度而言，人必须受制于社会风俗和法律制度，不可能选择自己的基因，更不可能从新陈代谢和生理需求中解脱，所以人不可能绝对自由。就哲学角度而言，理论上的绝对自由，只能在假设这世界上只有一个人存在的条件下才能实现，"因为每个人的自由都会颠覆所有其他人拥有的无限自由，即不受限制的自由"⑥。所以，绝对普

---

①　[德] 卡尔·曼海姆：《意识形态与乌托邦》，黎鸣、李书崇译，商务印书馆 2000 年版，第 278 页。

②　[英] 埃赛亚·伯林：《两种自由概念》，刘军宁等编《市场逻辑与国家观念》（公共论丛 Vol.1），生活·读书·新知三联书店 1995 年版，第 227 页。

③　[法] 皮埃尔·莫内：《自由主义思想文化史》，曹海军译，吉林人民出版社 2004 年版，第 82 页。

④　[法] 卢梭：《社会契约论》，何兆武译，商务印书馆 2003 年版，第 4 页。

⑤　钱满素：《美国自由主义的历史变迁》，生活·读书·新知三联书店 2006 年版，第 247 页。

⑥　[英] 哈耶克：《致命的自负》，冯克利、胡晋华等译，中国社会科学出版社 2000 年版，第 69 页。

遍、纯粹理论上的自由是不可能存在的。

纯粹的正义、公平、民主、自由都是理论上的提纯。现实社会中的绝对自由并不存在。自由与具体的人和事相关，自由也只有在人事关系中才能体现。近代以来的中国知识分子群体中，对西方自由观念理解最为精到的，可能非严复莫属。严复深谙 liberty 或 freedom 的核心要义，认为自由有两面，一面即自主而无羁绊，另一面是限制和不放任。他在翻译穆勒的《论自由》的书名时，先将书名译为《自繇释义》，出版时又改为《群己权界论》。从"自由"到"自繇"再到"群己权界"，足见严复在翻译中尽最大努力贴近西方自由思想原貌的心路历程。

二　中国文化的无待传统

"自由"一词输入中国的历程堪称西风东渐的典型样本。[1] 外来语汇一旦进入汉语体系，与中国传统文化的耦合不可避免。在不同社会历史语境下，"自由"的水罐中，填塞了各种物件。"自由"一词在中国古代典籍频频出现，要寻找中国传统文化中的自由因子并不困难。但发现"有"不如找到"有"中之"异"，即同一概念下的中外差异。[2] 有学者进行过统计，"自由"在二十五史中出现70多次，《大藏经》中多达180余次。[3] 其含义主要指无拘无束、悠然自得、不受外界物质世界阻碍的精神状态，和西方反对压制个人权利的现代自由观念迥异。

《庄子·内篇》里的"逍遥游"状态，展现出绝对的自由场景。

---

[1]　章清：《"国家"与"个人"之间——略论晚清中国对"自由"的阐述》，《史林》2007年第3期。

[2]　陈寅恪认为，在学术研究中，证明"有"比"无"容易得多。他告诫说："凡前人对历史发展所流传下来的记载或追述，我们如果要证明它为'有'则比较容易，因为只要能够发现一两种别的记载，以做旁证，就可以证明它为'有'了；如果要证明它为'无'，则委实不易，千万要小心从事。"（转引自李玉梅《陈寅恪之史学》，香港三联书店1997年版，第131页。）

[3]　黄克武：《自由的所以然》，第352页。

"北冥有鱼，其名为鲲。鲲之大，不知其几千里也。化而为鸟，其名为鹏。鹏之背，不知其几千里也；怒而飞，其翼若垂天之云。"① 庄子文本隐含着中国古代哲学的自由理念"精神高于物外"②，一种高迈超越的精神境界。中国文化传统中早已有"自由"之说，其能指与西方的 liberty 或 freedom 看似相同，所指却存在明显差异。杨义先生用"逍遥"和"游"的浪漫主义色彩观照自由主义文学概念，将自由理解为庄子的"由自己出"。他在《中国现代小说史》中认为，"自由主义在文学上是浪漫主义"③。杨义先生对自由主义文学的理解，就带有浓厚的中国传统自由观念。儒家一般不使用"自由"这一概念，也不倡导现代西方意义上的自由理念，道家则提倡逍遥自由的精神。郑开先生认为，中国思想界"自由"一词，可能最早出自高诱《淮南子注》，该著取道家思想语境下"从自己出"之意④，无法等同于西方近代哲学的自由意志价值观。

　　我们不能用西方的自由规约庄子的自由。西方近现代哲学的自由观念，例如康德的"人是自由的"，大都指自由选择，或人超越上帝和鬼神的力量，自己决定自己的命运。庄子的自由和"有待"相关，不是个人意志的自由，不强调个体的主观意愿，倒是有"被动智慧"的色彩。《齐物论》中"有待"指事物有所凭借和依靠，或曰事物受制于一定的条件。处于各种关系网络限制中的事物，都是"有待"，而西方自由主义强调人类社会关系中建立在互相制约、具有契约精神的有限度的自由。换言之，"有待"的自由，才是西方意义上的自由。道家认为，"有待"的事物有可能陷入异化的境地，故庄子又强调其对立面"无待"。"无待"就是摆脱所有事物的纠缠和束缚，最后剩下事物不可规约和让渡的本质和本性，这就是"自由"。这种自由，接近西方自由主义所批判的"绝对自由"，即不受任何牵绊的自由。庄子的自由，和老子的"道"或"大"相似，侧重精神层面的不受

---

① 陈鼓应注译：《庄子今注今译》，中华书局 1983 年版，第 1 页。
② 郑开：《庄子哲学讲记》，广西人民出版社 2016 年版，第 228 页。
③ 杨义：《中国现代小说史》（上），人民文学出版社 1998 年版，第 575 页。
④ 郑开：《庄子哲学讲记》，第 229 页。

约束，着重强调事物的独立意识。老子把"寂兮寥兮，独立不改，周行而不殆"的事物称之为"道"或"大"，"道"或"大"遵循的规律是"自然"。庄子的自由和老子的自然，强调摆脱其他事物的限制，不依赖他者而自成意义。世界万物中不受制于他者，既是独立，也是孤立。因此，传统中国文化的"自由"，其实质更指向"独立"。

三　自由主义的核心要义

自由主义是一个众说纷纭的概念。"西方自由主义思想十分复杂，流派甚多；且在不同的历史阶段，其关心的中心问题及讨论的重点不同。中国近代对西方自由主义的介绍既有英国式的自由主义，亦有大陆理性主义的自由主义；既有洛克、亚当·斯密、孟德斯鸠等人的古典自由主义，亦有大陆理性主义的自由主义。"[1] 一种思想一旦被规约，就失去了部分价值。这是思想的两面性，也是思想史研究的双刃剑。自20世纪90年代自由主义在思想史领域浮出水面，三十余载过去，关于鲁迅是否是自由主义者的争论从未中断。当我们在谈论自由主义时，究竟在谈论什么？胡适等于自由主义，这一等式需要再检讨。这里的自由主义，是哪一种自由主义？更加困难的是，自由主义和激进主义、民主主义、保守主义之间的关系，需要详细省察。当我们陷入经济的自由主义、政治的自由主义、社会的自由主义或是文化的自由主义等概念泥潭时，不妨设想，一百多年前胡适等人视野中，自由主义的概念也可能众声喧哗。广义上的自由主义，应是一种政治伦理思想；经济学领域的自由主义，则是一种经济制度思想。自由主义主张公民应有的自由权利应当得到尊重、保护和捍卫，不得被随意剥夺。经济学和政治学意义上的自由主义，均以此为出发点，但侧重点不同。法治是自由主义的重要层面。首先，准法，或曰立法，即供人遵循的法度。其次，法的正当性，法律应通过合法的程序，具有公正的法律效力。

---

① 胡伟希等：《十字街头与塔：中国近代自由主义思潮研究》，上海人民出版社1991年版，第11页。

　　自由主义概念不是静止不变的，但基本要义有迹可循。在建构自由主义话语的近三个世纪里，思想家们对自由主义的解读各有侧重，但都认同自由主义的某些核心要素。正如《不列颠百科全书》所说，自由主义的内容有过巨大变化，"但它仍保持原来的形式"。① 本书尝试对自由主义的核心要义简述如下：

　　第一，个人为旨归。在个人和集体关系的问题上，首取个人。英国思想家雅塞在《重申自由主义》中曾经指出，自由主义理论家在意识形态上有着惊人的一致，那就是他们围绕的中心是个人。个人有着无上的自主权，可以选择自己想要的事物，也就是说，除了个人自由，再也没有什么别的自由可言。② 个人权利，洛克视为"自然的""不可转让的"，边沁视为"功能的"，伯克看作是"传统的"，卢梭认为是"天赋"，总之，个人权利"都是不受外来干预的"。③ 自由主义理论的最大魅力就在于其诱人的承诺：个人自由。霍布豪斯说："自由主义是这样一种信念，即社会能够安全地建立在个性的这种自我指引力之上，只有在这个基础上，才能建立起一个真正的社会，这样建立起来的大厦，其基础深厚广阔，其范围无法予以限制。"④ 因此，霍布豪斯从社会治理的角度认识个体，他宣称自由与其说是个人的权利，不如说是社会的必须。自由对社会的意义也非同寻常："因为只有更多的个人享有充分自由时，社会才有可能拥有更多有尊严、有创新的成员来推动它的进步。"⑤ 自由主义理论家视野中，自由对个人的意义不言而喻，它是人存在的最终目的，而不是权宜之计。

　　第二，法治代替人治。边沁认为，人权建立在法治之上。亚当·斯密认为，自由就是允许所有人把他所拥有的知识用于自己的目的，而只有宪法和法律能够保障所有人在运用自己的知识为自己谋幸福时

---

① 不列颠百科全书编辑部编译：《不列颠百科全书国际中文版》（10），中国大百科全书出版社1999年版，第60页。

② ［英］安东尼·德·雅塞：《重申自由主义》，陈茅等译，中国社会科学出版社1997年版，第11页。

③ 不列颠百科全书编辑部编译：《不列颠百科全书国际中文版》（10），第60页。

④ ［英］霍布豪斯：《自由主义》，朱曾汶译，商务印书馆1996年版，第62—63页。

⑤ 钱满素：《美国自由主义的历史变迁》，第248页。

不会受到侵害。而对法治之于自由主义的重要性，孟德斯鸠的阐释最为精当，他认为在专制的国家里不存在尊重个人权利的妥协、调解、协议、和解、谈判，"人就是一个生物服从另一个发出意志的生物罢了"①。在专制政府中，只有一个人是自由的，那就是专制统治者本人。统治者可以肆无忌惮地为所欲为，根据个人喜好随意摆布他人命运。所以，人治是不可靠的，"一切有权力的人都容易滥用权力，这是万古不易的一条经验。有权力的人们使用权力一直到遇有界限的地方才休止"。因此，"要防止滥用权力，就必须以权力约束权力"②，人治必须让位于法治。"19 世纪 70 年代，自由主义在其历史进程中达到了顶峰。它促使欧洲的绝大多数国家产生了成文法和议会，扩大了选举权，并在宪法上明文规定要保障人身自由。"③

　　西方对人性本善还是本恶的讨论由来已久，洛克认为人性是白板，本无善恶，主张每个人都拥有自然权利，而他们的责任则是保护自己的权利，并且尊重其他人的同等权利。霍布豪斯坚持人性本恶，人的本性是自私的，主张用社会契约和制度设计抑制和防范人性之恶，对政府权力实行监督与制衡，并提出多种国家权力架构来防范。自由主义者把国家看作是人类为了过一种共同的、有秩序的生活而不得不付出的代价。为了将这种必要的代价限定在较小程度，自由主义致力于限制国家的权力与职能。④ 这些思想家均抓住了人类实现自由的关节点：只有对侵害他人自由的权力进行限制，才能保障人类的真正自由。

---

　　① ［法］孟德斯鸠：《论法的精神》（上），张雁深译，商务印书馆 1961 年版，第 27 页。

　　② ［法］孟德斯鸠：《论法的精神》（上），第 154 页。

　　③ ［英］欣斯利编：《新编剑桥世界近代史》（第 11 卷），中国社会科学院世界历史研究所组译，中国社会科学出版社 1999 年版，第 321 页。

　　④ 学者任剑涛认为，对政治权力的怀疑是现代自由主义的根本精神。现代自由主义的基本原则是认定政治是人为的，政府是必要的，但它不是自然的。自由是人类的自然状态，政治权威是约定的，没有哪一个人类阶级能够根据自然的或超自然的权利去要求统治别人的权力。参见任剑涛《中国现代思想脉络中的自由主义》，北京大学出版社 2004 年版，第 283 页。

　　第三，社会渐进改良。自由主义者十分注重既有的社会秩序，认为只有在有序的情况下，社会才能改良和进步。渐进是修正改良，手段温和理性；尊重维护现有秩序，不是非理性的冒进、暴力和革命。在暴力和战争阴霾笼罩的非常态社会环境中，社会改革路径和平台被封堵，个人的自由和利益是无法保障的。只有在良好的社会秩序架构内，自由才能实现。罗斯福曾经对自由主义有一个形象的比喻：

　　　　我们说文明是一棵树，在成长过程中会不停地产生腐木和朽木。激进派说："把它砍了。"保守派说："别碰它。"自由派妥协说："让我们来修剪它，这样就既不会损害老树干，也不会损失新树权。"……走有序前进的演变之路，同时避免激进派的革命和保守派的革命。①

　　罗斯福的比喻，是典型的自由主义姿态：在保守和激进之间，寻求温和、渐进和有秩序的改革。自由主义者维护和承认现有政权的合法性，是为了获得保障个人权利的外部条件，其终极目的是建立一种政治架构，这种架构能够使公共权力受到合理制衡、个人自由得以有效保障。

　　第四，理性宽容。承认个体生命的价值意义，尊重每一个人的合理选择，这是自由主义的原则之一。② 既然国家和集体都必须在宪法和法律的框架内行事，个体便无权对他人的思考方式、生活方式横加指责。自由主义者认为，为人处世中睚眦必报和尖锐对立的激烈姿

────────────

　　① Anther M. Schlesinger, Jr., "Sources of the New Deal: Reflections on the Temper of a Time", in *Interpretions of American History: Patterns and Perspectives*, Gerald N. Grob and George A. Billias ed., NewYork: The Free Press, 1967, Vol. Ⅱ, p. 350. 胡适对此也有相同的见解，他说："美国是不会有社会革命的，因为美国天天在社会革命之中。这种革命是渐进的，天天有进步，故天天是革命。"参见胡适《漫游的感想》，《胡适全集》（第3卷），第39页。

　　② 例如，胡适主张"宽容比自由更重要"，并因此在晨报馆被焚毁一事上与原本同道的陈独秀等人产生分歧。胡适温文尔雅的性格和始终面带微笑的面孔，也体现在他的学术文章里。

态，不但压制和损害他人的正当自由和合法权利，更会对个人的心智带来伤害。一个被仇恨和恐惧侵占的内心，不可能幸福，其智慧和才能就不可能用于谋取自己的最大利益。暴力推翻一个强权，可能又建立另一个专制，这一结局违背了自由主义倡导的个人幸福和利益最大化目标。

以上四点无法涵盖自由主义的全部内涵，但其要义大多涉及这几方面。自由主义有尖锐执拗的棱角，也有温和理性的面目，显示出不同的触感和面相。自由主义是个人的，认为所有的权利和义务都最终归结到个人；自由主义是偏至的，用制度避免个人贪欲，坚持法治制约国家公权；自由主义是温和的，相信人类能够通过和平非暴力的方式对社会进行渐进改良；自由主义是理性的，强调尊重他人的个体选择。这四个维度，与中国传统文化中的"逍遥""无待"几乎找不到对等维度。自由主义的诉求和主张，关于个人权利的首要性，国家权力的有限性，法律制度的刚性等顶层设计，总体上来说在中国传统文化体系中，缺乏深入的讨论、辨识和实践。虽然中国传统文化中亦可求证出自由主义因子的碎片，但不能因此认定，自由主义是中国文化内生的结晶。一个多世纪以来，自由主义在中国的社会语境中，与中国文化传统和各种社会思潮嫁接、杂糅、混合，甚至发生衍变，也不偏离以上自由主义基本要义，它的核心面目依然是西方的，不是中国的。这些基本要义，也是本书认定和判断自由主义、自由主义知识分子、自由主义作家和自由主义文学思潮的理论基础。

四　"格式塔"视域下的自由主义

在西方，liberty 同 equality、justice、democracy 等一样，被视为天赋、共识和社会的基石。在不列颠百科全书中，只有"自由主义"而没有"自由"这一词条。自由主义到达如此潜移默化的"非理性"程度，已经同种族、性别等一道，演变为一种"政治正确"。"在最为充分地实现了和奉行着自由主义的国土上，'自由主义'反而不为人知。"① 除了在政治和经济领域用"自由主义"给不同的组织和团体标注以外，其他范畴的"自由主义"并没有特殊意义，更不要提用"liberal literature"来命名一种文学思潮了。

那么，自由主义在中国语境中的意义何在？回答这个问题必须认可一个前提，即西方自由主义在中国社会中的异质性。中华民族是奉行集体主义而非个人主义的民族，从"修齐治平"到"横渠四句"②，君子践行内圣外王、忠恕克俭、勤勉慎独之道。中国数千年的文化传统中，国家、集体和种群的利益大于个人利益，个人从属于集体，道德在维护社会秩序中的作用更甚于法律，西方意义上的自由主义和个人主义在集体语境下往往具有负面意义。人为国家而生，不是国家为人而生，个人的权利是国家和集体赋予的，国家和集体也有很多需要保留的权利。这种社会背景使得中国的自由主义具有独特的指向，被费正清称之为"中国自由主义的'半途'本质""原始型自由主义"或"中国自由主义"③。

由此，我们面临着自由主义的"中国化"问题。如果用一个西方概念规约现代文学，是否有将现代文学视为西方话语权的注脚，而丧失中国主体性话语的风险？有学者认为"自由主义之于西方，是一个悠久的传统；之于中国，只是中国社会力争汇入世界历史、走向现代化的一个新过程的显示"④。无论从政治的、经济的、社会的还是文化的维度来观察自由主义，它与近现代中国的发展路径是同步的。费正清认为，近代中国以来，"在政治和意识形态方面，也确实有过西方自由主义思想模式曾经产生很大影响的一个阶段"⑤。自由主义反封建

---

① L. Hartz, *The Liberal Tradition in Amerca*, New York：Harcourt, 1955, p. 11.

② "横渠四句"可能首见于黄宗羲、黄百家父子的《宋元学案》卷十七"横渠学案"，后广为人们所引用。《张载集·张子语录》所记与此有所不同，其言为："为天地立志，为生民立道，为去圣继绝学，为万世开太平。"参见《张载集》，章锡琛点校，中华书局1978年版，第320页。

③ ［美］费正清：《费正清论中国》，薛绚译，正中书局1994年版，第289页。

④ 刘川鄂：《中国自由主义文学论稿》，第3页。

⑤ ［美］费正清：《中国：传统与变迁》，张沛译，世界知识出版社2001年版，第509页。

主义，符合在中国发展资本主义的社会需要，"它呼唤人的个性解放、独立人格、精神自由，追求民主政治和科学的发展，因此曾经在总体上同中国近代社会的新陈代谢有同步的一个阶段"。[①] 当然，自由主义的原始根系始终无法在中国数千年集权统治的土壤中扎根，一直呈现漂浮状态。自由主义的终极价值关怀，在中国也找不到相同的宗教背景、文化共识和心理结构。所以，自由主义在现代中国的运动，仅仅局限于知识分子群体内，无法形成广泛的社会运动。

中国的历史有着自身的发展逻辑，无论是外敌入侵还是内部纷争，都不可能促使中国简单接受、毫无保留地拥抱任何一种外来价值理念。自由主义虽然对中国的政治、经济、文化诸方面有一定的借鉴价值，但是自由主义的中国方案一直未能充分满足中国近现代社会变革的需要，所以历史一直未向自由主义的天平倾斜。"作为一个政派，它的失败已经明确记载在历史上，作为一个完整的价值系统，它也未被处于价值重建过程中的中国文化所接纳。"[②]近代以来，严复、梁启超、陈独秀等知识分子译介西方自由主义学说，但自由主义对他们来说始终是工具而非目的，他们将自由主义用作开启民智、强盛国家的工具。

民族主义、社会主义和自由主义是 19 世纪欧洲的三大社会思潮。这三大思潮中，自由主义和其他二者之间均有对立。自由主义和民族主义在个人和集体的关系上对立。自由主义首先强调保障个人利益，提倡个体本位主义和个体自由，坚持国家的最重要的职能就是保障社会个体的权利；而民族主义则强调只有在群体之中才能实现个体价值，个体从属于集体，国家和集体至上。自由主义和社会主义在私有产权问题上对立。自由主义主张个人财产神圣不可侵犯，国家政权首先要解决的是如何采取有效方法防止政府对个体的侵害，即实现法治保障公民个体权利的有限政府，而社会主义则要实现财富共有和平均分配，因为只有生产资料的公有化才能实现社会的真正平等，国家和政府的首要职能就是实现最大范围的公有制。虽然民族主义和社会主

---

① 胡伟希等：《十字街头与塔：中国近代自由主义思潮研究》，第 344 页。
② 胡伟希等：《十字街头与塔：中国近代自由主义思潮研究》，第 344 页。

义之间也有诸多抵牾之处，但在这三种社会思潮构成的三角关系中，自由主义受到的反作用力最大。当国家和民族危亡的时候，忧国忧民的中国现代知识分子首选民族主义。

甲午海战之后的维新运动既是救亡图存的政治改革，也是一次思想启蒙。前者以康、梁为代表，后者以严复为代表。救亡图存的关键时刻，自由主义作为工具被引进。严复就直接引入了英国自由主义思想，强调认识论上的实证主义，伦理观上的个体主义以及社会历史观上的进化论，他的翻译一时间风行海内。严复先后翻译了英国自由主义经济学家亚当·斯密的《原富》、自由主义思想家约翰·穆勒的《群己权界论》、法国启蒙思想家孟德斯鸠的《法意》，以及英国生物学家赫胥黎的《天演论》等八部名作，成为近代以来中国译介自由主义经典的第一人。其中《群己权界论》是专门阐述自由主义思想的著作，穆勒在书中把个人自由看作是建立自由社会和民主政府的基础。严复在翻译赫胥黎进化论时，介绍斯宾塞的社会进化论，主张在生存竞争"丛林法则"基础上的社会进化，强调只有强者才能生存，弱者只能遭受灭亡。这样的理论对甲午海战后的中国近代知识分子来说，可谓深入骨髓的刺痛。"严复提倡把盎格鲁—撒克逊的自由主义注入中国政治，因为他把它特有的'个人主义'看作推动先进的科学和工业文明运动的'心力'。"① 严复深刻洞察到这一理论对中国社会变革的重要意义和价值。

正如我们所看到的那样，《天演论》对现代中国知识分子的启蒙意义非同寻常。鲁迅在早年的《文化偏至论》《摩罗诗力说》中不遗余力陈述西方尤其是欧洲的发展状态，号召国内"明哲之士""洞达世界之大势，权衡较量，去其偏颇，得其神明，施之国中，翕合无间。外之既不后于世界之思潮，内之仍弗失固有之血脉"②，随后坦言自己所恐惧的不仅仅是"中国人要从'世界人'中挤出"，更是"中国人失了世界，却暂时仍要在这世界上住"③。严复对胡适等现代自由

---

① ［美］费正清编：《剑桥中华民国史》（上），第326、327页。

② 鲁迅：《鲁迅全集》（第1卷），第57页。

③ 鲁迅：《鲁迅全集》（第1卷），第323页。

主义知识分子的价值观产生过举足轻重的影响。少年胡适的国文教员杨千里，就使用吴汝纶删节的严复译本《天演论》做读本，"物竞天择"成为那个时代的风气。而且，胡适还在那时候同时接触了西方自由主义理论的重要经典约翰·穆勒的《群己权界论》，此书亦为严复翻译，原名《论自由》。①

　　除了严复，梁启超也是自由主义的坚定支持者。梁在西方强大的话语霸权面前，反省中国的政治、经济、科技和文化问题，西方的全部文化，包括器物的、经济的、科技的、文化的都一股脑接受进来。中国近现代知识分子接受西方文化思潮的过程，大多有"格式塔"社会心理模式的投射。中国知识分子开眼看世界后，目睹西方势力的强大，感受到国家的贫弱，带有很强烈的弱者焦虑，急于追赶学习西方文明。他们在学习西方的过程中，并没有对西方社会进行系统分析和理性梳理，而是笼统地将西方的强大视为一个整体进行观照。中国知识分子首先相信西方强大的现实是由其当前无可比拟的行动能力铸就的，同时也相信自己的直观感觉和直接经验，在一种对西方世界整体认知的前提下考察西方的政治、经济、文化、科技等各种因素。19世纪70年代，严复在英国留学时，就自然地将英国的强大与其自由主义传统的风行结合在一起，并在后来极力将《群己权界论》介绍到中国。

五　自由主义文学思潮正名

　　中国现代自由主义文学，这一带有鲜明舶来色彩的概念，要在中外比照的视角下进行讨论。左翼作家奉马克思主义文艺观为圭臬，其作品被称为马克思主义文艺。同样，作为一种社会思潮，信奉自由主义的作家创作的作品，亦可称之为自由主义文学。在20世纪30年代文学版图上，马克思主义文艺异军突起。"在鲁迅、瞿秋白等人组成的左翼作家联盟中，关于马克思主义对于'上层建筑'文学所起的作

---

① 胡适：《胡适全集》（第18卷），第58页。

用，出现了激烈的争论，但也未能取得一致意见。"① 而围绕自由主义文学的命名问题出现争论，并不让人感到意外。

吴福辉先生曾经对自由主义文学的概念提出反思，认为中国自由主义文学跟政治党派若断若续的联系，使其很难成为统领整个 20 世纪文学史的一支。但洪子诚先生持不同意见："说因为和政治党派的这种联系，便难以成为统领的力量，这种说法却值得分析。"他认为对自由主义文学这一概念，不能仅仅使用政治化这一简单的划分标准，因为对作家进行分类比较复杂，作家创作的文本有很多交错和渗透。"中国现代作家有时候是非常复杂的，他们的政治信念，文学观的来源是多方面的，在不同时期也会发生很多的变化。"② 仅仅用政治的尺度衡量作家，是不严密的，在一定范围内才有效。和"左翼文学思潮"一样，本书所言的"自由主义文学思潮"，是观察 20 世纪中国文学的一个角度和切入口，这个视角和切入口在具体时空维度和具体文学样态的范围中有效，不是排他的。

自由主义是一种政治思潮，还是一种广泛的社会思潮。自由主义社会思潮对中国的影响，不仅仅表现在政治上，还表现在文化、文学上。在哲学伦理道德层面，自由主义的个体本位和个人功利性，是传统中国社会三纲五常强有力的解构者，在五四新文化运动期间发挥了重要的个性解放催化剂角色，为之后的国民性启蒙和社会改良提供了重要支撑元点；从政治角度来看，自由主义提出的政治路径，虽然带有明显的西化烙印、改良主义的窠臼和水土不服的理论乌托邦色彩，但是对当时内外交困的碎片化中国而言，不失为一剂解毒药方；在文化教育领域，自由主义促进了平民教育的普及和教育现代化，其负载的文学进化论思潮，促进了白话文的盛行，革新了思维范式和文化符号系统，进而促进新文学的诞生和新文体的分化。

如果要检视自由主义在现代中国社会思潮的表现领域，文学是不能缺席的版块。如胡适的政论，徐志摩的新诗，沈从文的小说，周作人、梁实秋的散文小品及文学理论等。自由主义文学思潮容纳的自由

---

① ［美］费正清编：《剑桥中华民国史》（上），第 439 页。
② 洪子诚：《问题与方法：中国当代文学史研究讲稿》，第 169 页。

主义作家、作品和文学理论，是中国现代自由主义思潮中内容最丰富、现象最突出、特征最复杂的部分，连政治领域的人权论战，也有很大一部分是用文学（政论）的形式表现出来的。自由主义文学思潮角色尴尬，左右受敌，上下推压，政治上夹杂在国共之间，为当局谏诤而不为人喜，因反对文学工具论而引发论战；文化上夹杂在文化保守主义和文化激进主义之间，因反抗古典文学文以载道传统被称为离经叛道之徒，因疏离革命文学而被视为躲进象牙塔的隐士；经济上夹杂在买办资产阶级官僚资本和贫苦劳工大众之间，动辄被当权者褫夺教职和公权，时而被左翼视为资本家的乏走狗。

自由和民主、科学等价值观一样，是五四新文化运动的核心理念之一。1915 年，陈独秀在上海创立《青年杂志》时，就倡导自主而非奴隶的、进步而非保守的，进取而非隐退的、世界而非锁国的、实利而非虚文的、科学而非想象的"新青年六义"，提倡个性解放和个人独立，鼓吹以个人为本位的自由主义取代家族为本位的宗法主义。蔡元培 1917 年执掌北大以后，提出思想自由、兼容并包理念，在中国教育界首倡学术独立和思想宽容的教育理念，使北大成为新文化运动领袖人物与反对白话文的保守派激烈交锋的阵地，诞生了提倡自由主义思想的刊物《新潮》，培养了傅斯年等一批自由主义青年知识分子。1918 年，胡适在《易卜生主义》一文中抨击社会陈腐的法律、宗教和道德，并在此前的《文学改良刍议》一文中提出"八事"主张，提倡文学进化论。

自由主义同中国现代文学的结缘，肇始于晚清，爆发于五四，盛放于 20 世纪 30 年代的上海。1923 年在北京成立的"新月社"，随着20 年代末北京（平）文化生态的恶化而星散，于 1927 年再次聚首上海，创办新月书店，出版《新月》月刊。上海新月社的身份发生转型，从文学团体逐渐转换为政治改革和人权运动的急先锋，并最终在1929 年前后爆发了与国民党当局之间的人权论战。九一八事变后，自由主义知识分子又开辟了政论平台《独立评论》，倡导政治、经济和社会改良。抗战全面爆发后，自由主义者的诉求淹没于抗日救亡和民族主义话语中。"在中国近代，始终存在一个主要由知识阶层构成的自由主义群体。他们在中国应该走向何处的十字路口奋起呐喊，呼唤人的个性解放，鼓吹人权，崇尚理性，追求西方模式的民主和自由。但是，在理想和现实的激烈冲突中，他们中的许多人由热烈而厌倦，终而走进'象牙之塔'。"① 同西方 19 世纪自由主义、民族主义和社会主义三足鼎立的状态类似，中国的自由主义文学思潮同样面临着马克思主义文学思潮和民族主义文学思潮的制衡。

胡伟希等学者曾全面肯定了自由主义文学思潮对现代文学乃至现代文化的意义和价值。"中国现代文学的小说、散文、诗歌诸样式的流派纷繁、多姿多采，同他们的苦心经营相联；甚至现代文化的载体——白话文的昌盛，这种关系到整个文化的符号系统以及随之而来的中国人的思维方式的转变，同自由主义者的倡导与身体力行有关。"② 不过，该著再一次将自由主义文学置于无产阶级文学的对立面加以阐释："30 年代，中国文学界分化为三大阵营，一是以南京为地盘、为国民党法西斯统治服务的'民族主义文学'；一是以鲁迅为旗帜的左翼作家，即无产阶级革命文学运动，以上海为主要阵地；介于这两者之间的则是自由主义文学派别"，这些自由主义作家"既反对国民党的残酷杀戮与文化专制，又不赞成左翼作家的激进文学主张，不敢或不能像左翼作家那般无畏地战斗与反抗。他们心底里执着于'五四'个性解放、思想自由、文化宽容等自由主义的基本价值，一边温婉地唱着以前的歌，一边躲进了文学的象牙之塔"③。为了论述的方便，论者营造了京、沪、宁三地自由主义文学、无产阶级文学和民族主义文学的三足鼎立之态。事实上，南京的"民族主义文学"无论从作家群体、作品数量还是读者影响力来说，都远远不能与其他两种文学形态相提并论。更主要的是，上海实际上并非无产阶级文学"一枝独秀"，而至少是"花开两朵"，因为 20 年代末到 30 年代初齐聚上海的自由主义文学家的创作活动十分活跃，在与国民党当局的话语权争夺中爆发了激烈的交锋。

① 胡伟希等：《十字街头与塔：中国近代自由主义思潮研究》（封面题记）。
② 胡伟希等：《十字街头与塔：中国近代自由主义思潮研究》，第 345 页。
③ 胡伟希等：《十字街头与塔：中国近代自由主义思潮研究》，第 257 页。

　　洪子诚先生认为："在40年代，对左翼文学构成较大威胁，并且有自己的体系性文艺主张、创作追求，在创作上又产生重要影响的，是'自由主义文学'。"他认为，对于什么是自由主义文学？自由主义文学是怎样形成的？被什么样的力量使用？这些问题都需要厘清。自由主义文学的命名，可能和两方面的事实有关。一是"一些作家表达的文学观念，以及在中国现代党派斗争中所持的立场"与自由主义有关，"比如强调艺术的独立，强调文学表现人性，在政治斗争和文化问题上提倡宽容、容忍"。二是"有些作家既从事文学工作，有时又参与政治，表达政治、经济的见解，他们提出了自由主义的政治、经济主张。如主张保护个人利益，维护个人财产不可侵犯，强调利润原则，在社会变革中主张温和的改良，反对革命的激烈手段等"①。本论题对"自由主义文学""自由主义作家"概念的厘定基点如下：

　　第一，某些作家秉承自由主义的文学观念，强调艺术独立性，反对文学工具论，主张文学表现人性，坚守多元、包容、理性和容忍的文化观念。比如，梁实秋、徐志摩、林语堂、周作人、沈从文等，这样的作家可称之为"自由主义作家"。他们创作的能够体现这些元素的小说、诗歌、散文等文艺作品和文学批评，可以称之为"自由主义文学"。

　　第二，一些作家在从事文学活动的同时，又参政议政，倡导自由主义的政治、经济原则，强调保障个人权利和保护个人财产，争取言论、集会等自由，主张社会渐进改良，反对暴力革命等。比如，胡适、梁实秋等，这样的作家可称之为"自由主义作家"，他们创作的能够体现这些元素的政论和文学评论，也可以称之为"自由主义文学"。

　　第三，以上两类自由主义作家是"自由主义知识分子"的一部分。自由主义知识分子的概念要更广泛一些，除了作家，还包括秉承自由主义理念的教育家、实业家、政治家等。

　　需要说明的是，历史是由多种绞缠在一起的力量共同谱写的，中

---

　　① 洪子诚：《问题与方法：中国当代文学史研究讲稿》，第167、168页。

国现代思想和文学的发展不是铁板一块。对某一个历史横截面而言，主流和非主流交织在一起，彼此相互渗透和交融。中国现代文学史是由众多社群和流派共同谱写的历史，考察中国现代自由主义知识分子和自由主义文学思潮，对观照中国现代文学的发展进程具有重要意义。此外，学界对自由主义文学的认知和定位值得进一步检视。在西方并不具有实质意义的"自由主义文学"概念，却在中国成为一种异质性的文学样态，与主流文学思潮形成了张力结构，成为中国现代文学领域耐人寻味的"标签"。

第三章　30 年代上海文化场域与现代自由主义思潮

数千年来，中国传统社会架构和历史编纂大都在循环的链条中轮回，中国知识分子的生命意义和生活目标或可以用"横渠四句"来概括。曾有一位西方思想家得出一个结论，中国是一个"几千年来原封未动""静止"的民族。① 中国传统社会的惯性过于强大，以至于短时期的变革努力收效甚微，诸如百日维新和辛亥革命等近代以来的历次社会变革，也无法在短时间内从根本上改变中国的国民文化性格和政治架构。传统国民文化性格中含有的"自由"因子，是老庄的"逍遥"和"无待"，和西方的自由主义有很大差异。不过，历史不是没有缝隙的。如同 20 世纪 30 年代国内学界广泛展开的历史观大辩论，就撕开了历史循环论的缺口，中国历史开始从循环论到线性论的转型。

作为一种文化生产场域表征，自由主义文学思潮是一个系统，此系统除了包含核心要素自由主义知识分子，还包括社会经济、政治和文化等要素。晚清之际，近现代知识分子负笈欧美之后，自由主义思潮也随之进入中国，但是自由主义文学一直未能发展为独立样态。直到 30 年代上海齐聚大批自由主义作家，并涌现大批自由主义文学作品，自由主义文学才蔚为大观。自由主义文学与上海的风云际会并非偶然，其背后有着深层的"场域"构型：经济上，上海的现代工业基础和自由贸易活动以及中外移民混杂格局促进了自由主义思想的传播；政治上，治外法权的租界地缘政治格局成为异质思潮的保护伞，

---

① ［英］约翰·密尔：《论自由》，许宝骙译，商务印书馆 1959 年版，第 85 页。

也为自由主义文化思潮的发展提供了政治大舞台；文化上，现代出版业和相对自由的言论平台，为现代自由主义作家提供了较为成熟的生存空间和文化空间。以上多维构型，建构了30年代上海文化场域中自由主义文学思潮的"客观关系"。

一 "物质设备较高的上海"

上海，这座"冒险家的乐园"，这个诸多政治力量必争的20世纪"中国政治大舞台"，在20世纪30年代前后为自由主义文学的产生和发展创造了诸多历史契机，成就了自由主义文学与上海的历史际会。因为其独特地理优势，上海自1843年开埠以来，逐步发展成为中外经济、文化交流的重镇。20世纪至今，上海一直是中国版图上举足轻重的现代都市。这座城市被美国学者墨菲称之为"了解现代中国的钥匙"，他认为古老中国在上海首次经历了东西方文明的集中冲突，理性、法治、科学、高效、扩张的西方现代工业文明，与守旧、传统、直觉和低效的封建农业文明"走到一起"，因此，"上海，连同它近百年来成长发展的格局，一直是现代中国的缩影"①。雄厚的现代工业基础、繁荣的金融体系、独立的法治环境、便捷的交通网络、发达的现代出版业以及完善的文化休闲空间等，使得上海成为20世纪中国历史上物质财富和知识精英最为集中的现代都市之一。这些物质和精神储备，为20年代中后期文化中心的南移奠定了坚实的基础，也为自由主义文学思潮在上海的发生和发展提供了历史机遇。

自由经济是自由主义产生的基础，英国经济学家边沁的自由主义经济学，奠定了19世纪以来的自由主义重要原则。现代中国自由主义文学思潮在20世纪30年代上海达到顶峰，与上海的经济基础密不可分。30年代的上海有当时中国最发达的现代工商业、贸易和金融体系。得益于扼两江、面黄海、背靠长三角的区位优势，上海在20世纪30年代前后发展为中国乃至远东地区最大的经济中心。1933年前

---

① ［美］罗兹·墨菲：《上海——现代中国的钥匙》，上海社会科学院历史研究所编译，上海人民出版社1986年版，第4页。

后，上海的经济产值在中国独占鳌头，其纺织、化工等十余大支柱产业吸纳了 1666 家工厂、21 万产业工人和 1.39 亿元的资本，[①] 工业总产值占全国的半壁江山，其中食品、皮革、印刷等行业在全国的工业产值比重多达六七成。[②]

自由主义的产生，"必定要以市场经济、自由贸易以及与此相伴的中产阶级的强大为基本前提和条件"[③]。1931 年以前，外国的直接投资集中在几个条约口岸，特别是在上海。[④] 1931 年的统计数据表明，英、美、日、俄等国在沪投资总额达到 10.49 亿美元；截至 1932 年，在上海的 72858 家商号（登记店员 1295101 人）中，外商 1077 家（不含日本商社）；1936 年的上海进出口总额为 18.16 亿元，其中进口和出口分别占年度全国贸易额的 58.74% 和 51.21%。在此基础上，30 年代的上海汇聚了汇丰、麦加利、花旗、怡和等世界著名金融机构。截至 1932 年，在全国注册的 103 家银行中，有 59 家将总部设在上海，其中资本超过百万的 44 家银行中，有 25 家总部设在上海。[⑤] 截至 1935 年，84 家在华外资银行中有 28 家位于上海。[⑥] 胡适 1929 年 9 月 4 日复信周作人，论及为什么此时不想回北平的原因之一是："二年以来住惯了物质设备较高的上海，回看北京的尘土有点畏惧。"[⑦] 在国内国际贸易及资本运作中，上海积累了当时国内最优越的物质生活条件，西方现代自由贸易、公平竞争、注重契约等自由主义经济原则也得以尊奉。

---

① 申报年鉴社：《申报年鉴（民国二十三年）》，申报年鉴社 1934 年版，第 I25 页。

② 黄汉民：《1933 年和 1947 年上海工业产值的估计》，《上海经济研究》1989 年第 1 期。

③ 闫润鱼：《自由主义与近代中国》，新星出版社 2007 年版，第 37—38 页。

④ ［美］费正清编：《剑桥中华民国史》（上），第 119 页。

⑤ 申报年鉴社：《申报年鉴（民国二十二年）》，申报年鉴社 1933 年版，第 M112—M117 页。

⑥ 实业部中国经济年鉴编纂委员会：《中国经济年鉴（民国二十五年）》第 3 编，国家图书馆出版社 2011 年版，第 D3—D4 页。

⑦ 胡适：《致周作人》，《胡适全集》（第 24 卷），第 20—21 页。北京在 20 世纪的不同时段被称为京兆、北平（1928 年北京改名"北平"，1949 年改回"北京"）等。本书引用的文献对此称谓标准不一，皆照录。

二　"自由主义价值观"

　　贸易和金融的发达，给上海带来的不仅仅是商业文化的兴起，更重要的是随着西方思潮的大量涌入而形成的包容性文化品格和开放性都市个性。上海是一个移民城市，外来移民对于上海自由主义的发展具有重要意义。"人口迁移本质上是一种文化迁移运动"①，上海这座"冒险家的乐园"，"这个工商发达、文化繁荣、生活便利的资本主义现代化中心城市对各色人等都具有强大的吸引力"②。内地和国外居民纷纷定居沪上，中外文化思潮在这里交融碰撞。据统计，1843年上海总人口不过50余万，到了1933年达到3049534人，③ 30年代上海四分之三的华界居民来自外地。1930年租界外国居民达到42869人，占租界总人口的3%。④ 这些外国移民，由英、美、法、日等二十多个国家的人组成。对那些在故乡不如意而又心存梦想的中外移民来说，到上海去，既是一种逃避良策，又是一种"经典的冒险"。"上海就是这样一座为人们提供梦想和逃避之所的城市"，与此同时，"所有来到上海的人都抱着一个简单而共同的目标——追求更好的生活"⑤。

　　徐志摩在1928年《新月的态度》一文中说，"如同在别的市场上，这思想的市场上也是摆满了摊子，开满了店铺，挂满了招牌，扯满了旗号，贴满了广告，这一眼看去辨认得清的至少有十来种行业，各有各的引诱"。⑥ 这既可以看出当时中国思想界的鱼龙混杂，也可以

　　① 李瑊：《移民：上海城市的崛起》，《档案与史学》2001年第1期。

　　② 忻平：《从上海发现历史》，第133页。

　　③ 申报年鉴社：《申报年鉴（民国二十二年）》，第U10页。

　　④ 陆生：《上海人口三百万》，《时时周报》1930年第1期。

　　⑤ ［美］卢汉超：《霓虹灯外：20世纪初日常生活中的上海》，段炼、吴敏、子羽译，上海古籍出版社2004年版，第31、34页。

　　⑥ 徐志摩：《新月的态度》，《徐志摩全集》（第3卷），韩石山编，天津人民出版社2005年版，第194、195页。徐志摩在文中罗列了感伤派、颓废派、唯美派、功利派、训世派、攻击派、偏激派、纤巧派、淫秽派、热狂派、稗贩派、标语派、主义派等13个"店铺"。

看出上海蕴含的巨大文化包容性。30 年代的上海成为贩卖各种思想的大市场，各种思潮在这里汇聚。上海人所处的江南吴越文化圈，与国内外迁入的移民文化混杂在一起，养成了趋时骛新、温婉精细、重商尚利的现代都市文化传统，具有市民精神的上海中外移民也为自由主义文化准备了受众平台。"上海人的'柔弱'个性显然在这个城市的崛起中起了重要作用。从更大或者说从哲学的观点来分析，这种柔弱所表现的是一种自由主义价值观。"① 从自由主义的角度来看，上海人的个性，与其说是温婉，不如说是包容；与其说是柔弱，不如说是容忍。

三 "政府权力所不能及之地"

如前文所述，自由主义产生的前提是秩序，没有稳定理性的社会秩序，自由主义无法生根。同时，自由主义思潮是中国社会的异质因子，极易被集权扼杀。20 世纪 30 年代的中国大地，军阀混战，派系林立，并不是自由主义这棵幼苗生长的沃土，但是上海却堪称自由主义的一片绿洲。在英租界建立之初，《上海土地章程》规定华人不得在租界内居住和经商。1863 年，英美租界合并成立公共租界，与法租界并立。随后英、法、美三国领事馆修改了《上海土地章程》，打破华洋分居的局面，租界内人口结构也发生巨大变化。截至 1865 年，公共租界和法租界外侨 2757 人，而华人达到 146052 人，占租界总人口的 98.15%；到了 1925 年，生活在两个租界的外侨为 45569 人，而华人达到 1388801 人，占租界总人口的 96.82%。② 租界实际上是外国人在中国境内的自治区，外国人享有"治外法权"，中国政府无权干涉租界事务，成为所谓的"国中之国"。中国人应该遵守中国的法律，但是租界里的中国人却受租界的管辖，中国政府鞭长莫及。公共租界当局对租界内的中国居民行使司法权，这些中国居民就成了中国

---

① ［美］卢汉超：《霓虹灯外：20 世纪初日常生活中的上海》，第 30 页。

② 《上海租界志》编纂委员会编：《上海租界志》，上海社会科学院出版社 2001 年版，第 116—118 页。

司法体制之外的"局外人"，他们既无权参与租界的管理，也不直接接受中国当局的管辖。租界成立了最高权力机构——纳税人会议，该会议选举数人组成工部局董事会，董事会下设警务、交通、工务、财税、宣传等委员会管理租界事务，为了维持社会治安和外国侨民安全，工部局还组建了完全独立于中国社会体制之外的武装力量——巡捕房和万国商团。"在上海的公共租界里，中国人之间的民事或刑事案件，要由租界的会审公廨来审理，会审公廨实际上常常被外国陪审官所左右。中国军队在租界的通过权，始终为外国市政当局所拒绝。租界当局坚持，租界是在中国内战中的中立领土。"① 工部局在中国政府之外独立行使立法、司法和行政权力，使得租界成为在很大程度上脱离中国政治和文化秩序的"特别区域"。

自晚清以来，上海租界就一直游离于北京和南京政权之外，反而因此获得了特定空间。国人大都"视上海为北京政府权力所不能及之地"②，因此上海成为异见人士的避风港。置身上海司法界多年的姚公鹤认为，上海之所以能够成为中国"社会中心点"，其主要原因"实以租界为国内政令不及之故"③。飞速发展、藏污纳垢的租界，同时成为挑战当局主流政治秩序的庇护所。租界对现代思想传播的"缓冲地"作用，可以在许多案例中获得证实。例如，"苏报案"就体现出租界对现代知识分子的部分保护作用，因为租界是章、邹二人免死的重要"保护层"。

四　"中国政治大舞台"

洪子诚先生认为自由主义文学主要是一种政治性概念，④ 自由主义文学思潮带有浓厚的政治文化色彩。北京和上海是20世纪中国政治文化最有代表性的城市。30年代，上海成为中国现代政治核心地区

① ［美］费正清编：《剑桥中华民国史》（上），第131页。
② 蔡元培：《蔡元培全集》（第1卷），高平叔编，中华书局1984年版，第400页。
③ 姚公鹤：《上海闲话》，上海古籍出版社1989年版，第50页。
④ 洪子诚：《问题与方法：中国当代文学史研究讲稿》，第168页。

的主要原因有以下几方面：一是租界为政治运动提供了相对安全的活动空间；二是上海的国际地位凸显其在政治版图中的重要性；三是现代化的通信网络、传播渠道、出版媒介、交通设施和公共场所为政治活动提供了便利。①将上海称为 20 世纪"中国政治大舞台"，并非言过其实。

首先，上海是现代中国政治思潮最活跃的城市。章太炎、梁启超以及后来的陈独秀等近现代知识分子都先后在上海向全国鼓吹政治改革和思想革命。上海是《新青年》前身《青年杂志》的创办地。上海地处海路要冲，是海路交通枢纽，中外联系紧密。19 世纪中叶以后，负笈海外的中国学子，绝大部分从上海起航放洋，学成之后也在此地踏上故土。留学生带来的新思想和新视野，总是首先登陆上海。胡适、梁实秋、吴宓、林语堂、周氏兄弟等都在上海踏上留学的征程，也从上海踏上回国之路。

其次，上海是近代以来党派组织聚散最便捷的城市。上海的工业化、现代化和国际化，为组建政党提供物质基础。② 上海易攻易守，易聚易散，易进易退。上海和内地便捷的交通网络，易于党派组织聚集。上海濒临太平洋，靠近日本，便于人员撤退。晚清以来，不计其数的革命党人在危难时，从上海"亡命"日本及海外。时局安定后，他们又迅速从上海秘密回国，以求东山再起。孙中山的革命事业与上海的关系尤为紧密，蒋介石也在上海发迹。章太炎也有多次从上海逃亡的经历。1928 年大革命失败后，郭沫若从上海逃亡日本，开始十年流亡生涯。当然，1921 年 7 月中国共产党在上海成立并召开第一次代表大会，更能体现上海在中国现代政党活动中的重要地位。

五　"开放的都市新景观"

美国知识分子研究专家刘易斯·科塞在《理念人》一书中曾经罗

---

① 张仲礼：《近代上海城市研究》，上海人民出版社 1990 年版，第 674—677 页。

② 关于上海近代社会与现代政党活动之间的关系，参见苏智良、江文君《中共建党与近代上海社会》，《历史研究》2011 年第 3 期。

列了知识分子活动的若干制度化环境：沙龙和咖啡馆；科学协会和月刊或季刊；文学市场和出版界；政治派别；波西米亚式的场所和小型文艺杂志等。"他们都对西方世界知识分子的职业的形成起到了孵化器的作用。"① 公共文化空间是由文化个体自发集合而成的，介于官方文化空间和个人文化空间之间的中间地带。城市公共文化空间的形成不但需要市民阶层的壮大，也必须具备必要的城市物理空间。在公共文化空间里，城市市民阶级和知识分子群体能够对公共权力进行商榷或批判，与主流意识形态和官方主流文化进行辩论或疏离。城市舞厅、酒吧、书店、沙龙、跑马场、咖啡馆、俱乐部和文人雅集等，是城市文化中最具有浪漫色彩、最具有活力的公共文化空间，而这些空间或多或少都带有一点自由主义的意识形态色彩。

上海拥有现代知识分子交游的公共文化空间。② 上海的外国侨民热爱运动，特别喜爱骑马和打网球。上海静安寺路东端，沿着护界浜，建有跑马场，跑马场有引人注目的大看台和俱乐部。上海俱乐部有号称"世界上最长的酒吧"。马球、高尔夫球、网球、板球、棒球、划船、游艇、猎狐、射击等都有俱乐部。在骑马和打网球之余，还可以观看上海业余剧团和法租界的法国剧团演出。③ 餐会、茶话会、讲座、论坛、音乐会、朗诵会，甚至一些带有半私人性质的家庭"客厅"聚会，无论文学、历史、社会、经济话题，都有明显的公共文化空间特性。

在西方文化和生活方式影响下，公园、咖啡馆、电影院、西餐厅、现代公寓等新型公共空间在上海应运而生。"不断涌入的移民，以及包括新社会群体在内的城市居民共同分享着这些开放的都市新景观"④。这些公共空间包括开放的愚园、徐园、张园、半淞园等私家园林，⑤ 以及上海西

---

① ［美］刘易斯·科塞：《理念人》，郭方等译，中央编译出版社2004年版，第4页。

② 关于上海公共文化空间与上海作家生活的细节，参见叶中强《上海社会与文人生活（1843—1945）》第七章"晚清民国居沪文人的交往与结社"。

③ ［美］费正清编：《剑桥中华民国史》（上），第132、133页。

④ 苏智良、江文君：《中共建党与近代上海社会》，《历史研究》2011年第3期。

⑤ 这些园林多为清代江南巨富产业，19世纪末逐渐开放，成为"南社"等名士雅集之地，其中极具世俗文化氛围的当属张园，此园是晚清作家李伯元写作《官场现形记》之地。

区范园①、花园路南的"六三公园"②等。另外，沪上还有北四川路的新雅茶店③、南京路新雅大酒店④、四马路"一品香"番菜馆、南京路永安公司大东茶室⑤、虹口的内山书店⑥、三马路小花园"陶乐春"⑦、北四川路998号公啡咖啡馆⑧、霞飞路813号DD'S咖啡店⑨、提篮桥海门路东海电影院⑩等饮食、娱乐、清谈和休闲之地。这些开放的文化空间也为现代自由主义知识分子提供了绝佳的沙龙、餐会、结社和创作空间。⑪

　　1930年5月沈从文在《燕大月刊》上发表《海上通讯》一文，

---

　　①　坐落于今华山路江苏路交界处的一座座精致西式洋房，当时为上海银行家、实业家、律师名医等上流居家、聚会之处。1929年5月前后，胡适、梁实秋、徐志摩、罗隆基等数次在此地举行"平社"聚餐会。

　　②　1929年4月9日，鲁迅偕妻子与柔石等赏樱花之地。

　　③　1930年2月1日，鲁迅、冯雪峰、沈端先、陈望道、傅东华等宴饮于此。周扬以及唯美主义作家邵洵美、林微音等也不时造访此地。

　　④　1932年新雅茶店在南京路719号开设新店，曰"新雅大酒店"，鲁迅、林语堂、曹聚仁等常去，郁达夫、戴望舒、张资平、邵洵美、刘呐鸥、施蛰存、杜衡、黑婴、叶灵凤、林微音等是新雅大酒店二楼东厅的常客。

　　⑤　1934年，文学编辑黎烈文、萧乾、黄源、孟十还等时常在此地聚会。

　　⑥　该书店地处虹口区北四川路魏盛里（现四川北路1881弄），1929年迁至北四川路底施高塔路（今山阴路）11号。鲁迅购书、谈话、会客和避难之地。

　　⑦　此店位于今汉口路，系当时上海川菜龙头。1928年4月2日，郁达夫招饮鲁迅、内山完造等之地，后鲁迅与林语堂、郁达夫等数次在此聚餐饮酒。

　　⑧　1930年2月16日，柔石、冯雪峰、鲁迅等聚会商讨"左联"成立事宜之地。

　　⑨　此"白俄"开设的餐馆，是"南国社"戏剧家群体以及徐志摩、郁达夫、蒋光慈、邵洵美等众多知名作家经常光顾之地。

　　⑩　1929年6月7日，鲁迅与周建人等看电影之处。鲁迅在沪期间看电影150余场，这仅仅是他光顾的众多影院之一。其他诸如上海大戏院、卡尔登大戏院、南京大戏院、大光明戏院、国泰大戏院等同时也是其他作家消遣之所。关于鲁迅在沪期间看电影细节，可参见叶中强《上海社会与文人生活（1843—1945）》附录三"鲁迅在沪时期所观电影与所去电影院"。

　　⑪　原来对华人设限的租界公园也陆续开放，1928年6月30日，上海租界公董局发表通告，宣布自7月1日起，法租界公园对中外人士开放。1928年12月，号称远东第一的大光明大戏院在上海落成。

用"双重乡下人"① 的眼光调侃上海见闻，语言虽然带有一些俏皮，但依然可以看出30年代上海公共文化空间的鳞爪。

> 上海看电影下午三点，五点半，九点一刻，一共三堂，大的洋的，白天楼下一元晚上也一元，小的洋的白天楼下半块，有声音，真刀真枪杀仗，唱夏威夷黑人歌。国际新闻则免不了是美国足球比赛，笑片则是爱尔兰兵士上城里逛游剧场。另外，小的中的只花小洋两毛，有飞来伯老片子。大马路有印度阿三站岗，三马路小绸缎铺每天作纪念周……广西路有大屁股娼妓画眉毛成钩形，在鞋铺门前看鞋子。北京路仍然各处是木器，多处是烂书旧报。电车各路皆挤满了人，因为公共汽车罢了工。小报上每天有载登国府要人趣事的消息。《良友杂志》随时有女校皇后登载到上面，或者用手支颐，或者低头敛脯，都特别比本人标致。闸北四川路，一到下午就有无数青年男女在街上逛玩，其中一半是学生，一半是土娼流氓。这地方上海文学家称为"神秘之街"。到四马路望平街去，所有大书铺皆在那里，到那些书店去时常可以见到赵景深，可以见到作家。到公园去，全是小洋团团的天下，白发黄毛，都很有趣味。到车站去，有女稽查员搜索女人身上。到旅馆去，各处是唱戏打牌声音。到跳舞场去，只见许多老人家穿长衣带跌带跳的抱了女人的小腰满房子里走。②

电影院、歌舞厅、绸缎庄、旧书店、八卦刊、消闲街、洋公园、打牌馆，沈从文给我们展示了30年代上海鲜活的样貌。当然，除了这些公共文化空间，还有类似胡适在极司斐尔路寓所、林语堂在忆定盘路的"有不为斋"等私人公寓。私人公寓定期举行沙龙和餐

---

① 所谓"双重乡下人"视角，其一，沈从文来自湘西，自称乡下人；其二，沈从文当时居住在吴淞中国公学，是上海的乡下，这里离上海市约三十五里，离法租界五十里，从市区到中国公学，要换四次车才能到达。

② 沈从文：《沈从文全集》（第11卷），北岳文艺出版社2009年版，第87—88页。

会，成为作家们"半公共"的社交场所。文学公共空间特质有助于形成文学的时代风格和社团特性。"在这里，作家通过让自己的思想在同行和仰慕者心中过滤，能够使它们更为清晰；在这里，他们有机会在活跃的谈话和与要人的不断交流中，检验它们的价值。这样产生的文学，其突出的特点便是，它是一种社交文学、游戏文学，生动鲜活，熠熠生辉。"① 文学公共空间对文学思潮的影响极为重要。自由主义文学的生命力在于它是一种闲适的、精英的、鲜活的、灵动的、发光的文字，这种文字就诞生在类似上海这样的多元公共文化空间里。

六　"同书店做生意"

1928 年年初，沈从文刚到上海。他一开始对上海并不满意，但坦言"目下则一离开上海就得饿死"②。当北平文化生态持续恶化时，20 世纪 30 年代的上海为作家提供了生存空间。在那样一个风雨飘摇的时代，上海之所以能让作家群体不被"饿死"，得益于上海发达的出版业。文学出版和文学报刊是文学思潮孕育的平台，也是养育作家和知识分子的土壤。文学传播媒介对文学思潮的意义举足轻重，"文学报刊承担着文学的发表、组织和引导功能，直接影响文学内容、题材和风格的形成，并创造出具有时代性和社会性的文学思潮"③。上海之所以成为现代中国首屈一指的出版之都，凭借的是近代以来雄厚的工业基础、新式学堂造就的新市民文化消费阶层以及大批鬻文为生的现代出版人和作家。④ 虽然当时的上海与阿多诺所说的"文化工业"层面还有一定距离，至少也是中国现代以来最具有"印刷资本主义"

---

① ［美］刘易斯·科塞：《理念人》，第 16 页。
② 沈从文：《沈从文全集》（第 18 卷），第 15 页。
③ 王本朝：《文学传播与中国现代文学》，《贵州社会科学》2004 年第 1 期。
④ 关于 30 年代上海出版业的盛况，参见冉彬《30 年代上海文学与上海出版业》，博士学位论文，上海师范大学，2007 年，第 33—51 页。

文化组织架构的城市。①

　　租界当局和教会机构首先在上海建立了现代图书出版架构。在第一次世界大战前，上海的公共图书馆有1.5万册外文图书。十几个教会团体在上海设立机构进行活动，使上海成为中国最大的传教活动中心。② 外文报纸，有英文的《字林西报》《大美晚报》《上海泰晤士报》《大陆报周报》，法文的《中法新报》，德文的《德文新报》和日文的《上海日报》。除了外文报纸，上海还有许多中国人创办的非官方报纸。这些报纸创办之初，大都受到西方传教士的资助，晚清及其以后的各个政权都无力直接加以政治干预。这些报纸成为立志改革的精英知识分子的喉舌和舆论阵地。"到1906年，据统计，在上海的报社共66家，而在这个时期出版的报纸，总数达239种。"③

　　近代以来，受过新式教育的知识分子逐渐在上海汇聚成数量极为可观的群体。据统计，在20世纪10年代的上海，有500多所新式中小学，④ 现代知识分子也对文化繁荣与自由的上海心存向往。众多印刷、报刊从业人员和文学阅读消费群体也逐渐积聚上海。有了坚实的工业基础、庞大的文学消费人群及出版从业者，现代文学在上海的黄金时期即将到来。对中国现代文学贡献最大的几家出版社，如商务印书馆、泰东书局、开明书店、文化生活出版社等出版机构都创立于上海。1912—1926年，上海出版的图书占全国的70%。全国最大的出版机构商务印书馆在1911—1920年，总计出书2657种，其中占首位的社会科学类图书801种。⑤ 出版商需要作家、学者，作家、学者更

　　① 印刷资本主义是美国学者本尼迪克特·安德森在《想象的共同体》一书中提出的概念。安德森认为，印刷资本主义的产生为欧洲的宗教改革运动及其随后的民族主义意识形态的传播提供了必要的技术手段。美国学者芮哲非则将这一概念运用到对近代上海文化传媒工业的分析中，指出以上海为中心的印刷资本主义（如"文化街"）对塑造近代中国思想和精神形式有巨大作用。Christopher A. Reed, *Gutenberg in Shanghai*：*Chinese Print Capitalism*, *1876-1937*, Vancouver：Unirversity of British Columbia Press, 2004.

　　② ［美］费正清编：《剑桥中华民国史》（上），第133页。

　　③ ［美］费正清编：《剑桥中华民国史》（上），第443页。

　　④ Mary Louise Ninde Gamewell, *The Gateway to China*：*Pictures of Shanghai* (1916), Taibei：Cheng Wen Publishing Co. 1972, pp. 106-107.

　　⑤ 商务印书馆编：《商务印书馆九十五年》，商务印书馆1992年版，第775页。

需要出版家。出版界经营者与知识分子群体形成了广泛联系，使得上海对文化人具有独特的吸引力。[①] 1927 年前后，北方军阀为了对抗国民革命军北伐，对北方控制日紧，北京出版业遭受重创，出版人林白水等被杀害，在此期间，《现代评论》、北新书局等报刊和出版社相继迁往上海，上海的出版业进一步壮大。

同时，30 年代上海业已形成专门的文化出版和交易平台。望平街是报纸发行中枢，棋盘街是书刊交易中心，这两个街区都异常繁忙，将近 300 家大小不等的出版公司和书店齐聚这里。[②] 这两个街区毗邻南京路、福州路，成为上海文化生产和文化消费的核心区域。[③] 现代工业吸纳的产业工人和都市白领对书刊杂志都有旺盛的需求，上海成为文学杂志和各类期刊编辑、印刷和出版的核心区域，成为不折不扣的杂志大市场。[④] 沈从文回忆说："中国新文学的势力，由北平转到上

① 胡适与上海出版商的友情就是一个很有说服力的例证。商务印书馆的上层与胡适交谊深厚，张元济、高梦旦曾于 1921 年 7 月邀请胡适南下考察。四一二政变发生时，张元济与即将回国的胡适保持密切联络，帮助胡适平安返回上海。胡适在随后三年半的上海生涯中，这些出版界的朋友一直是他经济上和思想上的坚定支持者。在人权论战中，张元济曾多次呼应胡适的主张，并牵挂胡适的人身安全。

② Christopher A. Reed, *Gutenberg in Shanghai: Chinese Print Capitalism, 1876 - 1937*, Vancouver: Unirversity of British Columbia Press, 2004, p. 17.

③ 上海出版老前辈朱联保这样回忆 30 年代文化街上繁忙的景象：在福州路上，自东而西，店面朝南的，有黎明书局、北新书局、传薪书店、开明书店、新月书店、群众图书杂志公司、金反书店、现代书局、光明书局、新中国书局、大东书局、大众书局、上海杂志公司、九州书局、新生命书局、徐胜记画片店、泰东图书局、生活书店、中国图书杂志公司、世界书局、三一画片公司、儿童书局、受古书店、汉文渊书肆等；店面朝北的，有作者书社、光华书局、中学生书局、勤奋书局、四书局门市部、华通书局、寰球画片公司、美的书店、梁溪图书馆、陈正泰画片店、百新书店等，可见文化街上，书店确实是多的。在弄堂内、大楼内的，还不在内。参见朱联保《近现代上海出版业印象记》，学林出版社 1993 年版，第 6、7 页。

④ 从晚清到 1949 年，中国有明确创刊日期的 988 种文学期刊中，在上海创刊的有 445 种，北京创刊的只有 106 种，仅 1933 年上海就出版了 215 种杂志，其中包括人文科学 102 种，文学艺术 40 种，普通杂志 38 种。其中《申报月刊》《现代》《文学》等 16 开本，每期百页以上，装订最厚的《读书杂志》达 700 页。上海还出现了专营杂志的上海杂志公司，一月之内就有近千种杂志出版，平均每天出版 20—30 种，上海可谓不折不扣的"杂志市场"。参见旷新年《1928：革命文学》，山东教育出版社 1998 年版，第 30、31 页。

海以后，一个不可避免的变迁，是在出版业中，为新出版物起了一种
商业的竞买。"① 沈从文是30年代上海出版界商业化运作体系的亲身
经历者和受益者。如果没有上海出版业提供的巨大市场，现代文学史
上可能就不会出现沈从文这一篇章。沈从文在上海几年的生活、工作
和创作活动，进一步密切了他和胡适等自由主义知识分子之间的关
系。一个从事"习作"的"小学生"摇身一变，成为站立在中国公
学讲坛上的大学教师。更重要的是，上海为沈从文的创作提供了坚实
的市场支撑，奠定了他在文坛上的重要地位，增强了他的创作自信。

　　沈从文在北京流浪数年，其间一度穷困潦倒，直到被郁达夫等关
注，才逐渐走上创作道路。他在1926年9月开始全职写作，11月北新
书局出版了他的第一部多文体作品集《鸭子》，但是他时运不济，北京
的文化生态已经开始恶化。北新书局和《现代评论》迁往上海后，沈
从文的文学阵地南迁，他也南下上海。到上海后，沈从文的发表阵地逐
渐增多，在徐志摩等朋友的引荐下，结识了胡适、高一涵、王际真等好
友，给《新月》供稿，和胡也频、丁玲等主办《红与黑》《人间》刊
物，组建红黑出版处，协助编辑中华书局"新文艺丛书"，登上中国公
学、暨南大学的讲坛，成为大学教师。上海期间，要给母亲治病，给妹
妹沈岳萌支付学费，还要担负一家人的租房和饮食起居支出，他时常处
于经济窘迫状态，所以一直努力写作，卖文支撑，创作的产量和质量都
有质的飞跃。1928年，他全年发表40余篇作品，首次发表长篇小说
《旧梦》《阿丽思中国游记》，他这一年的短篇小说《柏子》《有学问的
人》，"被认为是新变化的起点，预示其创作渐趋成熟"②。1929年，他
自认为是"最勤快写作的年份"，发表新作30余篇，其中包括《龙朱》
《会明》等名篇，编写教材讲义，扩大了写作题材，跨入新的工作领
域。1930年，又发表30余篇作品，包括现代文学史上脍炙人口的《萧
萧》《丈夫》等。

　　沈从文在上海期间丰厚的文学产出，和上海出版业商业化体系有

---

① 沈从文：《论中国现代创作小说》，《沈从文批评文集》，刘洪涛编，珠海出版社
1998年版，第89页。

② 沈从文：《沈从文全集》（附卷），第11页。

直接的关系。换言之，沈从文的文学成就，某种程度上是上海期间"一写成就挟到书铺去交卷"的生活所迫，是上海文坛"三块钱一千字"的出版体系逼迫，是在"同书店做生意"而编集子写小说的过程中逐渐累积而成的。① 即便沈从文不想写，写不出，面对能够卖钱维持生计的写作市场，他也别无选择。"文章是写来也全无意思的，我似乎在做文章以外还应当作一点其他事情，但目下则除了这样写三块钱一千字的小说以外就是坐到家中发自己的脾气，或者世界上也应有这种人点缀，所以无法与命运争持了。"②

沈从文在上海期间经济收入的绝大部分来自稿费和版税。"我写了两天文章还只写七百字，心的软弱就可想而知。因为还是相信挤与榨，所以并不放笔，小睡也仍然捏定笔杆，笔是三年来一家人吃饭的一只骨杆笔。""只要活得久，文章不有人要，还是要写！"③ 为了摆脱经济窘境，他只有勤写多写："我明白我只有一个办法就是写，若写得出，就好了，若写不出，我想月底的狼狈或仍将同没有教书时一样，完全无办法处置自己的。"④ "数日来因生自己的气，连写了一礼拜文章，倒很写了几个短篇，为旧历岁暮留一纪念。"⑤ 1930 年 1 月 25 日，他给胡适写信说："前正之稿已承一涵先生为售去，得洋三百三，过年可以平安无虑。"⑥ 这年春节当天，他给王际真的信中说："卖了两本书，得了三百块钱"，他和九妹沈岳萌一起去上海市区玩了

---

① 因生计所迫，沈从文无法从容写作，他也深感创作"草草了事"。1930 年 8 月 1 日给胡适写信说："文章像并无一个完全篇章，因为没有一个创作不是草草了事。先是能力不够，看不清楚，后来是急于成篇，马虎结束，所以都近于是同书店做生意而编成的集子。时间不许我把一个短篇用三天以上的功夫去写，习气又作成我一写成就挟到书铺去交卷的机会，所以过去的文章想努力忘掉它。在我自己工作上，我总是当成当然失败，找不出理由稍稍满意的，我以为我将来会好，这将来日子还长。现在总还是试作，因为试作，所以各种方向我都去写，各种方法我都去实验。如果生活不必使我把工作连在穿衣吃饭上面那么密切，得一点从容，就幸福了。"参见沈从文《沈从文全集》（第 18 卷），第 96 页。

② 沈从文：《沈从文全集》（第 18 卷），第 15 页。

③ 沈从文：《沈从文全集》（第 18 卷），第 35 页。

④ 沈从文：《沈从文全集》（第 18 卷），第 23 页。

⑤ 沈从文：《沈从文全集》（附卷），第 44 页。

⑥ 沈从文：《沈从文全集》（第 18 卷），第 46 页。

一天，把钱"挥霍一空"，"像是报了小小的仇，把好话说尽得来的钱，用到岂有此理的事上去"。①

1930年1月17日，沈从文还特意到堪称上海图书交流中心的四马路去实地考察，对那里热闹的情形感到诧异，唯一遗憾的是对自己的书印刷装帧不满意。"上海地方好像一天热闹一天，昨天走到四马路去看看，所有书店皆是大门面极其热闹可观，许多年轻人皆样子怪可怜在那里买书看。我是一见到人买书，以及见到我那些书排在架上，就心中怪不好受的，因为同时总想起那些老板可恶。我的书内容不一定是中国作家顶好的书，但书印得顶坏的恐怕就是我的书了。"②

从沈从文上海写作经历可以看出，上海文学消费市场和出版市场的繁荣，产生了良性的稿酬机制，为作家生存提供了经济基础，哺育了一批鬻文为生的职业作家。依靠上海出版业提供的稿酬，鲁迅生命的最后十年在上海度过了相对稳定的日子。我们可以在鲁迅的日记里查阅到源源不断的稿费收入。鲁迅这样的职业作家能够自食其力，在白色恐怖氛围中坚持自由思考和独立人格，"完全依靠自己挣来足够的钱，超越了'官'的威势、摆脱了'商'的羁绊③。同样，我们可以在胡适日记里找到各种稿酬记录，如果没有亚东图书馆和商务印书馆的稿酬，胡适在上海很难立足，更不要说同国民党当局进行人权论战了。④ 20年代北京文化生态恶化以后，众多大学教授、知识分子和作家陆续来到上海，与上海能够提供的文化消费市场息息相关。大革命前后，除了上海，全中国可能找不到让作家文人们既保障人身安全，又能靠笔杆子生活的城市了。沈从文所谓"一离开上海就得饿死"，毫不夸张。

当然，上海出版业给国民党当局的文网带来巨大挑战，有利于自

---

① 沈从文：《沈从文全集》（第18卷），第47页。

② 沈从文：《沈从文全集》（第18卷），第41、42页。

③ 陈明远：《鲁迅生活的经济背景》（上），《社会科学论坛》2001年第2期。

④ 据不完全统计，从1928年1月至1930年11月离开上海，胡适至少从亚东图书馆获得10623.47元稿酬，月均303.52元。若不将商务印书馆的稿酬、新月书店的稿酬和演讲收入计算在内，仅亚东图书馆的稿酬收入就已经超出胡适在北大的月薪。参见叶中强《上海社会与文人生活（1843—1945）》，第227页。

由主义知识分子和当局开展论争和抗辩，争取最大限度的言论自由。国民党当局无力管辖租界内的期刊注册事宜，租界内的出版物为当局所不喜，政府也很难短时间内查抄和没收。即便最后被查封，出版者立刻改换门庭、另起炉灶又重新开张了。知识分子在租界和国民党当局玩猫捉老鼠的游戏，审查员疲于奔命应接不暇。鲁迅等左翼作家们频繁更换笔名，继续与国民党笔战。

综上所述，现代上海的经济基础、文化积淀、社会体制、公共文化空间和出版传播平台等众多优势，为自由主义思潮的生长提供了适宜的物质、文化和场域时空环境，为自由主义作家的生活和写作创造了适宜的文化空间，也为20年代末期中国文学中心的南移做好了接纳的准备。德国哲学家舍勒的知识社会学特别注意揭示它与各种社会文化的相互关系，着重分析研究对象所置身的复杂的社会文化力量是怎样从不同的方向上构成对它的牵引和塑造。[1] 一个立方体，其六个塑造面必须同时受到方向、力度和平面都相同的物体的牵拉和限制，否则就会成为不规则物体。同一个事物，随着周围环境的变化，用来限制和吸引其形态的力量发生改变，事物的形态也随之发生改变，虽然事物的内核还保持以往的性质，但是其外在形态已经发生本质变化。随着时空演进，外在变化最终会改变事物的内核和本质，量变发生质变。限定一个事物的外部环境对于描述一个事物的内在本质具有重要的意义，因为一个事物呈现的外在状态和现象，是其内在本质的重要表现。身处动荡复杂的近现代中国，自由主义文学思潮历经数十年的变化演进，其内部本质和外部形态随着政治、经济、文化等力量的变化，被不断变换的文学场域结构牵引和塑造。20世纪30年代上海的自由主义文学思潮，就是观察社会场域牵引和塑造文学样态的窗口。

---

[1]　李怡：《开拓中国"革命文学"研究的新空间》，《探索与争鸣》2015年第2期。

第四章　中国现代文学中心的转移
与文人京沪播迁

　　修订版《中国现代文学三十年》将 1917 年、1927 年、1937 年和 1949 年作为四个时间节点，① 这一断代方式已成学界共识。1927 年的文学史意义，在于国共分裂后革命文学和左翼文学的兴起，还包含中国现代文学中心的转移。当时空维度聚焦在 1927 年前后的北京和上海，就会发现，现代文学第一个十年的尾声在北京，第二个十年的序幕则在上海拉开。这种现象被学界称为现代文学中心的南迁，或"逃离北京"现象，② 亦有文学史称之为"30 年代前后新文学中心南移"③。这一文学现象虽然已成定论，但现代文学中心南移的文学史细节并未引起足够关注。鉴于现代文学中心的南迁背后有复杂的历史细节并未得以充分展开，且文人播迁现象的文学史意义需要厘清，还原 1927 年前后京沪两地的地缘政治和文化场域结构，考察 20 世纪 20 年代后北京和上海的文化格局及其重组的动态历程，就成为题中应有之义了。

一　寂寞荒凉的首善之都

　　筑巢还需引凤，前文梳理了上海 20 世纪 30 年代自由主义文学思

---

　　① 钱理群、温儒敏、吴福辉：《中国现代文学三十年》（修订本），第 1、162、379 页。

　　② 王建伟：《逃离北京：1926 年前后知识分子群体的南下潮流》，《广东社会科学》2013 年第 3 期。

　　③ 朱栋霖、丁帆、朱晓进：《中国现代文学史》（上册），高等教育出版社 2012 年版，第 203 页。

潮发展的若干条件，而这一思潮最终形成还要靠作家主体推动。自由主义作家为什么会在 20 世纪 30 年代前后聚集到上海？他们之前所处的时空环境发生了什么变化？这就必须从 20 年代末的北京开始说起。30 年代以前，中国的文化中心当之无愧是北京。因为中国传统政治架构和科举制度的原因，明清以来作为王朝中枢的"首善之都"，积淀了深厚的文化根基。20 年代前后的北京，坐拥北大、清华等近十所当时中国最知名的高等学府，延揽了胡适、陈独秀、李大钊、周氏兄弟等文化名流，作为新文化运动的发源地，作为现代文学史上第一个大型文学团体文学研究会的诞生地，作为孕育了"太太的客厅"、《晨报·副镌》、早期新月社等众多公共文化空间的宝地，北京毫无疑问当属中国新文学和新文化运动的中心。

　　第一，首都的政治场域对知识分子来说有天然的吸附力。中外知识分子大都具有类似柏拉图的"叙拉古情结"，更不要提具有感时忧国、"学而优则仕"和"文人国师梦"传统的中国读书人了。北京数百年来积淀而成的都市世俗社会和市民文化生活内涵丰厚，更能吸引名人雅士。更主要的是，北京的现代大学网络为知识分子提供了职业支撑、经济基础和生存空间，这些高等教育机构"为文化转型期的知识分子精英提供了新的生存空间"①。中国现代大学是知识分子得天独厚的文化空间：大学管理和运作相对独立和民主，对社会世俗力量有足够的缓冲和净化能力，有众多青年学生担当新思潮的拥趸，有稳定的薪资支撑生计。所以，大学校园是 20 世纪前叶中国现代知识分子生存和聚集的核心场域。蔡元培的教育思想和巨大人格魅力，使得北大在其执掌下网罗了胡适、周作人、林语堂、徐志摩等一大批知识精英。

　　北京的文化聚集效应，可以在沈从文写作生涯中得到印证。1923 年 8 月下旬，21 岁的沈从文带着求学的梦想来到北京。初到北京的沈从文，经常从琉璃厂到天桥饱览沿途古玩店和挂货铺，这些地方对沈从文来说堪称"文化博物馆"。他每天去宣武门内的京师图书馆分馆读书，许多新旧杂书就是在这一阶段读到的。他还到北大旁听课程，

────────────────

　　① 张林杰：《文化中心的迁移与 30 年代文学的都市生存空间》，《北京大学学报》（哲学社会科学版）2000 年第 6 期。

穷困潦倒中得到郁达夫的鼓励和帮助，后由梁启超介绍到熊希龄创办的香山慈幼院担任图书管理员。沈从文给徐志摩写信，二人相见继而成为挚友。通过徐志摩，沈从文结识闻一多、罗隆基、潘光旦、叶公超等人。新月社阵地《晨报副刊》和文学研究会阵地《小说月报》都先后刊载了他的数部作品，他的经济条件也有所改善。1925 年 10月，"新任甘肃省长薛笃弼的秘书长聘他为省府秘书，将路费寄到熊希龄处。他珍惜北平的文化环境，请熊希龄退还了路费"①。沈从文的文学生涯从北京起步，30 年代前后流转上海、武汉和青岛，最终还是回到北平，并成为"京派"的中坚。

20 世纪 20 年代末之前，北京是现代文学和文化的中心，上海、南京、天津等与其相映成趣。但北京这种"令人珍惜"的文化环境未能持续太久，20 年代中期以来北京文化生态伴随着军事和政治斗争的恶化而迅速凋敝。知识分子和作家赖以生存的物质条件和文化氛围愈加严苛，最后他们不得不劳燕分飞。1927 年 11 月下旬，沈从文写给大哥沈云麓的信透露了北京的文化高压："在北京，亦有因他方来信不知误用孙中山像或国民党遗嘱之类信封信笺因而被传拘者。"② 从北京的政权形态来看，20 年代的北京大致经历了直系和奉系两个阶段。从全国政局来看，20 年代的北京与南方国民党政权持续割据，孙中山为首的国民党虽数次策动北方兵变，但是直到 1925 年孙中山逝世之前，都未能完全掌控北京。蒋介石全面接管国民党之后，于 1926 年 7月 9 日誓师北伐，国民革命军一路苦战向北，直到 1928 年 12 月 29日张学良"改旗易帜"，国民党才在形式上完成对中国的统一。

20 年代中期直奉系争夺和 20 年代末奉系和蒋系较量期间，北京知识分子的生存空间迅速恶化。首先，新文化运动期间营造的政府与大学领袖之间的共识破裂。1917 年蔡元培就任北大校长之前，在人事权和财力保障等方面与北洋政府达成共识，为蔡元培入主北大之后广开言路、广纳各路英才提供坚实基础。但这种共识局面未能持续太久。1923 年 1 月，北京大学兼职教员罗文干遭直系倾轧被捕，罗是王

---

① 沈从文：《沈从文全集》（附卷），第 8 页。
② 沈从文：《沈从文全集》（第 18 卷），第 7 页。

宠惠内阁的财政总长，后无罪开释。内阁更迭之后，张绍曾主政，其教育总长彭允彝为讨好上峰，复议罗案，致使罗文干再度入狱。北大校长蔡元培对此极力反对，北大师生亦加入反对彭允彝的斗争。1月17日，校长蔡元培以彭允彝干涉司法独立蹂躏人权为由，愤然辞职，并于18日早晨离京。北大极力挽留，北洋政府也被迫"慰留"，但蔡元培在沪杭之间盘桓，迟迟不肯北上。此后，他的北大校长之职虽被保留数年，但蔡一直未到任理事，实则有名无实。大学领袖与军阀政府之间的矛盾不可调和，失去蔡元培的北大，就失去了精神核心，知识分子群体逐渐涣散，文人纷争也逐渐显现，派系摩擦逐步加剧，与蔡有着深厚情谊的胡适、鲁迅等精英知识分子失去了共同的挚友。蔡元培的南下，是北京大学乃至北京文化生态的分水岭，比之前陈独秀被捕的影响更为深远，它标志着北京文化中心的凝聚力逐渐涣散。

第二，当局随意裁撤合并高校布局，学潮风起，安定的高校学术环境被打破。1924年2月，教育部颁布《国立大学校条例》，遭北京学界强烈反对。1924年11月初，女师大校长杨荫榆勒令受战事影响而未及时返校的三位学生退学，引发学生不满，风潮遂起，后来风潮矛头转到镇压学生运动的北洋军阀政府教育总长章士钊。1925年8月10日，政府勒令女师大停办，17日将其改为北京女子大学，遭到师生一致反对，20日，政府派军警强行接收，直到11月段祺瑞政府倒台，女师大才宣布复校。不过，女师大的命运依然命悬一线。1926年9月，当局强令女师大改为女子文理学院师范部，教育总长任可澄及校长林素园率军警数十人前往武装接收。在这场迁延数年的"女师大风潮"中，支持学生的鲁迅和林语堂都深受牵连，北洋军阀政府向他们发出了通缉令，二人不得不先后南下厦门大学。[①]1927年1月5日，京师学务局武装接收北京师范学校，又引起在京各校教职员反

---

① 据林语堂回忆："民国十五年（1926年）四五月间，狗肉将军张宗昌长驱入北平，不经审讯而枪杀两个最勇敢的记者（邵飘萍和林白水）。那时又有一张名单要捕杀五十个激烈的教授，我就是其中之一。此讯息外传，我即躲避一月，先在东交民巷一个法国医院，后在友人家内。有一日早晨，我便携家眷悄然离开北平了。"参见子通主编《林语堂评说70年》，中国华侨出版社2003年版，第5、6页。

对，再次引发风潮。专制政府的不作为和乱作为，以及由此引发的频繁激烈的学校风潮，在现代教育史上实属罕见。

第三，高校欠薪时有发生，知识分子生计难以维持。各路军阀都将北京视为必争之地，割据之下的北京，大肆兴兵备战，城内城外兵戈闪闪，政府财政空虚混乱，各大高校深受欠薪之苦。早在1921年春夏，北京大学等八所高等院校，就选派代表组成"北京国立专门以上各校教职员联席会议"，开展"索薪"运动，维护教职员正当权利。与教育部多次索欠无果之后，各校师生千余人到北洋政府国务院请愿，未曾想军警竟然对师生兵戈相见。游行队伍中，主持北大校务的蒋梦麟受伤不起，李大钊倒地不省人事，法专校长王家驹、北大教授马叙伦和沈士远头破血流。经过长达四个多月的斗争之后，教授学子们用血泪换来了艰难的胜利。然而杯水车薪，这种斗争并不解决根本问题。1922年夏天，欠薪日趋严重，蔡元培感叹："解决经费困难，实一最大而最重要之事"，"开学在即，不名一钱，积欠在五月以上"[1]。他和北京其他七所大学的校长们依然不停地与政府交涉，要求解决教育经费问题。

国民政府北伐后，北洋军阀的势力控制范围逐渐萎缩，政府财源日渐枯竭，大学经费一直久拖不付，欠薪问题几无解决希望。张作霖进京后，情况更加雪上加霜。临时总统段祺瑞辞职，北京实际上已经没有国家元首。直奉军阀围绕内阁控制权的斗争呈焦灼状态，内阁如走马灯般更迭不断。从1926年6月22日到1927年6月16日，北京连换了三届政府，平均任期没有一届超过四个月[2]。政府行政能力孱弱，各职能部门和军警的工资都难以为继，更不要说高校员工的薪俸了。1926年中秋节前，京师卫队冲进国务院讨要薪水，总理部长被困十几小时无法脱身。被困其中的财政部长顾维钧无奈地感叹道："有

---

① 张晓唯：《蔡元培与胡适（1917—1937）》，中国人民大学出版社2003年版，第52页。

② 北京大学历史系《北京史》编写组：《北京史》（增订版），北京出版社1999年版，第425页。

十三个军警部门参加了示威。在北京出现这种情况，表明政府是多么无能。"① 在此格局之下，北京各大高校，不得不将主要精力放在"索薪"上，即便请愿、游行、静坐和呼号，到最后"每个月也只能领到三几成薪水，一般人生活非常狼狈"②。在京知识分子的物质生活条件每况愈下，一时间人心浮动，许多人不得不开始"逃荒"。

第四，舆论高压态势日渐严重，言论自由备受钳制，生命安全受到威胁。割据军阀为了扩大地盘，一边寻找帝国主义后台，一边对内进行高压专制。1926 年 3 月 18 日，一场声势浩大的反对帝国主义游行示威，遭到段祺瑞政府的血腥镇压。三一八惨案对在京知识分子的震慑力很大，徐志摩在 3 月 25 日作的《自剖》中回忆说，大屠杀的情景似乎让人感到如在梦魇一般，被杀害的不仅仅是那些年轻的学生，他自己也遭受了致命打击。想到国务院门前的断臂残肢，他就感到难以名状的悲哀和愤慨。他悲愤地说："这深刻的难受在我是无名的，是不能完全解释的。"③ 在军事强人统治下的中国，任何怪诞的情形都有可能发生，徐志摩在血腥屠杀面前不知所措。

三一八惨案仅仅是反动军阀草菅人命的开始。爱国师生群情激愤，更加决绝地投入到反对列强、争取民权的运动中去，继而当局镇压的手段愈加严酷。如此恶性循环，学生和知识分子的反抗促使统治者文化高压政策逐步升级。1926 年 4 月 15 日直鲁联军进逼北京，国民革命军相继退守。张作霖入京后，随后展开一系列大清洗。4 月 26 日，《晨报》主笔邵飘萍因"宣传赤化"被张作霖杀害；5 月 1 日，北京卫戍司令王怀庆宣布凡是宣传"赤化"、主张共产的人，不分首领和群众，一律处死。8 月 6 日，《社会日报》主笔林白水被张宗昌杀害。此后，《语丝》《现代评论》等新文学期刊被迫陆续停刊。军阀为了对抗国民革命军北伐，对北方控制日紧，在京出版业遭受重创，出版人陆续被杀害，《现代评论》、北新书局等报刊和出版社相继

① 顾维钧：《顾维钧回忆录》（第一分册），中国社会科学院近代史研究所译，中华书局 1983 年版，第 295 页。
② 梁实秋：《忆〈新月〉》，《梁实秋自传》，江苏文艺出版社 1996 年版，第 142 页。
③ 徐志摩：《自剖》，《徐志摩全集》（第 2 卷），第 409 页。

南迁上海。此时身处京城的鲁迅、林语堂等都受到生命威胁。当林语堂回忆起 1926 年"从北京大学的大逃亡"时说，奉军占领北京之后，邵飘萍和林白水这两个编辑，抓去之后连夜被枪决，"我们知道北洋政府是开始下毒手了"①。林语堂在院墙内侧预先准备了一个绳梯，准备遭遇不测时"跳墙逃走"。

三一八惨案后，一些参与社会政治活动的知识分子遭到了段祺瑞政府的通缉和逮捕。而张作霖把持政府大权后，对知识分子的迫害和对舆论的压制更是变本加厉。张作霖自封安国军总司令，电召副司令孙传芳、张宗昌回京会商对抗北伐军之策。1927 年 4 月中旬到 6 月初，北伐军与冯玉祥联军在河南击败奉军，张学良带领残兵撤回黄河以北。拼死一搏的张作霖，在北京成立中华民国军政府，并于 6 月 18 日在怀仁堂就任中华民国军政府陆海军大元帅。此时，张作霖气急败坏，不惜对异见知识分子动刀。在美国游历准备回国的胡适，收到了张慰慈等国内好友劝其暂缓回国的信，张慰慈在信中告诉胡适，北京此时的局面，差不多和"法国革命时代的 Reign of terror（恐怖时代）"相似，很多人无缘无故被捕，人的言论自由和人身自由都得不到保障，普通民众噤若寒蝉，印刷的报纸干脆一片空白，无话可说，"这期的《现代评论》也被删去两篇论文，这种怪现象是中国报纸的历史上第一次看见"，从北京收发的书信和电报都要受到严格的审查，有不少人"无故被捕"。②

张慰慈的信，所言不虚。1927 年 4 月 6 日，军警包围苏联大使馆，逮捕李大钊等六十余人。4 月 28 日，李大钊就义。5 月 10 日，预审 4 月 6 日在苏联驻华使馆被捕的苏联人，当日，苏联使馆被封。6 月 2 日，伴着北京郊外国民党北伐军的隐隐炮火声，清华研究院教授王国维自沉于颐和园昆明湖。王国维之死有多种解读，但有一点可以肯定，昔日文化首善之地的北京，此时已经不适合现代知识分子容身了。鲁迅感叹："在北京这地方——北京虽然是'五四运动'的策

①　林语堂：《林语堂自传》，江苏文艺出版社 1995 年版，第 99 页。
②　张慰慈：《张慰慈致胡适·1927 年 1 月 16 日》，中国社会科学院近代史研究所中华民国史组编《胡适来往书信选》（上），中华书局 1979 年版，第 421 页。

源地，但自从支持着《新青年》和《新潮》的人们，风流云散以来，一九二○至二二年这三年间，倒显着寂寞荒凉的古战场的情景。"① 身处上海的徐志摩，在 1928 年 12 月创作了一篇以北京为题材的短篇小说《死城（北京的一晚）》，小说主人公廉枫在北京寒冷的冬夜里闲逛，最后走进一个埋葬外国人遗骸的坟山，遇到看守坟山的老人。廉枫看到一个贫病交加的底层社会，更看到一个逐渐荒凉的北京。老人倾诉说："听说有钱的人都搬走了，往南，往东南，发财的，升官的，全去了。……北京就像一个死城，没有气了。"② 从徐志摩勾勒的文学图景中，可以感受到此时北京的衰败。1926—1927 年，胡适远游欧洲，鲁迅南下厦门，徐志摩隐居沪上，闻一多四处云游，北京的文艺界消沉之极，用梁实秋的话说就是："北京的文艺界星流云散，更谈不上什么门户之争了。"③ 一个曾经群贤毕至的文化古都，在战争的硝烟中，逐渐失去了往日的风采。

二　新地缘政治的诞生

　　1927 年 3 月 24 日，北伐军占领南京。4 月 12 日，蒋介石在上海展开了对共产党人的屠杀。4 月 18 日上午 9 时，南京国民政府成立，定南京为首都。沪宁一带的时局渐趋安定，国民党开始步步为营地收拾北方山河。当时的南京国民政府，的确内忧外患，党内争斗激烈，北方奉系军阀等地方割据势力尚未收编，新涌现的地方军阀拥兵自重，但是对现代中国而言，毕竟在军阀战乱数十年之后，建立了资产阶级统一政权。国民政府在南京立足，展示了一个与北京军阀完全对立的政权姿态，也给身处北方的知识分子一个明确的信号：抉择的时候到了。对于现代中国知识分子而言，"1927 年，无疑是中国社会政治发生大转折、人们需要重新调整各自的政治定位乃至社会价值观的

　　① 鲁迅：《鲁迅全集》（第 6 卷），第 253 页。

　　② 徐志摩：《死城（北京的一晚）》，《徐志摩全集》（第 5 卷），第 69 页。

　　③ 梁实秋：《北京文艺界之分门别户》，《梁实秋文集》（第 6 卷），鹭江出版社 2002 年版，第 356 页。

关键年头"①，而对于胡适等自由主义知识分子而言，更是进行政治站队的关节点，他们必须表明自己的政治立场，即便"远离政治"也是一种政治表态。

南京政府成立伊始，在珠三角和长三角之外，并不具备稳固的执政基础，盘踞北京的张作霖正酝酿着新的军事决战。辛亥革命十多年来，地方割据政权互相倾轧，无论国民党还是其他军阀势力，都无暇对上海实施有效管辖，政府话语权在除租界以外的上海地区缺席已久。南京国民政府的成立，改变了这一状况。发迹于上海的蒋介石对上海的战略地位有充分认识，一旦掌控了上海这座远东第一大都市，就可以统辖全国，所以国民党对上海的政治统治力度逐步加大。

早在南京国民政府成立之前，国民党就将上海的有效管辖摆上议事日程。当然，这种新秩序是建立在血腥屠杀和清洗之上的。1927年3月21日，第三次工人武装起义爆发，22日下午六时，上海工人占领了除租界以外的上海市区。当日，国民革命军攻克上海，上海工人第三次武装起义胜利。4月11日，上海总工会委员长汪寿华被杜月笙诱捕，后被暗杀。4月12日，大批武装流氓袭击上海总工会和工人纠察队，纠察员被就地解除武装，工人死伤300余人，史称"四一二政变"。

这场政变已经成为中国现代史上一个具有标志意义的历史事件，堪称上海史、中国共产党党史、中国现代文学史和中国现代史的转折点，对上海的文学空间乃至文化空间产生深远的影响。对国民党而言，这场精心策划的大清洗，为政府有效控制上海打下了坚实的基础。在南京国民政府成立之后不到三个月的时间内，国民政府即用独特的方式宣告对上海的高调统辖：1927年7月7日，上海特别市成立。蒋介石在上海特别市成立当日的"训词"中说："盖上海特别市，非普通都市可比。上海特别市乃东亚第一特别市，无论中国军事、经济、交通等问题，无不以上海特别市为根据。若上海特别市不能整理，则中国军事、经济、交通等则不能有头绪……上海之进步退步，

---

① 张晓唯：《蔡元培传》，百花文艺出版社2009年版，第205、206页。

关系全国盛衰，本党成败。"① 上海对于立足未稳的国民政府来说，无疑具有举足轻重的战略意义。

这种历史语境对自由主义思潮的发展来说既是一种政治规约，同时也是一种机遇，因为自由主义强调在现有秩序前提下的渐进改良。自由主义者认为，"国家是保障秩序与和平的市民社会的工具"②，一个相对稳定和有效的政治秩序是自由主义发展的前提。在一个混乱无序的权力架构下，自由主义的政治、经济和文化诉求，无法得到满足。

国民政府一边加大对上海的统治力度，一边开始对北京实施新的行政区划。1928 年 2 月，直奉两系在北京召开军事会议，策划抗衡革命军北伐部署，但北伐军士气正旺，直奉军队败局已定。5 月 9 日，国民革命军第三军进入直隶境内，前锋逼近北京。张作霖见大势已去，当日在北京通电要求停战。6 月 3 日，张作霖退出北京，率部出关；6 月 4 日，张在皇姑屯被日军炸死。张学良自北京秘密返奉，继父职，后通电全国服从南京政府。南京政府开始了从行政区划上拆解和弱化北京的措施。6 月 28 日，南京国民政府发布命令，直隶改称河北省，北京改名北平，划北平和天津为特别市。9 月，河北省会由天津迁往北平之后，国民政府实际上已经将北平分割降级为河北省辖市。③

同时，南京政府也着手整合北平的高校布局，1928 年 7 月，国民政府设立北平大学区，准备在 9 月将北平各校合并，遭到各校反对。北京大学学生 11 月 7 日组建"敢死队"，宣布武力护校。鲁迅闻之，在给章廷谦的信中感叹道："闻北京各校，非常纷纭，什么敢死队之类，亦均具备，真是无话可说也。"④ 北伐之后的北平知识界，依然纷扰不断。北京失去了首都的城市地位之后，依然是南京政府和各种政治军事力量极为关注之地，但是从"北京"到"北平"，一字之差，

---

① 蒋介石：《上海特别市成立大会上的训词》，《申报》1927 年 7 月 8 日。
② ［法］皮埃尔·莫内：《自由主义思想文化史》，第 34 页。
③ 北京大学历史系《北京史》编写组：《北京史》（增订版），第 427 页。
④ 鲁迅：《致章廷谦》，《鲁迅全集》（第 12 卷），第 139 页。

意味着北京已经从全国的政治、文化中心的"首善之都",变成了地域性城市。到九一八事变前后,北平愈加萧条,身处其间的周作人不禁感叹:这座城市"不但不是国都,而且还变了边塞"①。

上海获得暂时的稳定和平静,自由主义政治诉求也有了相对安定的社会秩序和话语空间。从文人群体的地域流动可以看出,30 年代上海所吸纳的知识分子中,北平南下的文人只是其中的一部分,其他地域的文人同时来沪,则体现出新的地缘政治对全国文化格局的深刻影响。

三　知识分子大迁徙

1927 年前后,仿佛有一双无形的大手,召唤着北京和各地的知识分子聚集到上海。"一九二七年春,国民革命军北伐⋯⋯北平学界的朋友们因为环境的关系纷纷离开故都。上海成为比较安定的地方,很多人都集中在这地方。"② 身处海外的胡适,流离浙江的徐志摩,辗转广州的鲁迅,南下厦门的林语堂等,都最终不约而同地定居沪上。从1926 年到 1931 年,"中国近代文化史的版图上,出现了一次蔚为壮观的新文化人大迁徙,其主要目的地或驻足点即上海"③。1927 年 1月 7 日,徐志摩给海外的胡适写信,描述国内朋友的情况时说,丁文江病倒在医院,张君劢从政治大学辞职,傅斯年准备去中山大学谋生,但广东也欠薪,"老傅去,一半为钱,那又何必"④。从徐志摩这段简洁的描述里,可以窥见自北京散落各地的知识分子生活大多不如意。

因支持北京学生运动而被北洋军阀通缉的鲁迅于 1926 年 8 月南下厦门大学任教。1927 年 1 月,鲁迅又辗转广州中山大学,直至

---

① 周作人:《北平的好坏》,《北京乎》(上),生活·读书·新知三联书店 1992 年版,第 17 页。

② 梁实秋:《雅舍忆旧》,江苏人民出版社 2014 年版,第 144、145 页。

③ 叶中强:《上海社会与文人生活(1843—1945)·引言》,第 3 页。

④ 徐志摩:《致胡适,270107》,虞坤林编《志摩的信》,学林出版社 2004 年版,第278 页。

1927 年 10 月定居沪上。除鲁迅外，这一时间段从海外和全国各地"逃荒"到上海的知识分子还包括：从北伐阵营回归的郭沫若、茅盾、蒋光慈、李一氓、钱杏邨、阳翰笙、孟超等，从日本留学归来的朱镜我、刘呐鸥、冯乃超、夏衍、李初梨等，从英美留学回国的潘光旦、刘英士等，从法国留学归来的巴金，从北京南下的冯雪峰、沈从文、丁玲、胡也频等，从江南城镇来沪游学的戴望舒、施蛰存、叶灵凤、杜衡、张天翼等，自四川走出夔门的沙汀，从滇缅边地北上的艾芜，自东北漂泊到沪的萧红和萧军等。当然，在这一批来沪定居的文人中，不会缺少以北京大学教员为主干、以新月社为核心的自由主义知识分子。自由主义知识分子的南迁，被梁实秋称为"逃荒"："徐志摩、丁西林、叶公超、闻一多、饶子离等都是在这时候先后到了上海。胡适之先生也是这时候到了上海居住。"① 1927 年 8 月 3 日，已经在上海安顿下来的徐志摩，致信身在北京的周作人说："在北京的朋友纷纷南下，老兄似乎是硕果仅存的了。"② 等到 1927 年年底京沪时局渐趋明朗，留在北京的新文化知识分子就更少了。

中国现代史上规模最大的文人大迁徙，具有重要的文化史和文学史意义。首先，从文化史而言，文人迁徙反映了知识分子生存状态和所处时代社会政治环境之间的勾连。我们在认识到那个时代中劳苦大众颠沛流离的苦难生活的同时，也应该看到作家和知识分子在时代洪流中辗转奔走。现代中国政治军事格局深深地影响了文化生态，滚滚洪流中，知识分子的人生轨迹显得那样渺小和微不足道。同时，这种迁徙伴随着中国现代文化中心的地域性更迭和转移，勾画了现代作家群体从乡土走向城市，从"学而优则仕"到鬻文为生的生存方式的转变。也有学者将这种知识分子大迁徙的过程，称之为现代知识分子"从'仕途经济'走向职业空间，从'庙堂知识分子'蜕变为一个以近代知识生产体系为存身空间，拥有文化权利的社会阶层的历史过程"③。

---

① 梁实秋：《忆〈新月〉》，《梁实秋自传》，第 142 页。

② 徐志摩：《1927 年 8 月 3 日（致周作人）》，《徐志摩全集》（第 6 卷），第 196 页。

③ 叶中强：《上海社会与文人生活（1843—1945）·引言》，第 4 页。

其次，从文学史方面看，文人播迁书写了 30 年代上海文学的黄金时代，赋予中国现代文学诸多都市体验和现代性特征。来自各地的作家齐聚上海，形成了多元交织的文学空间，① 不同文学团体和样态之间互相争鸣、论战和交融，形成了"左翼文学""自由主义文学"和"民族主义文学"三足鼎立态势。时至今日，学界一直在用这种架构解读和阐释中国现代文学空间，不时回望 30 年代的文学盛景。从北京到上海，不仅仅是空间的转换，往来京沪之间的作家勾连了两座不同文化内涵的城市。有学者认为，"在 30 年代，各种社会、政治和文化因素很大程度上都是通过特定的城市空间对文学产生影响的"②。北京和上海所蕴含的不同的城市文化样态互相桥接和融合，为现代文学提供了更为丰富的视角，于是有了京派和海派的分野。海派视野中的京派，京派视野中的海派，身处上海不时回望北京的胡适和鲁迅，困守北京呼应上海的周作人，往来京沪之间的徐志摩，以及带着湘西泥土气息辗转京沪的沈从文，一大批作家在上海期间进入了人生中最辉煌的创作周期。中国现代文学中的北京和上海形象，成为无数经典作品的潜在语境和主体意象。

历史不能假设，如果将 30 年代上海的时空从现代文学史中抹掉，将会是怎样的图景。我们不能设想没有上海的鲁迅，就如同无法设想没有上海的胡适、徐志摩、梁实秋、林语堂、沈从文一样。更无法设想，若无京沪两地生活经历，他们将会取得什么样的文学成就。无论从北京南下，或由上海北上，诸如鲁迅和沈从文这样的现代作家，在地理空间的变换中获取一种远距离审视一座城市的机会，进而有了"'京派'是官的帮闲，'海派'则是商的帮忙"③ 这样精准贴切的论断，才有了令人无限神往的都市遥想——湘西世界。而对于胡适、徐志摩、梁实秋等自由主义知识分子而言，接下来的上海岁月，绝不仅

---

① 关于 30 年代上海的文化场域和知识分子社群的生存状态，参见王晓渔《知识分子的"内战"》。

② 张林杰：《文化中心的迁移与 30 年代文学的都市生存空间》，《北京大学学报》（哲学社会科学版）2000 年第 6 期。

③ 鲁迅：《"京派"与"海派"》，《鲁迅全集》（第 5 卷），第 453 页。

仅是一种苟全性命的"逃荒"，也不是择机而行的权宜之计，而是共同开创"后新月社"时代和《新月》杂志辉煌的关键时期，更是高扬"人权"和"自由"大旗，掀开中国现代文学史乃至思想史上自由主义思潮新篇章的历史时刻。

　　综上所述，1927年前后，北京文化生态的恶化，致使大批文人南迁上海，中国现代文学中心随之南移。这一文学史转捩点背后，有着复杂的社会、政治和文化细节值得梳理。当北京从"首善之都"变为"荒凉的古战场"时，上海逐渐汇聚了包括自由主义知识分子群体在内的现代文学史最强的作家阵容。这一历史时期北京和上海的文化格局及其重组的动态历程，不但反映了政治格局对现代作家生存方式的巨大影响，形成了现代作家群体三足鼎立的黄金时代，而且使中国现代文学完成了从传统市民文化空间到现代都市文化空间的转型。

第五章 30 年代上海自由主义 作家社群的集聚

近代以来西风东渐，负笈英美日的知识分子陆续回国，知识分子社群的聚集、星散和重组纷乱繁复。现代文学社团和作家群体，既有传统知识分子雅集结社形式，亦有现代西方知识分子"费边社"构型。中国数千年来知识传承倚重门派，注重师承，讲究口耳相传、耳提面命，文人结社现象成为传统。古代文学研究中，文人结社研究是成果密集之地，现代文学亦不例外。20 世纪上半叶，中国文学社团流派特别丰富。据范泉教授主编的《中国现代文学社团流派辞典》统计，现代文学社团逾千个，文学流派近 50 个。现代文学史主体大厦正因有这些丰富的文学群体支撑而挺拔坚实，社群研究也将历史演变发展的抽象线条还原为鲜活的人与事、场景以及饱满的历史细节。① 现代文学历史时空坐标中，30 年代上海可谓群贤毕至。此时空维度内的文学社团和作家群体，其团体数量和勾连作家人数远超 20 年代之北京，当属现代文学史上社群生态最繁复的阶段。在 1927 年前后来沪的作家群体中，自由主义作家的聚集方式可谓"殊途同归"。胡适、徐志摩、梁实秋、林语堂、沈从文等自由主义知识分子骨干的来沪时间、出发地和辗转经历各不相同，但最终都勾连为以胡适为精神领袖、以《新月》杂志为核心的自由主义作家社群。

---

① 在相关研究成果中，刘群的新月社研究突出日常生活美学视角（《饭局·书局·时局：新月社研究》，武汉出版社 2011 年版），将文人交游和日常生活方式视为文化符号。杨洪承变"社团"为"社群"，引入西方"知识社群"概念，打破社会政治和纯文学两极游离的研究范式，强调"人与事"交织的文人结社现象背后之多元文化背景（《"人与事"中的文学社群》，人民出版社 2014 年版）。

一　奔向未知

胡适 1927 年来沪定居的辗转行程和心路历程，当属这一时期来沪知识分子中最典型案例。因为有日记作为参照，我们可以发现胡适来沪的历程投射出当时知识分子时局纷乱中的内心状态。作为一个被欧美自由主义传统深深浸润的知识分子，胡适一生对政治都葆有浓厚的兴趣。早在 20 年代初，北洋军阀政府的不同派系在北京进行权力争夺时，胡适就借助《努力周报》臧否时事，时而主张"联省自治"，时而抛出"好人政府"，时而秘密觐见溥仪，大都招致非议，惨淡收场。1926 年，胡适参加中英庚子赔款全体委员会会议，7 月 17 日离京，坐火车在东北逗留讲学数日，7 月 29 日到达莫斯科，8 月 1 日启程赴欧洲，4 日到达英国，其间在欧洲游历、演讲、开会、读书、查阅敦煌卷版本资料等。胡适出国不久国内政治局势就开始急转直下。北京以及全国军政格局急遽变换，国民革命军与直系奉系军阀剑拔弩张，继而战火连连。胡适远在欧洲，和国内友人频繁通信，静观其变，尚有一点置身事外的超脱。

1926 年 12 月 31 日胡适坐船启程赴美，1 月 11 日到达纽约，在纽约、费城等地游历和演讲。1 月 16 日，胡适收到了国内好友张慰慈劝其暂缓回国的信，[①] 但胡适仍对国内局势抱有幻想，想自己亲眼看看事态的发展。2 月 2 日，弟子顾颉刚从广州寄来长信，详述鲁迅在厦门大学的遭际，并且鉴于时局的混乱，建议即将回国的胡适不要像之前那样参与政治。顾颉刚说："有一件事我敢请求先生，先生回国以后，似以不作政治活动为宜。如果要作，最好加入国民党。"[②] 在四一二政变当日，胡适从西雅图登船回国，到达港口时，接到上海好

---

① 张慰慈：《张慰慈致胡适·1927 年 1 月 16 日》，中国社会科学院近代史研究所中华民国史组编《胡适来往书信选》（上），第 421 页。

② 顾颉刚：《顾颉刚致胡适·1927 年 2 月 2 日》，中国社会科学院近代史研究所中华民国史组编《胡适来往书信选》（上），第 426 页。顾颉刚在这封信中对广州的国民党抱有积极印象。

友、商务印书馆董事会主席张元济劝其"暂缓回国"的加急电报。① 胡适得到国民党在上海屠杀共产党的消息，显得慌乱而迷茫，依旧按计划上船。身在北京的周作人对四一二政变十分不满，他批评国民党的"清党"手段说："所问的并不都是行为罪而是思想罪——以思想杀人，这是我所觉得最可恐怖的。"② 还有一位读者在 1927 年 5 月 21 日的《现代评论》上呼吁《不要杀了》："我们希望不再见胡乱的杀人，不经正式法律手续的杀人，为了政见不同而杀人的杀人。"③ 14 日，胡适在船上给美国知己韦莲司写信，心中表达了对国内局势的担忧：" There again is a fight ahead of me. I shall have to face much misrepresentation and probably popular angers. "（未来还有一场战斗在等着我，我必将会招来更多的误解甚至可能激起更大的民愤。）④

胡适一贯爱惜自己的羽毛，日记对自己也多有美化。但这封写给大洋彼岸红颜知己的英文信，诚恳且真实，展示出对未来所有未知的巨大恐惧和失落。这封英文信收录在《胡适全集·英文书信》中，较少被留意。时代洪流面前，知识分子犹如大海之一粟，似碧波万顷上的一叶扁舟，无助而又迷茫。胡适此时的心态对他回国后选择埋首著述，刻意远离政治有决定性作用。当然，他回国后"更多的误解"和"更大的民愤"没有立刻出现，直到一年后他忍不住挑起人权论战。

胡适即将回国的消息，让国内诸多好友担心不已。四一二政变十多天后，胡适于 24 日到达日本横滨，他没有立即回国，而是上岸静观其变。刚上岸，便收到丁文江的信，说国内党争正烈，不宜回国，建议他暂时留在日本，顺便研究日本国情。⑤ 对胡适来说，最需要研

---

① 胡适：《To E. C. Williams》，《胡适全集》（第 40 卷），第 259、260 页。

② 周作人：《谈虎集（后记）》，河北教育出版社 2002 年版，第 394 页。

③ 英子：《不要杀了》，《现代评论》第 5 卷第 128 期，1927 年 5 月 21 日。

④ 胡适：《To E. C. Williams》，《胡适全集》（第 40 卷），第 259、260 页。

⑤ 胡适：《丁文江的传记》，《胡适传记作品全编》（第 3 卷），耿云志、李国彤编，东方出版中心 1999 年版，第 173、174 页。

究的不是日本而是中国国情。他立即致电上海好友高梦旦，询问沪上情形。26 日，高梦旦回电说，国内时局混乱已极，国民党、共产党和张作霖等北方军阀"鼎足而三"，"兵祸党狱，几成恐怖世界，言论尤不能自由。吾兄性好发表意见，处此时势，甚易招忌"①，高梦旦的建议也是不要回国，在日本讲学谋生。胡适不会日语，在日本讲学或著述困难很大，且囊中羞涩，无法支付旅费。② 28 日，学生顾颉刚从广州来信，以"十年来追随的资格"对胡适和泪相劝，"万勿回北京去"，胡适"为盛名所累"，学成回国后被"一班过时的新人物及怀抱旧见解的新官僚极意拉拢"，目前北京军阀尚未倒台，在北京政权中的许多熟人，定会再次拉拢胡适，最后定会落得身败名裂。所以顾颉刚建议胡适到上海埋首著述和翻译。最后，顾颉刚还告诉胡适一个积极的信息："广州气象极好，各机关中的职员认真办事，非常可爱。"③ 顾颉刚在信中暗示，国民党正处上升态势，最终取得政权几无悬念，不如早作决断，以免日后落得"反革命"的口实。

胡适经过研究发现，蔡元培最终和国民党合流。除了蔡元培，胡适值得信赖的朋友吴稚晖也持这一立场。蔡、吴都是四一二政变之后掌握上海党政军大权的国民党上海政治分会的成员。于是，他借与哈佛大学教授赫贞谈话的机会发表了一番皮里阳秋的讲话，认为中国目前急需一个现代化的政府，国民党毕竟比北洋军阀更具有现代治国理念，如果国民党真的能够践行三民主义，中国就有希望。④ 胡适此番言论，一方面表明心迹选边站队，为回上海做好铺垫，同时也是在向国内部分观望的友人喊话。

胡适数年之后回忆说："民国十五六年间，全国多数人心的倾向

---

① 高梦旦：《高梦旦致胡适·1927 年 4 月 26 日》，中国社会科学院近代史研究所中华民国史组编：《胡适来往书信选》（上），第 427 页。

② 胡适：《丁文江的传记》，《胡适传记作品全编》（第 3 卷），第 173、174 页。

③ 顾颉刚：《顾颉刚致胡适·1927 年 4 月 28 日》，中国社会科学院近代史研究所中华民国史组编：《胡适来往书信选》（上），第 428、430 页。

④ 胡适：《追念吴稚晖先生》，易竹贤：《胡适传》，湖北人民出版社 1987 年版，第194 页。

中国国民党，真是六七十年来所没有的新气象。"① 然而，此前在上海混迹多年的胡适并不愿意回沪，他对上海人的看法是负面的，认为上海人没有悲悯情怀，不在意同胞的苦难，② 而且他对早年醉卧租界大街上的糜烂经历，以及1926年2月在上海的花街柳巷之旅进行过深刻反思。早年中国公学毕业之后在上海的一所学校任教期间，胡适课余时间与朋友叫局、吃花酒，流连于花街柳巷，曾深夜醉卧于租界大街，与前来维持秩序的"阿三"扭打一团，在拘留所过夜，最后被朋友赎出来。

　　1926年2月初，胡适在上海带外国友人加纳特去杨兰春、桂姐两个妓院，"看看中国情形"③。胡适带着这位前六代祖先都是牧师的加纳特走进了上海腐化糜烂的花街柳巷。在布道者加纳特眼中，上海已成为瘟疫区，中国文化丧失殆尽，显示出中国文化在西方文明面前的不堪一击。3月5日，加纳特从北京寄信给胡适，劝告他不要将有用的精力浪费在无用的嬉戏当中。④ 加特纳的信警醒了胡适，赋予胡适极大的使命感和责任感。1926年8月14日，胡适在英国的旅馆中写信给妻子江冬秀，说"把一切坏习惯改掉。以后要严肃地做个人，认真地做一番事业。"⑤

　　即便如此，上海最终不得不回。上海租界是当时知识分子能够相对确保人身安全，并最适合埋首著述的地方，胡适并无二选。当时已有诸多好友在沪，除了蔡元培，还有上海出版界、政界和商界的诸多好友，包括商务印书馆董事会主席张元济，商务印书馆国文部部长、光华大学教授、随后担任上海教育局长的朱经农，商务印书馆编译所所长王云五，商务印书馆出版部部长高梦旦，浙江兴业银行总经理徐新六，亚东图书馆经理汪孟邹，亚东图书馆编辑汪原放等。这些人不但给予胡适在上海的心理安全感，还能为胡适在沪期间提供坚实的经

① 胡适：《惨痛的回忆与反省》，《独立评论》第18号，1932年9月18日。
② 胡适：《上海的中国人》，《胡适全集》（第21卷），第20页。
③ 胡适：《胡适全集》（第30卷），第239页。
④ 胡适：《胡适全集》（第30卷），第240—241页。
⑤ 胡适：《胡适全集》（第30卷），第230页。

济条件和物质基础。胡适在上海出版界的良好关系，能让胡适在上海获得丰厚的稿酬。

　　上海的朋友陆续来信，胡适得知上海政府已经向自己伸出橄榄枝，① 经过前后权衡和舆论铺垫，胡适登上 5 月 17 日由神户回国的轮船，四日后，胡适抵达上海。抵沪后，胡适一家暂住沧州旅馆，6 月 5 日迁往极司斐尔路（今万航渡路）四十九号甲的一幢楼房（Jessfield Rd. 49A.），与张元济为邻，遂定居于此，② 开始三年半的上海生活。③

二　殊途同归

　　以今日的后见之明看，胡适等人聚首上海，似乎是为了赓续新月社，为了出版《新月》，为了挑起人权论战。实际上，当时他们来上海最初的目的，是最基本生存需要，要在风雨如晦的时局中找寻生存空间。学术赓续、组建社团以及出版同人刊物等，都尚未酝酿。

　　徐志摩和胡适一样，起初并非主动离京，而是离京后再难返回。1926 年 10 月 3 日，徐志摩和陆小曼在北京北海举办婚礼。之前，徐志摩父母均反对这桩婚事，此后断绝了对徐志摩的经济支持，并提出

---

　　① 高梦旦 1927 年 5 月 5 日来信说，听说有人主张邀请胡适就任上海市宣传部主任，徐志摩为副主任。参见高梦旦《高梦旦致胡适·1927 年 5 月 5 日》，中国社会科学院近代史研究所中华民国史组编：《胡适来往书信选》（上），第 430、431 页。

　　② 8 日的胡适日记附简报一则，其中说胡适"有意在上海安家。"参见胡适《日记·1927，June8，（Wed.）》，《胡适全集》（第 30 卷），第 499 页。

　　③ 胡适在 1929 年 1 月 25 日写了一首小诗《三年不见他——十八年一月重到北大》，该诗后有这样的附言："我十五年六月离开北京，由西伯利亚到欧洲。十六年一月从英国到美国。十六年五月回国，在上海租屋暂住。到十八年一月，才回到北方小住。不久又回上海。直到十九年十二月初，才把全家搬回北平。"胡适：《三年不见他——十八年一月重到北大》，《胡适全集》（第 10 卷），第 229、230 页。胡适在上海的时间里，曾先后在 1929 年 2 月、1930 年 6 月等时间段数次往返京沪之间。1930 年 9 月，蔡元培辞北大校长，胡适于 1930 年 11 月 28 日举家启程赴京定居。12 月，蒋梦麟接任北大校长，胡适遂任北京大学文学院院长兼中国文学系主任。

三个条件，一是婚费自筹，二是梁启超证婚，三是婚后必须南下海宁硖石居住。10 月 15 日二人南下上海，未曾想此后再无回京定居的机会。徐志摩夫妇后迁至大西路（今延安西路）吴德生家居住，译书还债，待海宁硖石新居完工返回居住。11 月 16 日，夫妇二人回到徐志摩老家海宁硖石，本想隐居起来，未曾料到 12 月战火烽起，北伐军逼近浙江，军阀孙传芳加紧备战，风声鹤唳，二人闻风乘船到沪，住在福建路的通裕旅馆。① 徐志摩离开硖石的时候，未能得到旅费，向他人借款方得成行。到上海后，先困守客栈，后搬到友人家，生活条件才稍有好转。

徐志摩在 1927 年 1 月 5 日写信给英国友人恩厚之说，他们婚后的前两个月，生活在安宁的乡村世界里，随后就成为上海难民中的一员。在历史上，浙江本来是少有战乱的，这次却没有逃过战火洗礼，"杭州半个城的人已经跑光……可怜的西湖，只余一片荒凉破败"。居住在上海的弄堂，"就好像是搁了浅的"②。徐志摩有回京的机会，但是因为北京欠薪，同时他无意接手《晨报副刊》，不愿北上。徐志摩生性飘逸，不受拘束，感叹上海生活的沉闷和无聊，他在给胡适信中说自己"留在上海也不妥当"，自己并不喜欢上海，而且上海没有合脾胃的事情。③ 胡适等人来沪之后，徐志摩日记和书信里逃离上海的意愿就很少了。

1927 年 1 月，因为住址不定，徐志摩将通信地址改为北京路江西路（今江西中路）口中国通商银行徐新六处。春后移居上海梅白格路（今新昌路）643 号宋春舫家避难，后又迁往别处友人处。4 月，光华大学邀请徐志摩执教，"如不欠薪，生活或可敷衍"④。由于上海有谋生的教职，加之胡适随后来到上海，而且 7 月 1 日新月书店开张，他最终定居上海。当年秋天，迁入环龙路（今南昌路）花园别墅 11

① 陈从周：《徐志摩：年谱与评述》，上海书店出版社 2008 年版，第 69—72 页。

② 徐志摩：《一九二七年一月五日致恩厚之》，《徐志摩全集》（第 6 卷），第 328 页。

③ 徐志摩：《致胡适，270107》，虞坤林编《志摩的信》，第 278 页。

④ 徐志摩：《致蒋复璁，270201》，虞坤林编《志摩的信》，第 20 页。

号。① 1928 年 6 月 15 日，徐志摩启程经日本赴美、英、印度等地游历，11 月中旬回国，迁居福煦路（今延安中路）四明新村六一三号。② 1929 年，徐志摩在光华大学和南京中央大学英文系任教，③ 在沪宁间奔走。6 月，徐志摩辞去东吴大学、大夏大学教职，继续在上海光华大学任教。1930 年 11 月，胡适定居北平之后，邀徐志摩北上辅佐北大教务。此时，徐志摩已经有北上之意，他辞去南京中央大学之职，兼任光华大学教职和中华书局编辑事务。1930 年冬，徐志摩任教的光华大学起学潮，学生风潮更加坚定了他北上的决心。1931 年 2 月，徐志摩北上天津，随后赴京，在北京大学英文系任教。

　　梁实秋在南京东南大学任职，但他父母在京居住，因此和北京有密切联系。1926 年 7 月，自清华赴美留学的梁实秋在科罗拉多大学、哈佛大学研修三年期满，怀揣文学硕士学位抵达上海回国，即受聘东南大学，在南京蓁巷四号定居授课。④ 寒假期间，也就是 1927 年 2 月 11 日，梁实秋与程季淑在北京南河沿欧美同学会举行了婚礼。此时，国民革命军的北伐向北推进，战事蔓延至南京。数日后，北伐前锋逼近南京，南京战事烽起。新婚之后的梁实秋夫妇，脱去鲜艳服装，改着粗布衣仓促乘火车从北京南下。回到南京东南大学蓁巷四号，发现满街散兵游勇，到处拉夫抓车，正在想如何出城时，发现沪宁间的火车已经断绝。五天后，梁实秋夫妇同新婚的余上沅夫妇一起，设想暂时到上海避乱，把衣物书籍存放在学校图书馆，乘马车在荷枪大兵的挟持下出城，搭乘太古轮船到达上海。到上海后，梁实秋夫妇投奔程季淑姑父汪运斋。但是东南大学迟迟无法正常开学，开学后又不再续聘，梁实秋只能留在上海。梁实秋在海防路暂住半个月，随后租住爱文义路（今北京西路）众福里一处一楼一底的寓所。随后，梁实秋受荐编辑《时事新报》副刊《青光》。12 月，梁实秋大女儿梁文茜出生。1928 年梁实秋一家迁至赫德路（今常德路）安庆坊一处二楼二

---

①　关于徐志摩在上海的住址变化，参见虞坤林编《志摩的信》，第 13、430、433 页。

②　韩石山、伍渔编：《徐志摩评说八十年》，文化艺术出版社 2008 年版，第 402 页。

③　陈从周：《徐志摩：年谱与评述》，第 81 页。

④　梁实秋：《梁实秋自传》，第 132 页。

底的寓所，二女儿出生。1929 年，再次迁往爱多亚路（今延安东路）一零一四弄的一栋三层小楼，得子梁文骐。1930 年夏，应青岛大学校长杨振声之邀，梁实秋离开上海赴青岛任教，担任青岛大学外文系主任。

林语堂到上海的经历，是北京文化生态恶化的典型案例。1926年，时任北京女子师范大学教务长的林语堂，因支持学生反对校长杨荫榆，被段祺瑞北洋政府通缉，被迫南下，任厦门大学文科主任及国学院总秘书。1926 年 8 月，同样遭到通缉的鲁迅离开北京南下，9 月4 日到厦大，由林语堂推荐任厦门大学国学院教授。11 月 20 日，林语堂因为校方削减国学研究院预算而提出辞去总秘书职务。因人事纷争，鲁迅于 1926 年 12 月底辞职。① 此前，鲁迅已经接到广州中山大学通知其被聘为正教授的来信。

1927 年 3 月，林语堂离开风潮四起的厦门大学，到武汉国民政府外交部任英文秘书。四一二政变的血雨腥风和宁汉合流的派系争斗，让林语堂视政治为畏途，7 月，他辞去了外交部英文秘书职务，离开武汉，并于 9 月来到上海。1927 年 10 月 1 日，南京国民政府成立"中华民国大学院"，院长蔡元培聘请林语堂担任大学院研究院外国语编辑部主任。② 刚到上海，林语堂住在善钟路（今常熟路）的一套西式公寓里，③ 与住在愚园路上蔡元培比邻而居，④ 一同乘汽车到亚尔培路三百三十一号（今陕西南路一百四十七号）工作。1928 年 9 月，林语堂应上海东吴大学法律学院院长吴经熊之邀，担任英文教授一年，与徐志摩同事。同年 10 月，蔡元培又聘请林语堂担任国际出版品交换处处长。

1929 年前后，林语堂为开明书店编写《开明英文读本》和《开明英文文法》，随后一发不可收，因编写英文教科书成为上海的"版

---

① 林语堂：《林语堂自传》，第 99 页。

② 1927 年 10 月 3 日，鲁迅夫妇从广东中山大学乘船来沪定居，当晚，林语堂到爱多亚路长耕里（今延安东路 158 号）共和旅馆拜访鲁迅。

③ 施建伟：《林语堂传》，北京十月文艺出版社 1999 年版，第 300 页。

④ 施建伟：《林语堂传》，第 221 页。

税大王"。经济条件大为改善后，林语堂购置了忆定盘路（今江苏路）43 号 A 座的洋房，并迁居此处。① 1932 年林语堂到瑞士出席国际联盟文化合作委员会年会，取道英国，游历数月。1932 年 9 月，回国后的林语堂创办并主编《论语》半月刊。1934 年 4 月创办并主编《人间世》半月刊。1935 年 9 月，创办并主编《宇宙风》十日刊。1936 年 8 月，林语堂携眷应邀乘船赴美专门从事写作。

沈从文来沪的波折也不小。1923 年试图来京求学的沈从文度过了艰难的潦倒岁月，之后被郁达夫、徐志摩等人提携，文学创作渐入佳境，结识了大批文化名人和作家群体，以至于 1925 年 10 月收到甘肃省秘书长寄来的旅费获邀任甘肃省府秘书时，都不愿离开北京，因为"珍惜北平的文化环境"②。1926 年 9 月，已经在《晨报副刊》《小说月报》发表几十篇文章的沈从文，决定离开香山慈幼院，从此鬻文为生。北京内外战事吃紧，沈从文的家庭负担也逐渐加重。1927 年夏末，沈从文的母亲和九妹逃避战乱来到北京，三人同住汉园公寓，他经济负担日渐加重，但是无力离开北京。直到 1927 年 9 月，胡适、徐志摩等在上海主办的《新月》刊登了他的《蜜柑》，他才看到了一点希望。沈从文对北京的军事斗争局面原本有一些幻想，他 11 月下旬给大哥沈云麓的信中说"此间如常，平安清吉"，"北方今年或可以无战事"。环顾身边军阀混战，沈从文似乎对时局并不明了，"一窝人相打，不知为谁来？"③ 但实际上，张作霖正在积极备战，要和南京国民政府的北伐军决战，所以对北京的控制日渐严苛。"在北京，亦有因他方来信不知误用孙中山像或国民党遗嘱之类信封信笺因而被传拘者"④。1927 年年底，沈从文转往上海。1928 年 1 月初，孤身一人的沈从文住在法租界善钟路（今常熟路）善钟里三号楼上，每月十三块租金，"住处是大楼，楼上很宽绰"⑤。1928 年春将母亲和九妹接到上

---

① 李勇：《林语堂传》，团结出版社 1999 年版，第 182 页。关于此处花园洋房的布局陈设，参见施建伟《林语堂传》，第 300—304 页。

② 沈从文：《沈从文全集》（附卷），第 8 页。

③ 沈从文：《沈从文全集》（第 18 卷），第 6 页。

④ 沈从文：《沈从文全集》（第 18 卷），第 7 页。

⑤ 沈从文：《沈从文全集》（第 11 卷），第 78 页。

海一起居住。1928 年 12 月,沈从文和家人迁往萨坡赛路(今淡水路) 204 号,① 本年度创作《柏子》等作品,创作日趋成熟。1929 年 6 月,经徐志摩推荐,沈从文向胡适接洽去中国公学任教。校长胡适破格延聘沈从文为国文系讲师,开设新文学和小说习作课程。之后,沈从文迁往吴淞中国公学校内居住。1929 年冬季兼任上海暨南大学中国小说史课程,并和中国公学外国文学系二年级女生张兆和相恋。这一年是沈从文创作的丰收年,他认为是自己最勤快工作的年份。1930 年 9 月 16 日,沈从文到武汉任教,受聘武汉大学国文系助教,其后目睹武汉公开杀戮进步青年,于年底回沪,后为了营救被捕的胡也频多方奔走。1931 年 2 月,沈从文以武汉大学教师身份掩护丁玲母子回湖南,5 月 28 日回北平。1931 年 8 月应聘青岛大学国文系讲师,开设中国小说史和高级作文课程,直到 1933 年 8 月到北平定居并随后与张兆和结婚。②

三 萍踪偶聚

为了便于比照,笔者将几位代表性的英美留学自由主义作家的来沪情况汇总如表 5-1 所示:

表 5-1　　1927 年前后来沪自由主义作家骨干成员情况简表③

姓名	胡适	徐志摩	梁实秋	林语堂
生年	1891	1897	1903	1895
籍贯	安徽绩溪	浙江海宁	浙江杭州	福建漳州

① 沈从文:《沈从文全集》(第 18 卷),第 11 页。

② 沈从文:《沈从文全集》(附卷),第 10—17 页。

③ 资料来源:胡适《胡适全集》(第 43 卷、44 卷);陈从周《徐志摩:年谱与述评》;梁实秋《梁实秋自传》;施建伟《林语堂传》。沈从文的教育背景和职业背景与英美留学生有较大差异,未列入表格。

续表

姓名	胡适	徐志摩	梁实秋	林语堂
教育背景	上海中国公学，美国康奈尔大学，哥伦比亚大学，哲学博士	北京大学，美国克拉克大学，哥伦比亚大学，文学硕士；英国剑桥大学，政治经济学特别生	北京清华学校，美国科罗拉多大学，哈佛大学文学硕士	上海圣约翰大学，哈佛大学文学硕士，德国莱比锡大学语言学博士
原居住地	北京（由京出国，经欧美回国至沪）	北京（由京至硤石辗转来沪）	南京（先赴北京结婚，后回南京）	武汉（先由北京南下厦门大学）
原职务	北京大学教授，中国文化教育基金董事会主要成员	北京大学教授	南京东南大学教授	武汉国民政府外交部英文秘书
来沪时间	1927年5月	1926年12月	1927年春	1927年9月
来沪原因	自美回国	避兵乱	避兵乱	写作谋生
在沪职务	上海中国公学校长，光华大学、东吴大学教授，大学院全国教育委员会委员	光华大学、大夏大学、南京中央大学英文系教授，中华书局编辑	暨南大学、光华大学、中国公学、大夏大学兼职教授，《时事新报》副刊主编	大学院研究院外国语编辑部主任，国际出版品交换处处长，东吴大学英文教授
在沪住址	极司斐尔路（今万航渡路）四十九号甲	环龙路（今南昌路）花园别墅十一号；福煦路（今延安中路）四明新村六一三号	爱文义路（今北京西路）众福里，赫德路（今常德路）安庆坊，爱多亚路（今延安东路）一零一四弄	善钟路（今常熟路）的一套西式公寓，忆定盘路（今江苏路）四十三号A座花园洋房
离沪时间	1930年11月28日	1931年2月	1930年夏	1936年8月10日
在沪时间	三年半	四年零三个月	三年零四个月	十年
去向	北平，北京大学文学院院长兼中国文学系主任	北平，北京大学英文系教授	青岛，青岛大学外文系主任	美国，专事写作

　　这张简表的主要成员来自新月社，但30年代上海新月社自由主义知识分子群体与林语堂之间勾连紧密。胡适对林语堂1919年官费

赴美留学出力甚多，尤其是 1920 年默默资助被困海外的林语堂，[1] 使得二人结成了亲密友谊。林语堂的女儿林太乙说，"胡适的确是玉堂（按：林语堂原名）的真正密友"[2]。胡适到上海不久就与林语堂见面，并讨论学术问题。1928 年 12 月 7 日，约请林语堂来家中叙谈，把《与夏剑丞书》书稿拿出来，请林语堂指教，林语堂对此著较为肯定。胡适请林语堂将书稿带回去批评。胡适在日记中感叹："语堂近年大有进步。他的近作，如《西汉方音区域考》，如读珂氏《左传真伪考》，皆极有见解的文字。"[3] 胡适在上海期间的日记中第一次提到林语堂，就对林赞赏有加，其后的日记中不时显示出对林语堂的厚爱，对他在学术上的进步十分欣慰，提携之意溢于言表。[4]

在新月同人与当局争夺话语权的过程中，林语堂并未缺席，他还参加了平社的讨论。1930 年 2 月 11 日，平社在胡适家中聚餐讨论"民治制度"时，林语堂参加了讨论。"末后，林语堂说，不管民治制度有多少流弊，我们今日没有别的制度可以代替他。……此语极有道理。"[5] 显然，胡适对他的建议极为满意。林语堂虽然没有在《新月》上直接参与人权论战，但其对自由主义的坚守姿态，尤其是 1933 年杨杏佛被暗杀之后，林语堂在《论语》半月刊上"谈女人"的政治隐喻和抗争姿态，也不逊色于胡适等人的人权论战。更主要的是，林语堂的政治反抗是在胡适等自由主义知识分子纷纷离沪之后进行的单

---

[1]　胡适是促成林语堂到哈佛大学留学的关键人物。林语堂经胡适作保，取得了清华大学奖学金，允诺回国后到北大任教。林语堂在美期间，奖学金迟迟未汇到，而妻子廖翠凤又住院手术，经济陷入困境。接到由胡适私人垫付 2000 元，才渡过难关（参见林语堂《林语堂自传》，第 79 页）。

[2]　林太乙：《林语堂传》，中国戏剧出版社 1994 年版，第 45 页。

[3]　胡适：《日记·十七，十二，七》，《胡适全集》（第 31 卷），第 289 页。

[4]　1929 年 1 月 15 日，胡适下午去看林语堂，"谈入声事。语堂对我的《入声考》大体赞成。他指出戴东原《与段若膺轮声韵》一书中有许多暗示很同我接近"。参见胡适《日记·十八，一，十五》，《胡适全集》（第 31 卷），第 317 页。1929 年 12 月 26 日，林语堂在光华大学中国语文学会上讲演《机器与精神》，该稿被胡适采用作为《我们对于西洋近代文明的态度》一文的附录。参见胡适《〈我们对于与西洋近代文明的态度〉附录》，《胡适全集》（第 3 卷），第 15 页。

[5]　胡适：《日记·十九，二，十一》，《胡适全集》（第 31 卷），第 608 页。

打独斗。

就文学观念和文学创作活动来说，林语堂反对古代传统散文创作字斟句酌、谨小慎微的行文方式，以及恪守圣道"文以载道"的注经传统，认为这样的传统束缚思想，扼杀个性，不是文化传统，而是一个文化陷阱，铸就了中国人拘谨、无个性、无趣味的性格。因此，林语堂提倡"以自我为中心，以闲适为格调"，谈风月，宇宙之大，苍蝇之微，题材、语言和情感均不受约束。这些都展现了自由主义作家的精神气质和人生理想。

综上所述，自由主义文学思潮与上海的历史际会，与20年代中后期中国社会的历史格局息息相关。当北京的政治和文化生态迅速恶化时，国民党北伐局势渐趋明朗，在此语境下，在京现代文人大批南迁，进而促使中国的文化中心随之南移。由于上海在经济基础、文化积淀、政治氛围、出版印刷和公共文化空间上的诸多优势，自由主义作家在上海获得了生存、发展的生活条件和交往空间。自由主义知识分子就是这样带着不同的生存经验，从不同地方，同时汇聚到上海这个"为人们提供梦想和逃避之所的城市"，带着一个简单而又基本的共同目标——"追求更好的生活"[1]，最后带着不同的身份和期待离开。诚如梁实秋回忆新月社时所说，"一伙人萍踪偶聚"，"过三四年劳燕分飞"，自由主义作家在上海的踪迹，"只是回忆的资料而已。有多少成绩，有什么影响，自己也不知道"[2]。但他们在历史黄页上留下的萍踪蝶影不会褪色。自由主义作家在上海大多享有较为体面的生活条件，通过频繁顺畅的交游聚会，获得了团体智慧，个人潜能得以发掘，在从事文学创作的同时有能力与国民党当局进行自由主义话语权的博弈和较量，给现代文学版图贡献了多元化的文学理念和创作成就。

---

① ［美］卢汉超：《霓虹灯外：20世纪初日常生活中的上海》，第31、34页。
② 梁实秋：《忆〈新月〉》，《梁实秋自传》，第151页。

第六章　上海自由主义作家社群的日常生活

　　前文梳理了自由主义作家个体生命的上海轨迹，为了全面展现当时社会语境中知识分子的生存状态，还需要将它们放在一个群体范围内进行考察。"'社群'指的是传统社会有机的、内聚的世界，'社会'指的是有着理性化、知识化和个体化结构的现代性的破碎世界。社群是文化上的统一整体，社会则本质上是由它的各部分决定的。"① 社会是破碎的世界，社群是内聚的世界，社会的本性是群体消极的个体离散，社群的本性是个体主动的文化内聚，前者具有天然的离散性和"熵"增的混乱趋势，后者具有积极的向心力。作家社群会产生不同于作家个体的心理驱动力，进而催生集体的团体凝聚力。"西马"代表人物之一阿格妮丝·赫勒认为，特定社群内部会产生一种"为我们意识"，这种意识不是立足于理性王国之中，而主要是建立在尘世生活的基础之上。"个人是整体的组成部分；整体的胜利是个人的胜利，当整体为了自身的利益而发展壮大，特性也随之茂盛。"② 这就是文学社群研究对于探寻文学发展内在机制的意义。

　　布迪厄的场域社会学与传统的涂尔干社会学相比，最重要的区别之一，就是特别注重考察不同个体或群体日常生活的互动和竞争。"各种分类系统构成了争夺的焦点，各个个人和群体为此而在日常生活的常规互动中、在发生于政治和文化生产的场域中的单打独斗或集

---

① ［英］杰拉德·德兰蒂：《现代性与后现代性：知识、权力与自我》，李瑞华译，商务印书馆2012年版，第170页。

② ［匈］阿格妮丝·赫勒：《日常生活》，衣俊卿译，黑龙江大学出版社2010年版，第39页。

体竞争中相互对立。"① 布迪厄把这种不同力量的日常交往角逐称之为场域的争夺。就此而言，探讨文学场域的互动和竞争，也离不开对作家日常生活状态的研究。诚如梁实秋所说："上海是热闹的地方，究竟是个弹丸之地"②，自由主义作家陆续来沪之后，迅速凝聚为一个社群。自由主义知识分子社群在那个碎片化的时代，凝聚了巨大的思想能量，在他们萍踪偶遇的人生交集时空里，迸发了灿烂的文学火花。他们所取得的艺术成就，与其文学社群的日常生活息息相关。依照"西马"的"日常生活批判理论"，学术研究和文学创作都可以还原为日常生活，进而继续分解为个体日常生活的实践。"当我们在论述中国现代文学的发展和变迁时，不再仅仅将目光局限在政治、经济因素，而是更多地关注文人自身的日常生活，以及他与所属文人群体之关系时，也许会发现，很多时候文人之间对某些事件的看法、对一些文学观念的论争，其立场并不是先验地被规定好的。"③ 对作家而言，日常生活不一定全部都在工作，但创作、批评和理论研究，都是其日常生活的一部分。个体的日常生活单调重复、琐碎细微、了无生气，所以需要交游唱和、沙龙结社进行调节。作家间的互动和群体日常生活，有助于作家个体在争鸣、鼓励或鞭策中找到创作的意义和价值，所以考察作家的日常生活，探究他们的社群内部生态和机理，就尤为重要。

一　畅销书魁首和"版税大王"

文学作品可看作是作家日常生活的衍生品。研究作家、文学社团和文学思潮，不能脱离作家群体的日常互动和社会交往。"思想、观念、意识的生产最初是直接与人们的物质活动，与人们的物质交

---

① ［法］皮埃尔·布迪厄、［美］华康德：《实践与反思——反思社会学导引》，李猛、李康译，中央编译出版社 1998 年版，第 14 页。

② 梁实秋：《忆〈新月〉》，《梁实秋自传》，第 142 页。

③ 刘克敌：《文人门派传承与中国近现代文学变革》，《中国社会科学》2011 年第 5 期。

往，与现实生活的语言交织在一起的。"① 离开了物质生活和现实生活，意识形态无异于空中楼阁，将仅剩下虚无缥缈的特性。"西马"的"日常生活批判理论"将"尘世生活"视为人类理性王国的催化剂，"我们可以断言，日常生活是历史潮流的基础"②。有学者就将新月社的研究主题设定为"饭局""书局"和"时局"③，从现代文学社团的内部发展和人事脉络进行梳理，为现代文学社团研究开辟了新路径。

　　首先来看自由主义作家的经济状况。上海有发达的出版体系和文学消费机制，为现代知识分子鬻文为生提供了前提。胡适一家来到上海不久，就从客房迁往一栋两层洋房。胡适日记记载，1928 年 1 月，妻子江冬秀回老家绩溪修建祖坟。运木、题字、刻碑，耗资巨大，仅仅 2 月底托运上好的棺木回家，就花费了一百二十元。④ 胡适的经济收入从何而来？从日记可见端倪。3 月 6 日，胡适委托亚东图书馆汇给妻子二百元。⑤ 3 月 12 日、19 日又委托石恒春、陈啸青等汇寄五百元。⑥ 4 月 1 日，又让亚东图书馆加急汇去二百元。⑦ 4 月 18 日，胡适对江冬秀保证："这一个月之内，一定要汇给你一千块钱。"⑧ 不久，胡适 4 月 23 日又托人送去六百元，并对江冬秀说："仍缺多少。请早日告我。"⑨ 4 月 30 日，胡适写信给江冬秀说："我美国的钱还不曾到，大概下月可到。我把祖望的一千元存款单向银行借了一千元。大概我的钱到就可以还此款。"⑩ 5 月 3 日，胡适又委托亚东图书馆汇去四百元。⑪

　　① 中共中央马克思恩格斯列宁斯大林著作编译局编：《马克思恩格斯选集》（第 1 卷），第 72 页。

　　② ［匈］阿格妮丝·赫勒：《日常生活》，第 45 页。

　　③ 刘群：《饭局·书局·时局：新月社研究》，武汉出版社 2011 年版。

　　④ 胡适：《致江冬秀》，《胡适全集》（第 23 卷），第 480 页。

　　⑤ 胡适：《致江冬秀》，《胡适全集》（第 23 卷），第 481 页。

　　⑥ 胡适：《致江冬秀》，《胡适全集》（第 23 卷），第 486、487 页。

　　⑦ 胡适：《致江冬秀》，《胡适全集》（第 23 卷），第 490 页。

　　⑧ 胡适：《致江冬秀》，《胡适全集》（第 23 卷），第 493 页。

　　⑨ 胡适：《致江冬秀》，《胡适全集》（第 23 卷），第 495 页。

　　⑩ 胡适：《致江冬秀》，《胡适全集》（第 23 卷），第 497 页。

　　⑪ 胡适：《致江冬秀》，《胡适全集》（第 23 卷），第 498 页。

按照当时的货币购买力，① 以上所列开支是一笔巨款，非一般上海居民所能承受。

亚东图书馆为何持续给江冬秀寄款呢？早在 1921 年，上海亚东图书馆就开始出版胡适的四卷本《胡适文存》，这套书随后一版再版，累计印了六万余部，是 30 年代畅销书的首位。亚东图书馆和胡适之间的合作一直持续，到 1929 年 3 月《胡适文存二集》（4 卷）已经出版第六版。1930 年 10 月，《胡适文存三集》（9 卷）也印刷到了第二版。《胡适文存》系列图书，堪称当时中国最成功的畅销书策划，不但让亚东图书馆赚足码洋，更让胡适赚得盆满钵满。

除了版税，胡适还有其他收入来源。首先是教职薪俸。1927 年 10 月 22 日，胡适给广州中山大学江绍原写信，介绍他在沪生活初期的职业状况："我现在教六点钟书，维持生活费，馀力则编书。近改作《白话文学史》，已成八、九万字了。"② 教书、编书和著述，是胡适来沪后的主业，教书薪俸有限，而编书和著述经过亚东图书馆等出版社转变为持续不断的丰厚稿酬。胡适 1927 年 8 月受聘私立光华大学，1928 年 2 月受聘上海东吴大学，1928 年 4 月就任中国公学校长。此外，受蔡元培聘请，胡适担任大学院全国教育委员会委员之职。③ 中国公学每月给胡适 100 元"夫马费"④，大学院薪俸每月 300元。如此，胡适在顶峰时段同时领取数份薪资。

这些固定的薪俸只是胡适经济来源的小部分，稿费和版税收入才是大头。1928 年 12 月 15 日的胡适日记记载，截至 1928 年 11 月，胡适收到亚东图书馆的版税 29380.61 元。1927 年年底之前，胡适共收

---

① 此时货币购买力，通过鲁迅在上海日记中的购物记录可见一斑。1930 年 1 月 10 日"买煤半吨，十七元"，10 月 12 日"买米五十磅，五元"。参见鲁迅：《日记十九〔一九三〇年〕》，《鲁迅全集》（第 16 卷），第 179、216 页。

② 胡适：《致江绍原》，《胡适全集》（第 23 卷），第 463 页。

③ 虽然胡适一直推脱此职，其后来到南京参加大学院会议的行动表明，早前已接受该职。

④ 此间，朱经农给胡适的信中说："闻兄在中国公学依然每月只领夫马费一百元，似不够用。"中国社会科学院近代史研究所中华民国史组编：《胡适来往书信选》（上），第486 页。

到其中的 24237.04 元，1928 年 11 月之前又领取了 2901.47 元，亚东图书馆尚有 2242 元版税未付。[①] 据不完全统计，从 1928 年 1 月至 1930 年 11 月离开上海，胡适至少从亚东图书馆获得 10623.47 元稿酬，月均 303.52 元。[②] 也就是说，不将商务印书馆的稿酬、新月书店的稿酬和演讲收入计算在内，仅仅亚东图书馆的稿酬收入就已经超出胡适在北大的月薪。此外，亚东图书馆还每月送给胡适一百元，[③] 回报他对该馆的帮助。

除了亚东图书馆，商务印书馆和新月书店的稿酬也不菲。1919 年 2 月，胡适回国后的第一部专著《中国哲学史大纲》（上）由商务印书馆出版，到 1922 年 8 月已印 8 版。[④] 胡适定居沪上之后，在商务印书馆出版该著时更名为《中国古代哲学史》，收入商务"万有文库"。《词选》《戴东原的哲学》等著作于当年 7 月和 10 月出版。1928 年 6 月 19 胡适致信江冬秀："《白话文学史》今日出版，可以卖点钱。"[⑤] 这本著作的出版社就是新月书店。

此外，有学者统计了胡适三年半时间里的演讲次数，有案可查的达到 38 次，[⑥] 平均每月一次，每次演讲获得数额不等的"车马费"也是一笔不小的收入。1928 年 5 月 4 日，胡适连续在光华大学、中国公学演说，"中间用汽车走了七八十里路"[⑦]。除演讲外，胡适卖字的收入也很可观。包括中国公学学生在内的很多人慕名向胡适求字，胡适干脆明码标价，其日记里还有相关润笔费的收费标准。1931 年 1 月 14 日，已经定居北平的胡适南下上海，在汪孟邹家用一整天的时间写了四十三件字，"这里面大部分是中公学生已缴钱的"[⑧]。胡适名高，求墨宝者应接不暇，以至于南下上海还要还旧账。版税、稿费、演

① 胡适：《日记·十七，十二，十五》，《胡适全集》（第 31 卷），第 298 页。
② 叶中强：《上海社会与文人生活（1843—1945）》，第 227 页。
③ 汪原放：《回忆亚东图书馆》，学林出版社 1983 年版，第 68 页。
④ 叶中强：《上海社会与文人生活（1843—1945）》，第 228 页。
⑤ 胡适：《致江冬秀》，《胡适全集》（第 23 卷），第 509 页。
⑥ 叶中强：《上海社会与文人生活（1843—1945）》，第 229 页。
⑦ 胡适：《日记·十七，五，三》，《胡适全集》（第 31 卷），第 64 页。
⑧ 胡适：《日记·廿，一，十四》，《胡适全集》（第 32 卷），第 13 页。

讲、卖字等，胡适可谓广开财源。优越的经济条件保证了胡适得以在车水马龙的十里洋场里安家，潜心读书著述，并且早餐有"仆人送上一杯咖啡调的牛乳和一盘切开烤面饼"①。

再以林语堂为例。林语堂来沪后，受蔡元培之邀担任大学院研究院外国语编辑部主任，月俸300元，相当于一个有名望的大学教授的工资。林语堂凭借高超的英文水平，在上海编辑中学生学习的《开明英文读本》等英文教科书，版版畅销。《开明英文读本》随后被全国许多学校采用作为课本，风靡一时，林语堂变为"版税大王"。在随后的杂志编辑和教科书编写中，林语堂身价节节攀升。截至1935年，除了零星的编辑费和稿费，林语堂的固定收入包括开明书店股份8000元，《开明英文读本》等书每年的版税6000元，中国银行存款2000元，人寿保险7000元，《宇宙风》股份400元。② 仅仅《吾国吾民》的英文版税就获得6000美元。③ 林语堂为何如此"暴发"？原来，他开明书店每月版税700元，大学院薪俸300元，《人间世》编辑费每月500元，《宇宙风》每月收入不下1000元，还有《论语》《天下》的编辑费若干。④

当我们在梳理自由主义作家在上海会餐清谈的时候，在回溯新月派和国民党当局挑起人权论战的时候，不应该忽略支撑这些人生存和发展的物质基础。"许多费边主义者都有钱买时间。……他们可以生活得很舒适，请得起一个秘书和佣人。并非所有的费边分子都能过得这样舒服。但即使在费边社最初的日子里，它的核心成员们也从来不必专心致力于维持生计的日常奋斗，从而限制他们为费边社从事的工作。费边主义者能够为政治而生存，而不必靠政治吃饭，是因为他们经济独立，不必依靠政治带来的收入。"⑤ 这是学者在梳理英国费边社成员的经济背景时，得出的精辟结论。

---

① 胡适：《日记·十七，三，卅一》，《胡适全集》（第31卷），第17页。

② 李勇：《林语堂传》，第193页。

③ 李勇：《林语堂传》，第205页。

④ 施建伟：《林语堂传》，第248页。

⑤ ［美］刘易斯·科塞：《理念人》，第195、196页。

　　当然，30 年代上海自由主义作家不都是衣食无忧。徐志摩因为被父亲切断经济来源，不得不四处奔走在光华大学、东吴大学、大夏大学、南京中央大学等从事教学，供养开销巨大的妻子陆小曼。因为有几所大学的薪俸，徐志摩尚未到经济非常窘迫的地步。与此相比，刚到上海未曾谋到教职的沈从文就非常不乐观了。1928 年 1 月初来上海之后租住在客店里，那时候沈从文鬻文为生却缺少知名度，没有固定薪俸，春季把母亲和九妹接到上海后，经济更加捉襟见肘。沈从文早前在北京的欠款尚未还清，不得不拼命多写，开始在刚创办的《新月》上连续发表文章，全年创作颇丰，但经济状况一直未能有效改善。1928 年 12 月 4 日，沈从文给徐志摩写信，请他斡旋售卖文稿换钱："新月方面不能为从文设点法，眼前真不成样子。……自己希望也不为过奢，但想得一笔钱应付各方，能安安定定休息一个月，只要有一个月不必在人事上打算，即是大幸福，此事你帮帮看看。"① 这一状况直到他谋到正式教职才有所改观。

　　1929 年 6 月，徐志摩向胡适推荐沈从文到中国公学任教，"由于徐志摩的吹嘘，胡适之先生请他到中国公学教国文，这是一件极不寻常的事，因为一个没有正常的适当的学历、资历的青年而能被人赏识于牝牡骊黄之外，是很不容易的"②。沈从文只有小学文化，没有读过大学，仅在创作上有实绩，对大学任教很没有信心。沈从文复信胡适："果于学校方面不至于弄笑话，从文可试一学期。从文其所以不敢做此事，亦只为空虚无物，恐学生失望，先生亦难为情耳。"③ 但同时，沈从文很迫切地想得到这份工作，希望教职被学校批准后，立即去吴淞租房。不久，沈从文得到满意的答复。他在当年 6 月份给父亲沈宗嗣写信说，现在内战持续扩大，教书虽然比较拘束，缺少自由，但教职薪俸"一百七一月"是当下不是办法的办法。④

　　1929 年 10 月下旬，已经在中国公学任教的沈从文致信胡适，说

① 沈从文：《沈从文全集》（第 18 卷），第 11 页。
② 梁实秋：《雅舍忆旧》，第 206 页。
③ 沈从文：《沈从文全集》（第 18 卷），第 16 页。
④ 沈从文：《沈从文全集》（第 18 卷），第 17 页。

原定搬到校内，但因囊中羞涩，"不但搬不成家，就是上课也恐怕不到一月连来吴淞的钱也筹不出了"①。所以就只有拼命写作卖钱。11月，沈从文搬到吴淞校内，一周只有四个小时的授课，"人无聊，也只有成天生自己的气一件事可做，教书于我是完全不相宜的，明年当想其他办法"②。这一年冬天，他同时兼任上海暨南大学的中国小说史课程，经济有所改观，与中国公学外国语文学系二年级女生张兆和相恋。1930年1月22日，沈从文告诉好友王际真，自己在吴淞的生活还有点奢侈："我倒好，房中有火可烤，穿单衣，明日因补充煤，得到上海去。"③ 1月25日，他给胡适写信说："前正之稿已承一涵先生为售去，得洋三百三，过年可以平安无虑。"④

之所以回溯沈从文在上海的经济状况，是想说明30年代上海自由主义作家阵营中，沈从文是一个比较独特的存在，他来上海时的身份和胡适等有一定差异，过一段时间才在中国公学谋到教职，且长期居住在偏僻的吴淞中国公学校园内，与新月社其他成员的聚会机会很少。但是，他为生活而拼命写作，一直带着"乡下人"的顽固，在文学观念上强调人性，反对文学革命，反对文学政治工具论，和新月派深深共鸣，且一直笔耕不辍，产量颇丰。

二　极司斐尔路和"有不为斋"

胡适的住宅是沪西极司斐尔路四十九号甲（今万航渡路320弄42号）的一幢楼房，三年多来一直未变。此栋寓所地处公共租界越界筑路地段，远离市中心，住所"比较的僻静"⑤，马路斜对面40号，是商务印书馆元老张元济住处。胡适的房子底层为客厅、厨房、餐厅和卫生间。楼上是胡适及其夫人江冬秀的卧室，旁边小间为儿子胡祖

---

①　沈从文：《沈从文全集》（第18卷），第23页。

②　沈从文：《沈从文全集》（第18卷），第26页。

③　沈从文：《沈从文全集》（第18卷），第44页。

④　沈从文：《沈从文全集》（第18卷），第46页。

⑤　胡适：《日记·十七，三，卅一》，《胡适全集》（第31卷），第17页。

望、胡思杜的卧室，另一侧为胡适的书房。① 相比而言，徐志摩由于行踪飘忽不定，先后在环龙路（今南昌路）花园别墅 11 号以及福煦路（今延安中路）四明新村六一三号居住，其间还在客栈和朋友家借住。沈从文的住宿条件比较艰苦，1928 年 1 月初，初到上海的沈从文住在法租界善钟路（今常熟路）善钟里三号楼上客店，随后接来母亲和九妹，迁往萨坡赛路（今淡水路）204 号。任中国公学教职后，沈从文迁到吴淞中国公学校内，此地假期极为清净，离市区较远，夏季闷热，冬季极为寒冷。寒冬时节，沈从文在囊中羞涩的时候只能拿棉絮包住身体写作，直到 1930 年 1 月，才有钱买煤取暖。

上海自由主义作家沪上居住环境，最典型的是梁实秋和林语堂。梁实秋的三次搬家，是自由主义作家在上海住房条件逐步改善的典型案例。他三年之间从借住亲友家，搬到一楼一底，继而迁入二楼二底，最后住进三层独栋小楼。梁实秋租住的二楼二底，"临街往来的电车之稀里哗啦叮叮当当从黎明开始直到深夜。地都被震动，床也被震动"，后来的三层小楼"有阳台、壁炉、浴室、卫生设备等"，算是十分舒适便捷了。②

林语堂初到上海，住在沈从文租住的同一条街道，善钟路（今常熟路）一套西式公寓里，公寓里有书房、卧室、客厅、厨房和卫生间。随后，这位上海"版税大王"购买了忆定盘路（今江苏路）四十三号 A 的花园洋房。花园洋房气派非常，学者施建伟用诗一般的语言这样还原林语堂的住处：

> 这是一所精致的现代住宅。林语堂之所以选中它，主要是因为它有一个绚丽多彩的花园。……林宅的庭园中，除白杨外，还有桃树等果树，同时有菜园。……庭园里还有专为三个孩子所设置的秋千、滑梯等儿童体育设备，有一块属于儿童的乐园。……春天，庭园里万物都欣欣向荣，鸽子在屋檐的巢里生蛋。……当墙上的树叶越来越稠密的时候，就是玫瑰要开花的

① 叶中强：《上海社会与文人生活（1843—1945）》，第 242 页。
② 梁实秋：《梁实秋自传》，第 135、136 页。

预告。……清晨，他到庭园去散步，一手牵着小女儿，边走边欣赏各种飞鸟的歌唱……林语堂从上海老城隍庙里买来两只荷花缸，那只二尺半高的荷花缸，直径有二尺光景，粉红色的荷花美丽悦目。①

很难想象，在上海的十里洋场里，竟然还有这样的世外桃源。林家还雇了两个佣人负责照料全家人的饮食起居。林语堂将自己的书斋命名为"有不为斋"，此斋在几年之内，先后接待了诸多文化名流，除了鲁迅、胡适、郁达夫等人，还有邵洵美、施蛰存、赵家璧等论语派同人。文人骚客们在"有不为斋"里，品着乌龙茶，纵论东西文化，书写宇宙文章。

相比之下，左翼作家的生存状态就普遍严苛很多。徐志摩日记和梁实秋回忆录里对郭沫若、田汉等人生活条件的生动记载为人熟知。② 徐志摩被创造社同人贫贱的生活环境所震撼，但他似乎并未意识到彼此创作风格和生活条件之间的联系。梁实秋曾经专门记载了去看望郭沫若的情形。郭沫若居住的民厚里是上海标准贫民窟。"他们坚留午餐，一日妇曳花布和服，捧上一巨盆菜，内容是辣椒炒黄豆芽，真正是食无兼味，当天晚上以宴我为名，到四马路会宾楼狂吃豪饮，宾主尽醉，照例由泰东书局的老板赵南公付账。困苦的生活所培养出来的一股'狂叛'的精神，是很可惋惜的。"③ 此外，自称上海"二流作家"的沈从文，与丁玲、胡也频等交好，从他的视角可以印证左翼作家的生存状态。沈从文1930年1月3日给王际真的信中说："近来的上海作家皆成了劫中人物，全是极苦，无办法活，我所熟识的如丁玲夫妇，白薇……皆完全在可笑情形中度着每一个日子，中国的事真是没有法子。"④ 当我们对自由主义作家在沪生活条件有了感性

① 施建伟：《林语堂传》，第301—303页。
② 徐志摩：《徐志摩全集》（第5卷），第285、286页。
③ 梁实秋：《梁实秋文集》（第2卷），第336页。
④ 沈从文：《沈从文全集》（第18卷），第34页。

的认识之后，联系到其他作家社群在上海的居住条件，① 就可以从一个侧面认识到，自由主义作家和创造社以及左翼作家之间的文学立场分歧的原因，部分源自生存状态的差距。

三　周六沙龙和平社餐会

上海自由主义知识分子构建了一种自主自愿、定期举行的沙龙和主题餐会机制。"社会总是摇摆于整合和失范之间；一方面是整合的机械形式，另一方面是普遍化交往的更为功能化的有机形式。"② 自由主义作家群就是一种建立在日常交往基础上的功能化的有机形式，相比而言，国民党的暴力机器，就是一种毫无生命力和弹性的机械形式。徐志摩在《新月》创刊号上的《新月的态度》一文中，对失范的社会秩序深感忧虑，试图用新月社知识分子社群，为混乱的思想界注入生机和活力。类似英国的费边社，现代中国自由主义知识分子试图在失范的社会里努力建构规范的互动平台。"知识分子的职业在社会中成为可能并得到承认，有两个必要条件。首先，知识分子需要听众，需要有一批人听他们宣讲自己的思想，并对他们表示认可。……第二，知识分子需要经常与自己的同行进行接触，因为只有通过这种交流，他们才能建立起有关方法和优劣的共同标准，以及指导他们行

---

① 1923 年 10 月 11 日，胡适、徐志摩和朱经农三位新月社成员，为了缓和与创造社的紧张关系，曾结伴步行到哈同路（今铜仁路）民厚南里东 5 弄 121 号拜访郭沫若。郭沫若的生存环境给自小家境殷实的徐志摩留下深刻印象："沫若自应门，手抱褟裸儿，跣足，敝服（旧学生服），状殊憔悴，然广额宽颐，怡和可识。入门时有客在，中有田汉，亦抱小儿，转顾间已出门引去，仅记其面狭长。沫若居至隘，陈设亦杂，小孩羼杂其间，倾跌须父抚慰，涕泗亦须父揩拭，皆不能说华语；厨下木屐声卓卓可闻，大约即其日妇。坐定寒暄已，仿吾亦下楼，殊不话谈，适之虽勉寻话端以济枯窘，而主客间似有冰结，移时不涣。沫若时含笑睨视，不识何意。经农竟嗫不吐一字，实亦无从端启。五时半辞出，适之亦甚讶此会之窘，云上次有达夫时，其居亦稍整洁，谈话亦较融洽。然以四手而维持一日刊、一月刊、一季刊，其情况必不甚愉适，且其生计亦不裕，或竟窘，无怪其以狂叛自居。"参见徐志摩《徐志摩全集》（第 5 卷），第 285、286 页。

② ［英］杰拉德·德兰蒂：《现代性与后现代性：知识、权力与自我》，第 171 页。

为的共同规范。"① 这就是知识分子兴办杂志、出版同人刊物的原因，也是胡适等自由主义知识分子组建社群的原因。没有志同道合的同道，没有知识分子共同体，知识分子的价值诉求很难实现。知识分子的力量和他们结成联盟的程度成正比（比如左联、新月社），而那些形单影只的知识分子，比如学衡后期的吴宓，其影响力十分微弱。吴宓后来长时间偏安西南，在重庆、成都、武汉等地辗转流迁，已经完全没有当年东南大学一帮学衡同人相互慰勉的氛围，所以越来越远离知识分子的中心，越来越闭塞和孤独。

梁实秋所谓新月"一伙人"的称呼的确形象,② 以胡适为中心的自由主义作家的交游唱和十分频繁，"大家都多少有自由主义的倾向，不期而然地聚集在一起而已"③。自由主义知识分子社群，经常以餐会的形式高谈阔论，相谈甚欢。"胡先生交游广，应酬多，几乎天天有人邀饮，家里可以无需开伙。徐志摩风趣地说：'我最羡慕我们胡大哥的肠胃，天天酬酢，肠胃居然吃得消！'"④ 关于聚餐会的情景，梁实秋为我们提供了自由主义作家在沪期间的一个聚会片段：周六晚上，一群自由主义知识分子，不约而同地来到极司斐尔路胡适的家。胡适是谦谦君子，活泼中透着严肃，徐志摩则带有六朝人的潇洒，是这一群人的"旋风"和"火炬"。徐志摩如果迟到，众人都奄奄无生气，只要他一赶到，屋里顿时热闹起来。他谈笑风生，横扫四座，把每一个人的心都点燃。他有说有笑，表情动作齐上阵，"在这个的肩上拍一下，那一个的脸上摸一把，不是腋下夹着一卷有趣的书报，便是袋里藏着一扎有趣的信札，传示四座，弄得大家都欢喜不置"⑤。上海自由主义知识分子在新月社之后，还组织了一个稍微偏向社会问题

---

① ［美］刘易斯·科塞：《理念人》，第 3 页。

② 梁实秋：《雅舍忆旧》，第 98 页。

③ 梁实秋：《雅舍忆旧》，第 145 页。

④ 梁实秋：《雅舍忆旧》，第 181 页。

⑤ 梁实秋：《雅舍忆旧》，第 146 页。据梁实秋回忆："我记得，在一九二八、一九二九年之际，我们常于星期六晚在胡适之先生极司斐尔路寓所聚餐，胡先生也是一个生龙活虎一般的人，但于和蔼中寓有严肃，真正一团和气使四座并欢的是志摩。"参见梁实秋《谈徐志摩》，《梁实秋文集》（第 2 卷），第 339 页。

研究的平社。为了呈现自由主义沙龙的总体状况，笔者梳理了《胡适全集》中关于平社聚餐会的情况，如表 6-1 所示：

表 6-1　　　　　　　　胡适日记中关于平社聚餐会情况简表

时间	地点	参加者	详情	出处
1929 年 3 月 29 日	不详	胡适、徐志摩、梁实秋、罗隆基等	《平论》社员聚会讨论编辑事宜。"志摩说'我们责无旁贷，我们总算有点脑子，肯去想。'我说：'我们这几个人怕也不见得能有工夫替国家大问题想想罢？志摩你一天能有多少工夫想想？实秋、努生都要教书，有多大工夫想？我自己工夫虽多，怕也没心绪去想政治问题。所以那般党国要人固然没工夫想，我们自己也不见得有想的工夫罢？'"	《胡适全集》（第 31 卷），第 345 页。
1929 年 4 月 21 日	胡适家中	胡适、梁实秋、徐志摩、罗隆基、丁燮林、叶公超、吴泽霖七人	平社第一次聚餐	《胡适全集》（第 31 卷），第 363 页。
1929 年 4 月 27 日	不详	到者九人。增加潘光旦、张禹九	平社第二次聚餐	《胡适全集》（第 31 卷），第 370 页。
1929 年 5 月 11 日	范园	到者志摩、禹九、光旦、泽霖、公超、努生、适之	平社第四次聚餐。"努生述英国 Febian Society［费边社］的历史，我因此发起请同人各预备一篇论文，总题为'中国问题'，每人担任一方面，分期提出讨论，合刊为一部书"	《胡适全集》（第 31 卷），第 378 页。
1929 年 5 月 19 日	范园	除胡适、潘光旦外，不详	平社聚餐。潘光旦讲"从宗族上"看中国问题，胡适评价较高	《胡适全集》，（第 31 卷）第 383 页。
1929 年 5 月 26 日	范园	除胡适、吴泽霖外，不详	平社聚餐。吴泽霖讲"从社会学上看中国问题"，胡适认为"老生常谈"，"远不如潘光旦先生上次的论文"	《胡适全集》（第 31 卷），第 386 页
1929 年 6 月 2 日	范园	除胡适、唐庆增外，不详	平社聚餐。唐庆增讲"从经济上看中国问题"，胡适认为："殊不佳"	《胡适全集》（第 31 卷），第 387 页
1929 年 6 月 16 日	不详	除胡适、梁实秋、罗隆基、李幼椿外，不详	平社聚餐。之后，胡适同梁实秋、罗隆基与国家主义者李幼椿谈话，"幼椿先生态度很好，我们谈话很公开，很爽快。他劝我多做根本问题的文章，他嫌我太胆小。其实我只是害羞，只是懒散。"	《胡适全集》（第 31 卷），第 398 页

续表

时间	地点	参加者	详情	出处
1930 年 2 月 4 日	不详	除胡适、丁西林外，不详	平社新年第一次聚餐。其间西林说起蒋介石和蒋梦麟谈话期间干预中基会人事事宜，蒋梦麟暗示胡适赶紧辞职，胡适不肯	《胡适全集》（第 31 卷），第602 页
1930 年 2 月 11 日	胡适家中	除胡适、林语堂外，不详	平社聚餐，论题为"民治制度。""末后，林语堂说，不管民治制度有多少流弊，我们今日没有别的制度可以代替他。今日稍有教育的人，只能承受民治制度，别的皆更不能满人意，此语极有道理。"	《胡适全集》（第 31 卷），第607、608 页
1930 年 8 月 31 日	不详	除胡适外，不详	平社聚餐，讨论教育问题。"作者见地不甚高明"	《胡适全集》（第 31 卷），第717 页

值得注意的是，"这一伙人"中没有沈从文。沈从文居住在偏远的吴淞中国公学学校内，和市区有较远的距离，交通不便，和新月社雅集隔绝。"我们这里去海很近。去炮台也近。去上海约三十五里来，去上海之法租界约五十里来，去倒怪方便。到此教书换四次车才能到学校来。"① 沈从文在上海期间独立支撑母亲和妹妹的生活开支，经济压力巨大，很难有机会进市区和"这一伙人"聚会。

胡适等人的主题沙龙，采用英国费边社的组织架构，对社群的定位是用谏净的态度影响当局。英国费边社是一个典型的自由主义知识分子社群，他们主张渐进改革，反对暴力革命，和当时的英国政治家有较为密切的互动。费边主义强调"渐进的不可避免性"和向国家决策者提供事实与理性证据，以此来使他们转到社会改革的方向上来。"费边主义者集中他们的智慧，齐心协力致力于渗透英国的政治和社会生活的机构。作为个人，他们很可能仍然毫无影响，但作为一个群体，他们证明自己能够永远驳倒这样的神话：知识分子天生无力对国家的政体施加影响。费边主义是一种集体现象。"② 胡适等人深知一个人的力量十分有限，社群的力量远大于个体的力量。"社群意味着接

---

① 沈从文：《沈从文全集》（第 11 卷），第 88 页。

② ［美］刘易斯·科塞：《理念人》，第 189、190 页。

近性（proximity）、统一性（unity）和地点（place）"，可看作是本尼迪克特·安德森的"想象的共同体'"①。以餐会这种非正式聚会形式，在一个较为固定的知识分子圈子里讨论社会问题，可能是胡适等自由主义知识分子在中国的首创。新月社延续了中国传统文人的唱和清谈之风与饮宴冶游之行，吸收借鉴了西方自由沙龙的现代形式，用一种巧妙的形式将分散的个体结合在一起，凝聚了现代自由主义知识分子的集体智慧。

此外，胡适日记中还有若干次新月社、中英讨论会等聚会记载。

表6-2　　　　　　　　胡适日记中关于新月社等聚会情况简表

日期	地点	主题	详情	出处
1930年7月25日	不详	新月书店董事会	胡适日记记载："店事现托给萧克木与谢汝明两人，而他们便不能相容，谢攻萧最力，甚至捏造股东清查委员会名义，遍发信给往来户头，要搜求证据来毁萧。两个人便不能合作，此真是中国人之劣根性！"	《胡适全集》（第31卷），第677页
1930年7月27日	不详	新月书店股东会	"到者五十四权"，胡适主席	《胡适全集》（第31卷），第678页
1930年8月21日	胡适家中	《新月》新董事会	"举潘光旦为主席。"	《胡适全集》（第31卷），第701页
1930年7月15日	刘鸿声家中	中英讨论会聚餐	胡适说："上海租界今日已不能保障言论自由；故上海无法有独立的言论出现。上海市民虽有和平的意见，谁敢发表呢？"	《胡适全集》（第31卷），第667页

如果将胡适等人同期发表的文章与餐会时间、参加人员、会议主题比对，会发现这些餐会产生的隐性成果：聚餐同时或间隙，爆发了新月派和国民党当局的人权论战。当我们欣赏这些文章中迸发的思想火花时，同时应该意识到文章背后的群体智慧和自由主义社群的强大凝聚力。胡适发表火药味十足的《我们要我们的自由》《人权与约法》《新文化运动与国民党》等文章的时间，与平社数次召开聚餐会

---

① ［英］杰拉德·德兰蒂：《现代性与后现代性：知识、权力与自我》，第169、170页。

的时间重合。同时，徐志摩、梁实秋、罗隆基等随之在《新月》上呼应胡适，也与这种主题餐会的交流和互动分不开。虽然新月社成员在后来的回忆中，都说他们的文章是个人行为，没有组织和同谋，但实际上他们之间的知识共同体在沙龙聚会期间就已经十分坚固了。鲁迅在看了《新月》第二卷第六、七号合刊之后说，新月社虽然标榜没有组织，没有集团，但是"关于政治的论文，这一本里都互相'照应'"①。鲁迅的眼光是精准的。胡适不是一个人在战斗，他的身后有一个十几人的团队作为坚实的后盾，有思想上和舆论上的声援力量。应该说，"新月社""平社"等自由主义知识分子团体，之所以在现代文学史乃至思想史上具有鲜明的团体特征和长久生命力，原因之一是类似费边社的社群聚合平台。

四　打麻将和吃花酒

胡适刚来上海时潜心写作，社交近无，但酒香不怕巷子深，精神领袖在极司斐尔路的家成为自由主义作家聚会的避风港。胡适待人谦和，人气极高，交友渐多，后来门前车水马龙。梁实秋对在胡适家的聚会有生动的描写：

> 有一回请"新月"一些朋友到他家里吃饭，菜是胡太太亲自做的——徽州著名的"一品锅"。一只大铁锅，口径差不多有一英尺，热腾腾地端了上桌，里面还在滚沸，一层鸡，一层鸭，一层肉，点缀着一些蛋皮饺，紧底下是萝卜、白菜。胡先生详细介绍这一品锅，告诉我们这是徽州人家待客的上品，酒菜、饭菜、汤，都在其中矣。对于胡太太的烹调本领，他是赞不绝口的。他认为另有一样食品也是非胡太太不办的，那就是蛋炒饭——饭里看不见蛋而蛋味十足，我虽没有品尝过，可是我早就知道其做法是把饭放在搅好的蛋里拌匀后再下锅炒。②

---

① 鲁迅：《"硬译"与"文学的阶级性"》，《鲁迅全集》（第4卷），第199、200页。
② 梁实秋：《雅舍忆旧》，第181页。

1928年3月初苏雪林等前去拜访胡适,一个小时内来访者就有四五群,"这无怪乎先生所居的弄中,车辙那样纵横,更无怪乎他要暑假时逃往大连静养了"①。1930年11月25日,已经开始打点行装北上的胡适在日记中写道:"住上海三年半,今将远行了,颇念念不忍去。最可念者是几个好朋友,最不能忘者是高梦旦先生,其次则志摩、新六。"②胡适即将登上北上的火车时,更有几十人到车站相送。③笔者将胡适在上海与自由主义作家的互访情况进行了统计,以回应以上"长亭送别"之景的缘由:

表6-3 胡适日记中自由主义作家在上海的私人餐会和互访记录

日期	地点	当事人	事由	详情	出处
1928年6月5日	蒋百里家中	胡适、徐志摩等	请客	不详	《胡适全集》(第31卷),第134页
1928年6月5日	胡适家中	胡适和徐志摩	席后与志摩到我家中谈到夜半后始别	"志摩殊可怜,我很赞成他这回与文伯同去外国,吸点新空气,得点新材料,也许换个新方向。"	《胡适全集》(第31卷),第134页
1928年7月1日	胡适家中	不详	不详	胡适在日记中记载:"我家中来客最多,终日会客。"	《胡适全集》(第31卷),第166页
1928年12月7日	胡适家中	胡适和林语堂	学术交流	胡适"约了林语堂来谈。我把我《与夏剑丞书》稿请他指教。他赞成我的大旨,认为不错。我请他带回去批评。语堂近年大有进步。他的近作,如《西汉方音区域考》,如读珂氏《左传真伪考》,皆极有见解的文字。"	《胡适全集》(第31卷),第289页

① 胡适:《日记·十七,三,卅一》,《胡适全集》(第31卷),第20页。
② 胡适:《日记·十九,十一,廿五》,《胡适全集》(第31卷),第802页。
③ 11月28日,胡适启程赴北平,"今早七点起床,八点全家出发,九点后开车。到车站来送别者,有梦旦、拔可、小芳、孟邹、原放、乃刚、新六夫妇、孟录、洪开……等几十人。在上海住了三年半(1927年5月17日回国住此),今始北行。此三年半之中,我的生活自成一个片段,不算是草草过去的。此时离去,最不舍得此地的一些朋友,很有惜别之意。"参见胡适《日记·十九,十一,廿五》,《胡适全集》(第31卷),第810—811页。

续表

日期	地点	当事人	事由	详情	出处
1929 年 1 月 15 日	林语堂家中	胡适和林语堂	学术交流	胡适下午去看林语堂，"谈入声事。语堂对我的《入声考》大体赞成。他指出戴东原《与段若膺轮声韵》一书中有许多暗示很同我接近。"	《胡适全集》（第 31 卷），第 317 页
1929 年 3 月 19 日	不详	泰戈尔、胡适、徐志摩、陆小曼等	迎接泰戈尔	泰戈尔来沪，徐志摩夫妇和胡适迎接	《胡适全集》（第 31 卷），第 397 页
1929 年 12 月 17 日	胡适家中	胡适、梁实秋、徐志摩、丁西林、罗隆基、高梦旦等	胡适三十八岁生日聚会	"约了梦旦先生、仲洽、新六、昆三、实秋、西林、努生，来吃饭。志摩从苏州赶回来。"	《胡适全集》（第 31 卷），第 541 页
1930 年 7 月 26 日	徐志摩家中	胡适和徐志摩	胡适看望生病的徐志摩	"谈了许久。"还讨论《醒世姻缘》的版本问题	《胡适全集》（第 31 卷），第 677 页
1931 年 1 月 21 日	胡适家中	胡适和林语堂	林语堂来访	"林语堂来谈，我劝他回北大；他说他十几年来研究中国打字机，已有把握了，很想寻一笔研究费到美国去把此事弄成功。我说，你若回北大一年，我可以担保你能成行。"	《胡适全集》（第 32 卷），第 30 页
1931 年 1 月 23 日	胡适家中	胡适和林语堂	林语堂来访	"语堂说，国际联盟的 Committee on Intellectual Cooperation［智力合作委员会］，政府所任命的吴稚晖先生已经决定不就，现拟蔡子民先生去。Rajchman［雷奇曼］本望我去，我知道他靠杨杏佛传话，便知道决不会轮到我。"	《胡适全集》（第 32 卷），第 33 页

　　当然，我们无法从各个当事人的记述中全部还原 20 世纪 30 年代上海自由主义作家之间的互访和交游情景，但逐一检视表中罗列的自由主义作家的私人交往记录，可以发现，他们之间除了学术上的互相切磋、舆论上的互相呼应之外，更多的是在生活上互相关照、在心灵上互相慰藉。胡适在上海期间，与徐志摩、沈从文和林语堂等人心交

甚深。在胡适心中，他们都是才学出众的新秀，对他们在学业、生活和职业上的提携和关爱甚多。他们之间的交往历程和细节，体现出浓厚的私人情谊，散发出温暖的人性之光。

　　自由主义作家的娱乐休闲方式也带有某些"旧文人"的赓续。上海自近代开埠以来至民初，寓居此地的文人中流连曲院勾栏的为数不少。文人狎妓，本为陋习，却成为晚清民初上海文人的群体风貌。王韬即常作北里游，李伯元更是在张园的花丛中写成《官场现形记》。20世纪30年代的上海，世俗生活已经发生巨大变化，现代知识分子尤其是游历欧美的自由主义作家的休闲方式已经与晚清民初的传统文人有了本质的区别，但传统投影与名士遗风仍在。胡适等自由主义作家的娱乐休闲方式，偶尔也不能免俗。例如打麻将、吃花酒之类。这里有一段梁实秋笔下关于胡适等人打麻将的声情并茂的记录：

　　　　胡适之先生也偶然喜欢摸几圈。有一年在上海，饭后和潘光旦、罗隆基、饶子离和我，走到一品香开房间打牌。硬木桌上打牌，滑溜溜的，震天价响，有人认为痛快。我照例作壁上观。言明只打八圈，打到最后一圈已近尾声，局势十分紧张。胡先生坐庄。潘光旦坐对面，三副落地，吊单，显然是一副满贯的大牌。"扣他的牌，打荒算了。"胡先生摸到一张白板，地上已有两张白板。"难道他会吊孤张？"胡先生口中念念有词，犹豫不决。左右皆曰："生张不可打，否则和下来要包！"胡先生自己的牌也是一把满贯的大牌，且早已听张，如果扣下这张白板，势必拆牌应付，于心不甘。犹豫好一阵子："冒一下险，试试看。"啪的一声把白板打了出去！"自古成功在尝试"，这一回却是"尝试成功自古无"了。潘光旦嘿嘿一笑，翻出底牌，吊的正是白板。胡先生包了。身上现钱不够，开了一张支票，三十几元。那时候这不算是小数目。胡先生技艺不精，没得怨。[1]

──────────

① 梁实秋：《麻将》，《梁实秋文集》（第5卷），第137页。

　　此外，梁实秋还有这样一段自由主义作家吃花酒的回忆：

　　有一天中秋前后徐志摩匆匆的跑来，对我附耳说："胡大哥请吃花酒，要我邀你去捧捧场。你能不能去，先去和尊夫人商量一下，若不准你去就算了。"我问要不要去约努生，他说，"我可不敢，河东狮子吼，要天翻地覆，惹不起。"我上楼去告诉季淑，她笑嘻嘻的一口答应："你去嘛，见识见识，喂，什么时候回来？""当然是，吃完饭就回来。"胡先生平素应酬未能免俗，也偶尔叫条子侑酒，照例到了节期要去请一桌酒席。那位姑娘的名字是"抱月"，志摩说大概我们胡大哥喜欢那个月字是古月之月，否则想不出为什么相与了这位姑娘。我记得同席的还有唐腴庐和陆仲安，都是个中老手。入席之后照例每人要写条子召自己平素相好的姑娘来陪酒。我大窘，胡先生说："由主人代约一位吧。"约来了一位坐在我身后，什么模样，什么名字，一点也记不得了。饭后还有牌局，我就赶快告辞。季淑问我感想如何，我告诉她：买笑是痛苦的经验，因为侮辱女性，亦即是侮辱人性，亦即是侮辱自己。男女之事若没有真的情感在内，是丑恶的。这是我在上海三年惟一的一次经验，以后也没再有过。[①]

　　宴饮、麻将、花酒，这些极易与文人无行联系在一起。但在当时的社会历史语境中，可视为近代传统文人日常生活的赓续和残余，或许也是自由主义作家群体磨合的形式之一。之所以引用这些细节，是要还原当时在上海处于上流生活阶层的自由主义作家的鲜活生活经验，同时可以体验到他们在严谨治学与社会担当之下圆融世俗的社会人格。值得注意的是，社群成员之间的团队精神，往往需要依靠日常生活的情感维系。"虽然社里自然不乏竞争与不和，但韦伯、萧伯纳、华莱士和奥里维被个人友谊的亲密纽带联系在一起。……运动中的主要人物不仅靠共同的思想，而且靠感情和友爱的复杂纽带连结起来。

---

　　① 梁实秋：《梁实秋自传》，第137、138页。

费边社，特别是在它的早年，就像一个兄弟会。"① 新月社里也有类似胡适从新月书店退股、部分社员抱怨徐志摩过于独断等抵牾和矛盾，但是总体而言更像是一个兄弟会，他们之间的情感联系很紧密。这一点，可以从罗隆基被捕之后的营救过程、知识分子之间往来书信中的精神慰藉，甚至关键时刻伸出援手等细节中得到印证。如果将这种鲜活的生存状态与他们同期创作的作品相比照，不仅会对那个时代的文学场域有着更为直观的感受，还能对现代自由主义作家的文学观念与其生活状态之间的勾连有显性的认知。

---

① ［美］刘易斯·科塞：《理念人》，第196页。

第七章　场域流变与上海自由主义作家的星散

如果用"三十年河东，三十年河西"来形容 20 世纪 30 年代中国现代文学中心的南移，那么就可以用"天下没有不散的宴席"来描述 30 年代初期上海作家的星散。将上海自由主义作家星散的历程与当时上海文化生态的演变联系起来，会发现 30 年代初期知识分子离沪原因，与 20 年代中期北京知识分子南下的原因如出一辙。在经历了五年多的辉煌之后，上海逐渐失去了群星璀璨的阵容。北大的复兴、精神领袖的北上、文化生态以及政治局面的日益恶化，大革命之后营造的 30 年代文学黄金时空也随之逐渐暗淡。国内政局动荡，日寇侵华趋紧，上海文网渐密，从自由主义作家视角观察这种文化格局的变迁，能检视到文人离沪进程掺杂的诸多因素。

一　北大情结渐深

如前文所述，北京之所以在新文化运动前后涌现为现代作家聚集区，主要得益于由北京大学、清华大学等现代大学营造的知识分子生存空间。"过去几个世纪以来，大学一直是知识分子的避风港，因为它允许他们在不同程度上处于日常事务的世界之外。大学保护理念人免受商业或政治领域的紧迫压力。"① 自由主义的胡适、保守主义的吴宓等各种类型的知识分子都受益于这个避风港。现代大学为知识分子提供了商业和政治压力相对较小的基本生活条件，让他们葆有生活的

---

① ［美］刘易斯·科塞：《理念人·前言》，第 12 页。

尊严和稳定的社会地位。

百足之虫死而不僵，即便在文人纷纷南下的 30 年代，北平的文化影响力犹存。胡适等众多 30 年代生活在上海的原北大教职员，依然密切关注北大的发展动向，曾经在北大兼职的鲁迅也不例外。鲁迅离开北京后，即便身处厦门、广州或者上海，他也和胡适一样，一直保留返回北京的选项。鲁迅 1928 年 11 月 28 日在给章廷谦的信中感叹道："闻北京各校，非常纷纭，什么敢死队之类，亦均具备，真是无话可说也。"① 1928 年 7 月国民政府设立北平大学区，准备在 9 月将北平各校合并，遭到各校反对，北京大学学生 11 月 7 日组建所谓的"敢死队"，宣布武力护校。无法返回北平的鲁迅，依然在内心深处关注这个爱恨交织之地。1929 年 5 月 13 日，鲁迅北上省亲，在为期近 20 天的时间里，与北大老友多次相聚，言谈间更是少不了北大时局。

相比鲁迅，胡适在上海的三年半时间里"北大情结"更深，可谓"身在曹营心在汉"。胡适与另一位自由主义作家、留守北大的周作人通信频繁，危难中二人互相守望。胡适还曾数次北上，同北京老友相聚。他虽然在上海研究著述，但在北大存放的书籍一直没有大规模南迁。1927 年 8 月 11 日在给好友钱玄同的信中说："此时我在客中，手头没有书，成了缴械之兵，更没有法子做考证文字了。"② 11 月 15 日又撰文提及："我在客中，藏书甚少，搜集不广。"③ 1928 年 5 月 23 日，胡适的日记显示，身在南京的一些国民党政府官员，都想回北大去。④ 1928 年 6 月 5 日，胡适在《〈白话文学史〉自序》里说"在客居中写二十万字的书，随写随付排印，那是很苦的事。"⑤ 上海，胡适一直视为客居之地。

徐志摩和沈从文初到上海时，都经历了一段与这座城市的磨合

① 鲁迅：《致章廷谦》，《鲁迅全集》（第 12 卷），第 139 页。

② 胡适：《致钱玄同》，《胡适全集》（第 23 卷），第 455—456 页。

③ 胡适：《白话诗人王梵志》，《胡适全集》（第 12 卷），第 147 页。

④ 胡适：《日记·十七，五，廿三》，《胡适全集》（第 31 卷），第 115 页。

⑤ 胡适：《白话文学史（上卷·自序）》，《胡适全集》（第 11 卷），第 213—214 页。

时期。徐志摩多次在日记中显露出对上海都市弄堂生活的倦怠情绪。初到上海的沈从文更是带着"乡下人"的眼光审视这座城市。1928年1月初，孤身一人初到上海的沈从文住在法租界善钟路善钟里三号楼上，每月十三块租金，住处是大楼，楼上很宽绰。他觉得"上海女人顶讨厌，见不得。男人也无聊，学生则不像学生，闹得凶"①。"每一个女人都像在一种肉欲的恣肆下受了伤。每个人都有点姨太太或窑姐儿神气。""我想我是不适宜于住上海的人。"②虽然沈从文在上海住了下来，但一直思念北京。1929年1月30日在给程朱溪的信中说："身体不好则只想回北平住，可是还不知道要什么时候我可以来去自由。"③他不喜上海的天气，"这里天气讨厌极了，落雨不落雪，落过一次雪还落雨，不讲道理的阴郁，都是上海人才耐得着的天气。这几日大风吹来吹去，全是整个的无聊。我就只能成天用棉絮包脚坐到桌边呆"④。1930年春季期间，他偏居吴淞中国公学校内，没有机会体验上海市民的节日习俗，怀念湘西苗乡"跳年"和元宵节的壮观蛮性习俗，"这学校里一放假鬼也打人，极其清净。""上海过年恐怕皆如阉鸡，守在家里毫无可作为，比北平也差多了。"⑤当然，沈从文想回京的原因还有另外一个，就是婚恋问题。"因据朋友来信说在北平好读者尚不乏好女人，故下半年不返乡也决离开上海，重做'北伐'。"⑥

　　1929年1月16日，胡适坐火车经南京赴北平参加协和医院的董事会。此时，由他挑起的人权论战正酣，面对当局施加的巨大压力，他不禁对上海心生去意，对北大更加难以割舍。19日，梁启超在北平病逝，胡适当夜到北平。悼念梁先生期间，北大师生依然在与当局合并北平高校的行动相抗衡。22日，北大学生复校运动经蔡元培调停，国民党政府教育部让步，协议定校名为"国立北平大学北大学院"，

---

① 沈从文：《沈从文全集》（第11卷），第78页。
② 沈从文：《沈从文全集》（第11卷），第81页。
③ 沈从文：《沈从文全集》（第18卷），第15页。
④ 沈从文：《沈从文全集》（第18卷），第33、34页。
⑤ 沈从文：《沈从文全集》（第18卷），第45页。
⑥ 沈从文：《沈从文全集》（第18卷），第47页。

对外译作"北京大学"。25 日，胡适作新诗《三年不见他——十八年一月重到北大》，表达对北大的留恋与不舍之情。他在这首小诗后面，加了这样一段注解："我十五年六月离开北京，由西伯利亚到欧洲。十六年一月从英国到美国。十六年五月回国，在上海租屋暂住。到十八年一月，才回到北方小住。不久又回上海。直到十九年十二月初，才把全家搬回北平。"① 由此可以看出胡适对北大的留恋之深。他在上海"租屋暂住"只是随时准备回京的权宜之计。2 月 4 日，胡适对邀请他回京的朋友说，北大规模很大，但是经费问题一直没有解决："我们不回来，并无他意，只是不能不避免麻烦而已。若经费有办法，局面稍定，大家自然想回来。"② 胡适已经将北大作为退路，回上海之后加入人权论战的斗志更强了。

在一片讨伐声中，胡适离意已决。他于 1929 年 9 月 15 日写信给中国公学副校长杨亮功说，等他将中国公学的局面安定之后，他就立刻辞去校长之职，"我已决心将搬家一件事办理停当，即行脱离中公，——无论校董会如何留我，我也绝不再留了"③。不过，当时胡适并未选择即刻北上，胡适曾经复信周作人，说此时不想回北平原因之一，是因为人权论战中有人将胡适与北大联系起来，"我不愿连累北大做反革命的逋逃薮"，④ 为了维护北大的声誉，胡适宁愿在上海忍受铺天盖地的舆论攻击。

1930 年 2 月，胡适已经向中国公学辞职，只是未能当即离开。沈从文也准备离开上海，"胡博士已辞职，我或也走路过别处"⑤。1930

---

① 诗如下：三年不见他，就自信能把他忘了。/今天又看见他，/这久冷的心又发狂了。/我终夜不成眠，/萦想着他的愁，病，衰老。/刚闭上了一双倦眼，/又只见他庄严曼妙。/我欢喜醒来，/眼里还噙着两滴欢喜的泪，/我忍不住笑出声来：/"你总是这样叫人牵记！"参见胡适《三年不见他——十八年一月重到北大》，《胡适全集》（第 10 卷），第 229、230 页。这首诗的原稿保留在胡适日记中，题目为《留恋》，内容稍有出入。参见胡适《日记·十八，一，廿五》，《胡适全集》（第 31 卷），第 322 页。

② 胡适：《日记·十八，二，四》，《胡适全集》（第 31 卷），第 324 页。

③ 胡适：《日记·十八，九，十五》，《胡适全集》（第 31 卷），第 464—465 页。

④ 胡适：《致周作人》，《胡适全集》（第 24 卷），第 20—21 页。

⑤ 沈从文：《沈从文全集》（第 18 卷），第 50 页。

年 6 月初，深陷人权论战、备受国民党当局打压和舆论威吓的胡适去意已决。他北上勾留半月，其间先后在北大、北师大演讲，并开始着手北上事宜，定下回北平的计划，委托友人在北平寻找住处。7 日，他在一次演讲中，比较上海和北平的图书馆，言谈之中流露出对北平文化内蕴的留念。① 9 月 13 日，《新闻报》已经登出胡适即将搬家北上的消息，宋子文见到报道，来信劝胡适不要回北平。② 10 月 1 日，胡适再次北上参加协和医院的董事会，7 日，他前往米粮库四号，去看朋友为他寻找的住处，表示"颇愿居此"。见到北大一班老友，当晚和友人一起到北海看月，对故都的眷恋溢于言表："看月亮起来，清光逼人，南方只有西湖偶有此种气象。……天无纤云，使人神往。"③ 9 日，北大教授多人以及英文学系、教育学系代表团来访胡适。④ 10 日，胡适正式接到北大聘书。⑤ 值得注意的是，长期以来的北大人事纷争已于 9 月落幕，蔡元培辞去北大校长，蒋梦麟即将接任。北大重回老友执掌之下，胡适北上的契机已经具备。当胡适于 1930 年 11 月 28 日举家启程赴京定居后，遂担任北京大学文学院院长兼中国文学系主任。

胡适一到北平，就开始积极网罗原路兵马到北大共事，一时间原来南下的同人又汇聚北平。1931 年 1 月 4 日，徐志摩来到北平，胡适"与志摩谈别后事，劝他北来回北大"。⑥ 胡适于 1 月 30 日致信徐志摩邀请其回北大，⑦ 徐志摩不久就北上，到北大英文系任教。早在 1930

---

① 关于上海的图书馆，胡适认为比北京逊色："余寓沪上已有三载。上海人口有二百六十万，而公开图书馆殊少。东方图书馆虽较好，然性质不宜于公众，且地点又较偏僻；徐家汇藏书楼不公开，学校图书馆亦多不公开。至于藏书，南洋中学之书目较好，吴淞［中国］公学之社会科学图书较可称外，余可举者甚少。誉北平各馆为全国图书馆界之冠冕，诚非过言，亦非余欲见好于在座诸君也。"参见胡适《在北平图书馆协会上之演讲》，《胡适全集》（第 20 卷），第 563 页。

② 胡适：《日记·十九，九，十二》，《胡适全集》（第 31 卷），第 729 页。

③ 胡适：《日记·十九，十，七》，《胡适全集》（第 31 卷），第 737、738 页。

④ 胡适：《日记·十九，十，九》，《胡适全集》（第 31 卷），第 739 页。

⑤ 胡适：《日记·十九，十，十》，《胡适全集》（第 31 卷），第 742 页。

⑥ 胡适：《日记·二十，一，四》，《胡适全集》（第 32 卷），第 2 页。

⑦ 胡适：《日记·廿，一，三十》，《胡适全集》（第 32 卷），第 44 页。

年冬，光华大学学潮期间，徐志摩就给胡适的信中说明自己在上海的
两难处境。光华大学的学潮愈演愈烈，光华大学的平社成员都已辞
职，徐志摩也不愿意一个人留在上海。"凡此种种，仿佛都在逼我北
去，因南方更无教书生计，且所闻见类，皆不愉快事"，自己在上海
"闷亦闷死了"①。1931 年 2 月 24 日，徐志摩北上，与胡适相见甚欢，
二人"畅谈别后的事"，觉得"南方人才缺乏"②，准备将来把《新
月》迁回北平。③ 1931 年 6 月 21 日，胡适给早前离开上海前往青岛
任教的梁实秋写信，劝他来北大教书说："你来了，我陪你喝十碗好
酒！"④ 胡适、徐志摩等自由主义知识分子再一次北上，显示出北京大
学对现代知识分子的长久吸引力，也从一个侧面展现了大学生态与现
代知识分子生存状态的紧密关系。

二　精神领袖远去

徐志摩在《新月的态度》中说，《新月》的几个朋友，除了这个
刊物之外，没有什么组织，除了想在学术上和文艺上取得一点成就之
外，也没有什么思想的一致。⑤ 梁实秋也说，《新月》一伙人"除了
共同愿意办一个刊物之外，并没有多少相同的地方，相反的，各有各
的思想路数，各有各的研究范围，各有各的生活方式，各有各的职业
技能。彼此不需标榜，更没有依赖"，在文艺观点上，有着不少的差
异，但是为了合办一个刊物，走到了一起。⑥ 那么，由思想各异的成
员组成的散漫团体，如何成功运作一个现代杂志，并且在随后惊心动

---

① 徐志摩：《1930 年冬致胡适》，《徐志摩全集》（第 6 卷），第 259、260 页。

② 胡适：《日记·廿，二，廿四》，《胡适全集》（第 32 卷），第 62 页。

③ 徐志摩在 1931 年 6 月 30 日复信光华大学的学生赵家璧说："我是极不愿意脱离光
华的，但一因去年不幸的风潮，又为上海生活于我实不相宜，再兼北方朋友多，加以再三
的敦促，因而才决定北来的。"或许这是徐志摩安慰学生的权宜之计。参见陈从周《徐志
摩：年谱与评述》，第 92 页。

④ 梁实秋：《雅舍忆旧》，第 181 页。

⑤ 徐志摩：《新月的态度》，《新月》第 1 卷第 1 号，1928 年 3 月 10 日。

⑥ 梁实秋：《忆〈新月〉》，《梁实秋自传》，第 144 页。

魄的人权论战中团结起来，与当局争夺话语权呢？其中原因之一就是精神领袖胡适的凝聚作用。徐志摩孤身在沪的时间里，他曾写信给游历欧美的胡适说："你走后，我哪一天不想着你。"① 胡适 1927 年 5 月定居上海之后，他们立即聚首，办起了书店和杂志，徐志摩很少提起"自己不喜欢这个地方"的话题，不再抱怨在上海没有符合自己脾性的事情。同样，胡适 1930 年 11 月底北上之后，徐志摩在上海也难以久留，他在 12 月 19 日写信给梁实秋说："适之又走了，上海快陷于无朋友之地了。"②

　　事实上，胡适的确具有某种"感染型人格魅力"③。胡适的人格魅力使得他在军、政、商和学界有许多朋友，而知识分子内部所谓"胡大哥""我的朋友胡适之"之语一时间也颇为流行。④ 同时，胡、徐二人性格具有一定的互补性，胡适自然淳厚，冷静幽默，徐志摩风趣爽快，行动迅速，孩子气似的追求"美与爱与自由"⑤。可以说，胡适是上海自由主义知识分子的精神领袖，而徐志摩是"这一伙人"的行动灵魂。梁实秋在回忆徐志摩的时候说："我数十年来奔走四方，遇见的人也不算少，但是还没见到一个人比徐志摩更讨人欢喜。讨人欢喜不是一件容易事，须要出之自然，不是勉强造作出来的。必其人本身充实，有丰富的情感，有活泼的头脑，有敏锐的机智，有广泛的

---

① 徐志摩：《致胡适，270107》，虞坤林编《志摩的信》，第 277 页。

② 徐志摩：《1930 年 12 月 19 日致梁实秋》，《徐志摩全集》（第 6 卷），第 416、417 页。

③ 又译卡里斯玛人格，Charisma，大致指一种具有超凡的个人魅力、感召力、号召力的人格。

④ 上海译文书局 1934 年 12 月出版的《名家传记》中有一篇温源宁用英文撰写的《胡适之》条目，该条目被林语堂译成汉语，文中说："适之绰号'胡大哥'并非偶然……适之为人好交，又善尽主谊。近来他米粮库的住宅，在星期日早上，总算公开的了。无论谁，学生、共产青年、安福余孽、同乡商客、强盗乞丐都进得去，也都可满意归来。穷窘者，他肯解囊相助；狂狷者，他肯当面教训；求差者，他肯修书介绍；向学者，他肯指导门径；无聊不自量者，他也能随口谈谈几句俗话。"参见温源宁《胡适之》，林语堂译，《林语堂文集·且行且歌》，群言出版社 2011 年版，第 341、342 页。

⑤ 叶公超：《新月旧拾——忆徐志摩二三事》，《新月怀旧》，学林出版社 1997 年版，第 175 页。

兴趣，有洋溢的生气，然后才能容光焕发，脚步矫健，然后才能引起别人的一团高兴。志摩在这一方面可以说是得天独厚。"① 1928 年秋，徐志摩赴欧洲游历之前，给林语堂手书《新丰折臂翁》，林语堂题跋云：

> 志摩，情才，亦一奇才也，以诗著，更以散文著，吾于白话诗念不下去，独于志摩诗念得下去，其散文尤奇，运句措辞，得力于传奇，而参任西洋语句，了无痕迹。然知之者皆谓其人尤奇，志摩与余善，亦与人无不善，其说话爽，多出于狂叫暴跳之间，乍愁乍喜，愁则天崩地裂，喜则叱咤风云，自为天地自如。不但目之所痛，且耳之所过，皆非真物之状，而志摩心中之所幻想之状而已。故此人尚游，疑神，疑鬼，尝闻黄莺惊跳起来，曰："此雪莱之夜莺也。"②

林语堂对徐志摩如此高的评价，并无溢美之词。梁实秋曾说："新月同仁一直和谐无间，从没有起过什么争执，一直到后来大家都离开上海以至无疾而终。"③

当然，梁实秋掩盖了新月同人之间的一些分歧。1928 年 1 月 28 日，胡适致信徐志摩要求撤出新月书店股份。④ 思想的分歧甚至矛盾

---

① 梁实秋：《梁实秋文集》（第 2 卷），第 335、336 页。

② 陈从周：《徐志摩：年谱与评述》，第 80、81 页。

③ 梁实秋：《梁实秋文集》（第 2 卷），第 339—340 页。

④ 1928 年 1 月 28 日，胡适写信给徐志摩，要求撤回新月书店的股本。他说："志摩兄：新月书店的事，我仔细想过。现在决定主意，对于董事会提出下列几件请求：（1）请准我辞去董事之职。（2）请准我辞去书稿审查委员会委员之职。（3）我前次招来的三股——江冬秀、张慰慈、胡思杜——请退回给我，由我还给原主。（4）我自己的一股，也请诸公准予退回，我最感激，情愿不取官利红利。（5）我的《白话文学史》，已排好三百五十页，尚未做完，故未付印，请诸公准我取回纸版，另行出版，由我算还排版与打纸版之费。如有已登广告费或他种费用，应由我补偿的，我也愿出。右五项，千万请你提出下次董事会。我现在决计脱离新月书店，很觉得对不起诸位同事和朋友。但我已仔细想过，我是个穷书生，一百块钱是件大事，代人投资三百元更是大事，我不敢把这点钱付托给素不相识的人手里，所以早点脱离。这是我唯一的理由，要请诸公原谅。"（转下页）

是自由主义知识分子群体的特征之一，毫无杂音的集体反而会失去活力。个人价值和独立精神是自由主义知识分子个体的特征。正如梁实秋所说的那样："我们几个人说的话不一定是一致的，因为我们没有约定要一致。"① 所以，自由主义知识分子群体自身存在一种悖论："自由主义倾向使得他们拒绝'领袖'，而知识共同体通常又需要有'圆心'。"② 胡适在这个知识分子社群中的"圆心"地位无法撼动，他在自由主义知识分子中间的凝聚力也毋庸置疑。

　　如果没有胡适在上海的三年半岁月，上海自由主义文学思潮的生成和发展恐难成立。这就不难理解为什么 1930 年 11 月胡适北上之后，徐志摩随之北上，"新月一伙人差不多都离开上海了"的主要原因。③ 徐志摩在上海生活数年，妻子陆小曼不愿意回北平，但是徐志

（接上页）［胡适：《致徐志摩（稿）》，《胡适全集》（第 23 卷），第 474、475 页］胡适的信反映了新月社内部的矛盾。胡适 1926 年 7 月出国，1927 年 5 月回上海，符合条件的"不相识的人"只能是梁实秋和潘光旦，两人都于 1926 年夏天学成回国。梁实秋在《忆〈新月〉》里的回忆证实了这种矛盾："后来上沅又传出了消息，说是刊物决定由胡适之任社长徐志摩任编辑，我们在光旦家里集议提出了异议，觉得事情不应该这样由一二人独断专行，应该更民主化，由大家商定，我们把这意见告诉了上沅。志摩是何等明达的人，他立刻接受了我们的意见。"（梁实秋：《忆〈新月〉》，《梁实秋自传》，第 143 页）1929 年 7 月 21 日徐志摩在给《新月》作者李祁女士的信中说："我编《新月》，早已不满同人之意。二卷一期我选登外稿《观音花》，读者颇多称赞（例如邵洵美甚至称为杰作。其实此文笔意尚活泼可取，作者系一年青学生，我不相识也），但梁实秋大不谓然，言与《新月》宗旨有径庭之处，适之似亦附和之，此一事也。《X 光室》及译文我一齐送登二期，梁君又反对，言创作不见其佳，译文恐有错处。我说我意不然，此二文绝不委屈《新月》标准，并早已通知作者。结果登一篇。我谓梁君如此坚持尽可退回，无妨也，但不知如何，译作仍在三期登出。胡先生亦谓《X 光室》莫名其妙，我亦不与辩。适《新月》董事会另有决议，我遂不管编辑事。上月陈通伯夫妇来，说及《X 光室》，皆交口赞美，我颇觉抒气，继雪林女士及袁昌英都说好。我说如此看来，我眼睛不是瞎的，但始终未向梁胡诸前辈一道短长，因无可喻也。我半年来竟完全懒废，作译具无，即偶尔动笔，亦从不完篇。……下半年或去南京，或去别处教书，上海决不可久驻。我颇想另组几个朋友出一纯文艺月刊，因《新月》诸公皆热心政治，似不屑治文艺，我亦不便强作主张也。"从中可见自由主义作家在文学审美以及文学与政治之间的关系上的认知差异。徐志摩：《1929 年 7 月 21 日致李祁女士》，《徐志摩全集》（第 6 卷），第 58、59 页。

① 梁实秋：《敬告读者》，《梁实秋文集》（第 6 卷），第 458 页。
② 王晓渔：《知识分子的"内战"》，第 89 页。
③ 梁实秋：《忆〈新月〉》，《梁实秋自传》，第 151 页。

摩还是接受了北大的教职，在京沪间奔走。梁实秋在回忆上海的《新月》岁月时说："胡先生当然是新月领袖，事实上徐志摩是新月的灵魂。"一群人"多少有点自由主义的倾向"①，在躲避战乱的过程中不期而遇。当然，这种不期而遇，以最具有自由主义精神的胡适为圆心。胡适的精神凝聚力和领袖作用，是上海自由主义文学思潮发生和发展的核心要素。

三　文化生态逼仄

梁实秋在回忆新月社在上海的这段时光时，满是不舍和眷恋。到了 1930 年，"新月一伙人差不多都离开上海了"，回顾几年来度过的上海岁月，感觉"过三四年劳燕分飞，顿成陈迹"。② 梁实秋对上海生活的眷恋并非煽情，他从南京避乱于上海旅社，后投靠亲友，逐步从一楼一底换成三层小楼，尽享 30 年代上海的物质便捷，有固定的教职和收入，有一帮坐而论道的同人，有一方发表言论的出版平台。如果没有一种强大到足以将以上所有优势全部抵消的力量，梁实秋不会离开上海。

梁实秋对左翼阵营的攻击深感压力，但真正让他疲惫的，是上海越来越逼仄的言论空间，这个空间不是左翼剥夺的，而是国民党当局钳制的。"梁实秋在上海的生活极不轻松。他十分不情愿地被卷入了一场分不清是政治还是学术的激烈争斗。"③ 梁实秋所陷入的激烈争斗，除了和鲁迅等左翼作家开展的"人性论—阶级论"论战，更有国民党当局对新月社的打压。一旦将自由主义知识分子劳燕分飞的时间段与上海的政治形势结合起来，即可看出端倪。南京国民政府成立后，对上海的舆论控制逐渐严密，白色恐怖和法西斯统治的力度加大，织就了一张从制度、法律到秘密警察在内的文化钳制网络。人权论战中，自由主义知识分子遭到全国范围内的舆论谩骂、各级

---

① 梁实秋：《谈徐志摩》，《梁实秋文集》（第 2 卷），第 338 页。
② 梁实秋：《忆〈新月〉》，《梁实秋自传》，第 151 页。
③ 宋益乔：《梁实秋传》，北岳文艺出版社 1994 年版，第 189 页。

党部的通缉威胁以及御用文人的合力攻击，罗隆基甚至一度身陷囹圄。

梁实秋曾经在《新月》发表《论思想统一》一文，严厉抨击国民党当局的文艺政策。在 1929 年 5 月召开的全国宣传会议第三次会议上，国民政府通过了国民党文艺政策案，该案规定："（一）创造三民主义的文学（如发扬民族精神，阐发民治思想，促进民生建设等文艺作品）；（二）取缔违反三民主义之一切文艺作品（如斲丧民族生命，反映封建思想，鼓吹阶级斗争等文艺作品）。"[①] 1930 年 2 月，上海《时事新报》记者陈苻荪因"宣传国家主义"被判入狱。1931 年 2 月 7 日，"左联"五烈士在龙华被国民党政府秘密杀害。1933 年 7 月，"左联"作家洪灵菲被捕，6 月，中国民权保障同盟总干事杨杏佛被特务暗杀于上海。1934 年 11 月，上海《申报》总经理史量才因反对不抵抗政策，在由杭返沪途中被杀害。对作家创作的辖制，对知识分子言论自由的侵害，使得上海的文化生态能与 20 年代中期的北京比肩，甚至有过之而无不及。这种政治局面下，大批知识分子像他们先前离开北京一样，不得不放弃数年来苦心经营的安乐窝和文化环境，再次远走北平、青岛、武汉等地。1927 年前后南迁的文化中心，逐渐失去了应有的魅力，上海的文化光芒也逐渐暗淡了。

上海新月社的核心成员大都在 30 年代前期和中期离开，陆续北上。"只是'物是人非'，'新月'辉煌的一页已经随着时间的流逝掀过去了，他们的勉强维系并没有阻止分化的到来"[②]，轰轰烈烈的自由主义文学思潮在达到顶峰之后渐渐趋于沉寂。在时代洪流中，现代自由主义知识分子的精神追求是坚忍的，并未因为战争和政治的切割而放弃人生理想，他们在时代的罅隙中寻找最适宜生存的文化高地，并为此筚路蓝缕、颠沛流离。同时，现代文学格局无法摆脱地缘政治的牵绊，现代知识分子的文化生态是脆弱的，他们的话语权是孱弱无力的，他们对个人命运的掌控度是极其有限的。随后到来的日寇大面积侵华，使得中国的社会格局发生巨大转折，抵抗日

① 梁实秋：《论思想统一》，《梁实秋文集》（第 6 卷），第 435 页。

② 刘群：《饭局·书局·时局：新月社研究》，第 449 页。

寇和挽救民族危亡成为时代的主线，自由主义的诉求在民族国家话语面前显得更加微弱。中华民族很快从救亡的泥沼中走出，国家在40年代中后期进入新的政治格局，自由主义渐渐又找寻到复出的契机。

第八章　上海文网与左右翼
作家的"暗合"

现代文学知识谱系借用了诸多军事和政治概念,"左翼"就是其中之一。"左翼"与"右翼"相反相生,不存在孤立的左与右。政治上的左与右,或曰激进与保守,或曰革命与改良,本没有固定内涵。因"左联"的存在,"左翼作家"这个带有强烈政治色彩的称谓,成为文学史上极具辨识度的概念,而与之对应的"右翼作家"却面目模糊。左翼和自由主义文学思潮的区隔,除了作家生存状态、受教育背景和文学观念等,还有一个维度:对国民党当局统治合法性的认同度。四一二政变之后,上海文学场域内部产生分化,胡适等自由主义作家与左翼作家对国民党政府的立场分歧明显。就此而言,可以将认同国民党统治合法性的 20 世纪 30 年代上海自由主义作家,视为左翼作家的对立面,即广义的"右翼作家"[①]。作为现代文学第二个十年的地域中心,上海的文学格局亦为"双雄逐鹿",即文艺思潮和文学创作上"无产阶级文学"与"自由主义文学",或曰"左翼作家与新月派"之间的对立和相互竞争。[②] 问题是,二者是不是绝对二元对立、水火不容呢?有没有一种"暗合"关系呢?

---

① 狭义上,30 年代上海典型的右翼社团当属 1930 年成立的前锋社,所办《前锋周报》《前锋月刊》鼓吹民族主义文学,打倒无产阶级文学。国民党官方宣传阵地和类似前锋社掀起的"民族主义文艺运动",大多炮制思想混乱的宣传品,影响力远不及左翼和自由主义文学思潮。30 年代上海文学场域中,能与左翼形成对照的群体,当属民主主义和自由主义作家。民主主义作家有意疏离政治,同情革命又保持距离;自由主义作家认同国民党统治地位,反对激进革命,与国民党当局靠拢,但拒绝政府收编,而是作党国"净臣"。因此,就上海 30 年代的具体时空语境而言,自由主义作家可以视为广义的"右翼作家"。

② 钱理群等:《中国现代文学三十年》(修订本),第 148、156 页。

文学样态流变过程的丰富性和复杂性，是传统文学史粗线条的线性叙事方式无法展现的。借用德国哲学家舍勒的知识社会学视角审视，20世纪30年代上海的左翼作家和右翼自由主义作家之间的关系并非如此简单。研究对象所置身的复杂的社会文化力量，从不同的方向对其牵引和塑造。① 国民政府定都南京之后，着力织就一张无孔不入的文网，一面立法规训，一面暴力惩罚；一面"党义"教化，一面文艺收编。在当局舆论大棒的重压之下，原本对立和分化的上海文坛，渐趋面临一个共同的敌人，鲁迅和胡适在上海的逼仄文化空间里获得了微妙的"隐性和解"，左翼作家和右翼作家在抗争文网的维度上找到了相同的利益攸关点，从而结成隐性的"利益共同体"。上海文网重压下的30年代作家群体关系，是反思现代上海文学生态的一个窗口。

一　"隐性" 和解的文坛旗手

20世纪20年代初，胡适和鲁迅在北京交往频繁。据不完全统计，从1918年8月12日至1926年8月4日，《鲁迅全集》中记载了鲁迅和胡适往来书信共计33封，二人互访、饮酒、看戏、互赠书籍，但因周氏兄弟失和以及鲁迅逐渐脱离学院体制的原因，胡适和鲁迅之间的交往变冷。② 之后胡适出访欧洲，鲁迅南下广东。1927年5月，胡适从美国转道日本回国，定居上海。同年10月，鲁迅携许广平由广州来沪定居。鲁迅来沪之前，胡适先后收到弟子顾颉刚的广州来信，顾数次向胡适抱怨"周氏兄弟假公济私""造谣""使我复陷于厦门之境界"③。1927年至1931年，未见胡鲁二人之间的任何通信往来。胡适在上海期间，鲁迅也未公开发表直接批判胡适的文章，而那篇由瞿秋白操刀、讥讽胡适"文化班头博士衔"的《王道诗话》，④ 则是

① 李怡：《开拓中国"革命文学"研究的新空间》，《探索与争鸣》2015年第2期。

② 朱健国：《胡适为何不反鲁迅》，《文学自由谈》2005年第3期。

③ 中国社会科学院近代史研究所中华民国史组编：《胡适来往书信选》（上），第428页。

④ 鲁迅：《鲁迅全集》（第5卷），第50页。

胡适离开上海两年之后的事了。四一二政变之后的三年多时间，是胡适和鲁迅二人一生中同处一座城市空间中最微妙的时间段。

在此之前，鲁迅先后在 1925 年 3 月 29 日《通讯》和 10 月 30 日《从胡须说到牙齿》两文中，批判胡适"踱进研究室"① "救出自己"② 的论调。胡适来沪后，观察时局，不敢贸然出山，只得做"寓公"，埋首写作。1927 年 6 月 1 日鲁迅在《〈书斋生活与其危险〉译者附记》中再次警告"书斋生活"的危险，号召那些"对于实社会实生活略有言动的青年"走出书斋，睁眼看社会，不要成为两耳不闻窗外事的书呆子。这次不简单批判"躲进书斋"，更进一步指出"书斋生活者和社会接近"的风险，"假如是一个腐败的社会，则从他所发生的当然只有腐败的舆论，如果引以为鉴，来改正自己，则其结果，即非同流合污，也必变成圆滑。据我的意见，公正的世评使人谦逊，而不公正或流言式的世评，则使人傲慢或冷嘲，否则，他一定要愤死或被逼死的"③。这不仅仅是在警告一帮热血青年，似乎还在警告胡适：和这个腐败的社会周旋，难免"近墨者黑"。胡适初到上海，确实下定决心埋头著述，但随后半推半就参与各种政治议题，烦忧不断，最后落得同道被捕、刊物被封、公职被夺之境。所以，胡适若能真心将参政的欲望收敛，真正"躲进书斋"也未尝不是"幸事"。正如另一位自由主义知识分子梁实秋所说："我对政治并无野心，但是对于国事不能不问"④。一生对政治抱着"不感兴趣的兴趣"的胡适，蛰伏一年之后，终于忍不住参与政治的强烈冲动，赴南京参加 1928 年 5 月举行的全国教育会议，鲁迅的劝诫在胡适身上一言成谶。6 月 15 日，胡适在会上就北大校长人选问题，与吴稚晖发生争执，吴翻出陈年旧账，当众指胡适："你本来就是反革命!"⑤ 第一个站出来指责胡适"反革命"的竟然是他曾经大加激赏的"反理学的思想家"。出

---

① 鲁迅：《鲁迅全集》（第 3 卷），第 26 页。
② 鲁迅：《鲁迅全集》（第 1 卷），第 262 页。
③ 鲁迅：《鲁迅全集》（第 10 卷），第 304 页。
④ 梁实秋：《梁实秋自传》，第 165 页。
⑤ 胡适：《胡适全集》（第 31 卷），第 147 页。

山即遭其当头棒喝，经受如此羞辱，胡适对抱残守缺的国民党万分失望。

虽然胡适和鲁迅的耳边有学生或友人"煽风点火"，但两人在上海并未公开攻击对方，还以"先生"互称，彼此肯定对方在文学史上的贡献。1927 年 11 月 12 日，胡适作《〈官场现形记〉序》说："鲁迅先生在他的《中国小说史略》里另标出'谴责小说'的名目，把《官场现形记》《二十年目睹之怪现状》《老残游记》《孽海花》等书都归入这一类"，"是很有见地的"。他很赞同鲁迅先生最推崇《儒林外史》，故而不愿把近代的谴责小说同《儒林外史》并列的主张，"鲁迅先生批评《官场现形记》的话也很公平"。① 1931 年 7 月 27 日，鲁迅在回顾上海文艺的发展脉络时称："这时有伊孛生的剧本的绍介和胡适之先生的《终身大事》的别一形式的出现，虽然并不是故意的，然而鸳鸯胡蝶派作为命根的那婚姻问题，却也因此而诺拉（Nora）似的跑掉了。"② 他对胡适开风气之先的白话剧本创作以及将易卜生主义译介到国内的贡献给予充分肯定。

胡适和鲁迅到上海后同处两难之境：首先，回京无望，在沪难安。从事学术研究和教学，北京的条件优于上海。但此时北京军阀更替频繁，高校欠薪日久，知识分子惨遭捕杀，文化生态急剧恶化。十里洋场，虽非治学上选，但具有当时中国最现代化的物质设施和最发达的出版业，更有租界的治外法权暂避白色恐怖之刀锋，作家权且鬻文为生。翻阅胡适、鲁迅和此时在沪的其他现代作家的日记和书信，可以发现他们都对上海的嘈杂浮华感到些许厌倦，试图返京治学写作，却碍于时局，一时难以成行。其次，埋头不甘，抬头无力。如果顺从国民党当局的意识形态控制，与世无争埋首著述，则放弃了一个现代知识分子的启蒙使命；如果用笔作枪，愤而发声，则难以自保。抗争的策略是必要的。胡适来沪初期的日记和信札，反映出知识分子困守书斋的无助和彷徨。可以说，鲁迅和胡适来沪定居早期，同时处于物质生活和精神世界的双重游离之境。正如卡尔·曼海姆所说：

① 胡适：《胡适全集》（第 3 卷），第 560、561、562 页。
② 鲁迅：《鲁迅全集》（第 4 卷），第 301、302 页。

"知识分子由于在我们社会中的无归属性，最容易遭受失败。"知识分子必须对自己的社会地位有清晰的认知，即便无法在政治上取得独立，也要"在漆黑一团的夜里扮演守夜人的角色"①。此时的鲁迅和胡适，都坚守着启蒙和进步的价值立场，其"守夜人"到"掘墓人"的社会角色并未发生根本变化。可谓异曲但同工，殊途而同归。

多年以来，鲁迅和胡适几乎陌路，二人在政治观念上分歧加大，文学空间和话语权的争夺或明或暗，但是同处大革命之后的上海，文坛左翼和右翼的旗手之间存在着微妙的"隐性和解"关系，密切关注着对方的动向，又刻意保持一定的距离。1929年9月4日，屡遭当局打压的胡适，在悲愤中复信周作人说，"党部有人攻击我，我不愿连累北大做反革命的渊薮"，他满怀对鲁迅的尊重之意，说："生平对于君家昆弟，只有最诚意的敬爱，种种疏隔和人事变迁，此意始终不减分毫。……此是真情，想能见信。"②此时胡适对鲁迅表示的敬意，非逢场作戏的奉承之语，而是深陷上海文网的肺腑之言。

1936年10月鲁迅逝世后，胡适接受许广平的邀请，担任"鲁迅纪念委员会委员"。1936年12月14日，胡适复信苏雪林，斥责后者谩骂攻击鲁迅生前私人生活的言论。胡适说："凡论一人，总须持平。……鲁迅自有他的长处。如他的早年文学作品，如他的小说史研究，皆是上等工作"。随后，胡适"撇开一切小节"③，为《鲁迅全集》的出版而奔走。这种行事风格，体现了胡适作为一个自由主义知识分子所秉承的宽容处事原则，其背后也隐藏着一只看不见的手——以出版物查禁为表征的国民党文化极权。这种话语霸权，文坛左翼和右翼都要面对。

二　凌驾左右之上的话语霸权

1927年4月国民政府定都南京之后，蒋介石在进行军事收编的同

---

① ［德］卡尔·曼海姆：《意识形态与乌托邦》，第162页。
② 胡适：《胡适全集》（第24卷），第21页。
③ 胡适：《胡适全集》（第24卷），第309页。

时，借三民主义推行党化教育，逐步加强意识形态监控，形成了由国民党"中宣部"、各级出版物检查机构和秘密警察组成的意识形态监控体系。出版物查禁的重灾区并不在南京，而在上海。20年代以后，论及图书报刊的印刷和流通集中地，当首推上海，本地印行的图书占全国总量的三分之二以上，仅1929年出版的包括马克思和列宁的著作在内的社会科学译著，多达150多种。①"文网"首先撒向上海这块飞地，并不偶然。

出版物审查古今中外皆有，不是国民党的首创。"无论什么样的政治集团或政治形式，也无论在哪个历史时期，审查制度在任何地方都作为社会控制的重要机制发挥着作用。统治者历来限制那些他们以为与自己的利益对立或者有损于公众利益的思想的传播。"②出版物审查是当权者和统治阶级利益的工具，当局何时、何地、何种程度上使用这一工具，决定于当时的社会形势。国民党当局首先在1928年3月9日公布《暂行反革命治罪法》，规定"凡以反革命为目的组织团体或集会者，均属违法"③。然后于5月14日颁布了《著作权法》，规定那些违反"党义"或其他"经法律规定禁止发行"的出版物，当局拒绝注册。值得注意的是，《暂行反革命治罪法》这个旨在镇压共产党等异己力量的"霸王"法令，其出台的日期仅仅早于《新月》创刊号一天，这一似乎和新月社毫无干系的法令，具有普遍的杀伤力，无法"定点清除"，也会在挥剑除"魔"的同时伤及"无辜"，成为日后高悬《新月》头上的达摩克利斯之剑。

在国共思想战线的博弈中，自由主义知识分子难以避免地受到波及，因为国民党的暴力机器并没有"定点清除"的能力，城门失火殃及池鱼的事件经常发生。30年代的中国知识分子，无论左翼还是右翼，都无一例外受到时局牵绊。正如1930年困守吴淞中国公学的沈从文给王际真的信中所说："政府成割据形势，互相对立，读书的不

① 林贤治：《"带着镣铐的进军"》，《书摘》2004年2期。
② ［美］刘易斯·科塞：《理念人》，第90页。
③ 刘健清：《中国法西斯主义资料汇编》（1），中国人民大学中共党史系1984年版，第350页。

能读书，做文章的无法生活，革命的通通在牢狱中，故国内寄生的人，感情也完全与久住美国的你不同。"① 国民党文网的覆盖对象，不仅仅是共产党的革命宣传以及左翼文学，还有国民党左派的舆论阵地。1928 年 5 月创办的《革命评论》周刊，很快成为国民党左派的喉舌阵地。"虽然该刊发行量从未超过 1.5 万份，但声望和影响是如此之大，以致南京政府在该刊创刊仅四个半月以后，就在 9 月勒令其停刊。"② 具有官方血脉的《革命评论》都被查封，更不要说自由主义作家同人主办的《新月》了。

1928 年 8 月，国民党二届五中全会宣布"军政时期"结束，"训政时期"开始。当局的文网渐渐收紧，知识分子头上的利剑高悬，执政的国民党已经渐渐远离了五四新文化运动以来的文化和思想潮流，引起胡适等自由主义知识分子的警惕和不满。

除了定规立法，国民党当局还依托秘密警察等暴力机构，制造白色恐怖。1930 年 1 月《危害民国紧急治罪法》出台之后，记者、出版家、作家及其他知识分子被软禁、逮捕、暗杀的频率显著增加。20 世纪 30 年代，当局在上海思想和文艺界制造了众多暴力血腥惨案。如果说之前颁布的文化控制法令侧重于压制和恐吓，有点"拉大旗作虎皮"的意味，那么有了量刑清晰的法案，上海文网就披上暴力和血腥的外衣。鲁迅一针见血地指出："中国的焚禁书报，封闭书店，囚杀作者，实在还远在德国的白色恐怖以前，而且也得到过世界的革命的文艺家的抗议了。"③

上海文网首先针对的是左翼知识分子。1931 年 3 月，鲁迅谈及真正的敌人时说："现在来抵制左翼文艺的，只有污蔑，压迫，囚禁和杀戮；来和左翼作家对立的，也只有流氓，侦探，走狗，刽子手了。"他在《二心集》里斥责当局"一面禁止书报，封闭书店，颁布恶出版法，通缉著作家，一面用最末的手段，将左翼作家逮捕，拘禁，秘密

---

① 沈从文：《沈从文全集》（第 18 卷），第 76 页。

② ［美］费正清、费维恺编：《剑桥中华民国史》（下），刘敬坤等译，中国社会科学出版社 1994 年版，第 121 页。

③ 鲁迅：《鲁迅全集》（第 4 卷），第 546 页。

处以死刑，至今并未宣布"。"单单的杀人究竟不是文艺，他们也因此自己宣告了一无所有了。"① 在《中国文坛上的鬼魅》以及《且介亭文集二集》的后记里，不仅可以查阅到当局查禁书刊、查封书店的案例，而且还能找到详尽的查禁书目。《病后杂谈》被"删去四分之三，只存开首一千余字"②，《不知肉味和不知水味》被删掉了后半部分。《二心集》38 篇，出版时被删去 22 篇，只好取名《拾零集》出版，但在杭州《拾零集》却因"这里特别禁止"③ 被没收。

　　同时，右翼自由主义知识分子也遭受文网的封杀。1929 年 8 月 30 日，一个未曾谋面的宁波读者给胡适来信说："《新月》在宁波是禁止了，所以第四期你的一篇'宪法⋯⋯'只听人说而没有看到。"④ 徐志摩也数次在信中提及《新月》被查禁的消息。1931 年 9 月 9 日，徐志摩说："《新月》又几乎出乱子。隆基在本期《新月》的'什么是法治'又犯了忌讳，昨付寄的四百本《新月》当时被扣，并且声言明日抄店⋯⋯"⑤ 面对清剿，一向温文尔雅的胡适似乎没有退路。胡适在 1928 年 5 月南京碰壁之后，采取了与"躲进书斋去"相反的策略，用激烈的政论发声，显露出不亚于鲁迅的"狰狞"之态。胡适和鲁迅从不同的出发点，实施了反抗当局话语权的一致行动。前文所述鲁迅对胡适的批评和劝诫，与胡适随后对国民党发起尖锐批评之间或有着一定的逻辑关系。"只要想想胡适后来对国民党的几次尖锐批评，都是发生在鲁迅对他的批评之后，鲁迅对胡适的思想监督与鞭策，就是显而易见的。"⑥ 即便他们政治倾向迥异，但胡适在上海期间张扬"人权"大旗，和鲁迅投出的集束"匕首和投枪"，都直指同一个强大的对立面：支撑文网的话语霸权。胡适虽然没有公开回应鲁迅的《〈书斋生活与其危险〉译者附记》，却用实际行动做了

---

① 鲁迅：《鲁迅全集》（第 4 卷），第 292、293、289、295 页。

② 鲁迅：《鲁迅全集》（第 13 卷），第 313 页。

③ 鲁迅：《鲁迅全集》（第 13 卷），第 325 页。

④ 中国社会科学院近代史研究所中华民国史组编：《胡适来往书信选》（上），第 540 页。

⑤ 徐志摩：《徐志摩全集》（第 6 卷），第 283 页。

⑥ 朱健国：《胡适为何不反鲁迅》，《文学自由谈》2005 年第 3 期。

回答。

　　胡适发表《人权与约法》之后，1929 年 8 月 10 日，上海市第三区党部代表大会通过了《上海市三区第三次全区代表大会决议案》，该案"呈请市执委会转呈中央，咨请国民政府，治饬教育部，将中国公学校长胡适撤职惩处"。25 日，上海市执委会第四十七次常委会呈请撤惩中国公学校长胡适。29 日，胡适日记剪报记载："中国公学校长胡适反动有据　市党部决议请中央拿办　侮辱本党总理，诋毁本党主义，背叛国民政府，阴谋煽惑民众。"①一时间，上海、南京、青岛等各地报纸纷纷刊登本地党部要求承办"无聊文人""竖儒""反革命""叛国者""媚外分子""人妖""学阀"胡适。北平的周作人从报纸上察觉到胡适的险境，来信奉劝胡适速速返京，远离是非之地。

　　广州起义两周年前夕，当局对共产党武装反抗的行为日益忌惮，宣布 1929 年 12 月 4 日起上海和吴淞实施戒严，且戒严地区日趋扩大。沈从文在 1929 年 12 月 13 日给王际真的信中说，"上海方面戒严，此后将如何一点也不知道。南京杭州各处皆戒严，其大体情形也可想而知了"。沈从文所在的吴淞中国公学也不安生，"这里炮台上昨夜放了三空炮，禁止海轮入口，似乎朝廷要换老爷的神气"②。国民党一面绞杀共产党，一面清理党内派系军阀，可谓焦头烂额，再不想让自由主义知识分子拿"人权"添乱。

　　1930 年 2 月 15 日，新月书店收到市党部宣传部密令："最近在上海出版之《新月》第二卷第六、七期，载有胡适作之《新文化运动与国民党》及罗隆基作之《告压迫言论自由者》二文，诋諆本党，肆行反动，应由该部密查当地各书店有无该书出售，若有发现，即行设法没收焚毁。"③ 5 月 3 日，国民党上海特别市第四区执委会发出训令，"奉中央宣传部密令"查禁新月书店所出《人权论集》。6 月份的中国公学已经有一个半月没发薪水，沈从文目睹"学校常有人被捉去，不

---

　　① 胡适：《胡适全集》（第 31 卷），第 438、439、448 页。

　　② 沈从文：《沈从文全集》（第 18 卷），第 29、30 页。

　　③ 胡适：《胡适全集》（第 31 卷），第 611、622 页。

放回来。各处皆在打仗"①。11 月 4 日下午，罗隆基因"言论反动，侮辱总理"② 之罪，在吴淞中国公学教员休息室被上海市公安局派员抓捕。经胡适、蔡元培等人多方营救，罗才被释放回家。随后，国民党教育部密令光华大学辞退罗隆基。自由主义知识分子本想为国谏言，结果刊物被封、同人被捕、其教职也难保。

三　现代知识分子"利益共同体"

刀剑和精神之间的战争并没有真正胜利者。"强制言论一致是绝不可能的，因为，统治者们越是设法削减言论的自由，人越是顽强地抵抗他们。"③ 在国民党当局日益紧缩的舆论大网面前，本已分化和对立的文坛左翼和右翼达成一定程度的一致，结成利益共同体。"哪里有权力，哪里就有抵制。"④ 从出版物审查诞生的那一天起，控制与反控制的较量一直持续，知识分子和作家们躲避文网的"猫和老鼠"游戏从未中断过。作家同文网的冲突，或者说知识分子与政治权力之间的博弈，导致不同阵营的知识分子团结起来，用尽一切直接或迂回的方法，同国民党当局周旋。鲁迅多次在文章中将矛头直指国民党文网，将其和历史上的"文字狱"相提并论，在《买〈小学大全〉记》《病后杂谈》《病后杂谈之余》等文章里借古讽今，"宋曾以道学替金元治心，明曾以党狱替满清箝口"，如此，"人民在欺骗和压制之下，失了力量，哑了声音，至多也不过有几句民谣"⑤，但其结果均是当权者覆亡。

我们虽然不能十分确定地考察出鲁迅向左转的真正原因，但是可以从鲁迅等左翼知识分子的社会角色去尝试分析其左转的思想源流。

---

① 沈从文：《沈从文全集》（第 18 卷），第 75 页。
② 胡适：《胡适全集》（第 31 卷），第 777 页。
③ ［荷兰］斯宾诺莎：《神学政治论》，温锡增译，商务印书馆 1963 年版，第 279 页。
④ ［法］米歇尔·福柯：《性经验史》，佘碧平译，上海人民出版社 2005 年版，第62 页。
⑤ 鲁迅：《鲁迅全集》（第 6 卷），第 295、296 页。

科赛对左翼知识分子有这样的分析：

> 这些人大多都有过使他们疏离社会基本价值的经历。他们并不是都与制度化的规范断然决裂，然而他们至少在思想上都是当时主导价值的离经叛道者。有些人的雄心受挫；另一些人觉得个人才能和自己的行为结果之间没什么联系。他们所处的社会结构给他们施加了明确的压力，使得他们成为惯例的反叛者而不是尊奉者。……作为知识分子，他们利用哲学家著作中的价值观构想出一种合理的景观，用来取代当时的现实。……他们都以这样或那样的方式投身于启蒙运动，都努力以理性和自然为依据，以批判的态度重新评价被人们所接受的观念和假设。……他们都在革命中起过积极的作用，总是居于革命的左翼。①

左翼作家思想体系中的乌托邦倾向是当时社会孕育的结果，就像胡适等自由主义知识分子在欧美留学教育背景中深受熏染一样。只不过前者激发于贫穷、暴力和专制，后者孕育于理性、渐进和秩序。革命文学本身就诞生在血泊中，生长于反抗暴力的氛围之中。左翼文学是政治环境突变的结果。正如鲁迅所言："政治环境突然改变，革命遭了挫折，阶级的分化非常明显，国民党以'清党'之名，大戮共产党及革命群众，而死剩的青年们再入于被迫压的境遇，于是革命文学在上海才有了强烈的活动。"② 革命文学高举反抗专制统治的大旗，定会受到当局打压、查禁、封杀、屠戮。1933 年 5 月 29 日鲁迅为《守常全集》撰写题记时说："革命的先驱者的血，现在已经并不希奇了。……后来听惯了电刑，枪毙，斩决，暗杀的故事，神经渐渐麻木，毫不吃惊，也无言说了。"③ 相比之下，自由主义作家受到当局的压制相对较轻，他们靠拢国民党政府，对当局并无恶意，且抱定"汲黯"式的忠臣姿态，对党国领袖保持忠贞，又敢于犯颜直谏，幻想自

---

① ［美］刘易斯·科塞：《理念人》，第 163、164 页。
② 鲁迅：《鲁迅全集》（第 4 卷），第 303、304 页。
③ 鲁迅：《鲁迅全集》（第 4 卷），第 539 页。

己的逆耳忠言能够得到上层的理解。胡适等人对当局文网的破坏力缺乏足够的认知，对《新月》突遭查禁深感无助和愤怒，所以自由主义知识分子对当局的公开讨伐，其持续时间、批判深度、参与人数和激烈程度，一点也不亚于左翼作家。

胡适等人一开始攻击当局的人权和立法，继而批评国民党党义、三民主义和总理遗训，直至最后干脆在惹祸上身的《新文化运动与国民党》一文中宣称国民党"是反动的"①！1929 年年底，罗隆基抨击当局文网说："中山先生革命的成功，满清'压迫知识发展'，'禁止言论自由'，间接的帮忙不少。"他嘲讽当权者"杀革命党，封报馆，烧书籍"，一昧依赖文网维护专制统治，"是笨伯所做的事"②。梁实秋在论及压制言论自由的弊端时说："强横高压的手段只能维持暂时的局面，压制久了之后，不免发生许多极端的激烈的反动的势力，足以酿成社会上的大混乱。"③ 而胡适则谏净道："负责任的舆论机关既被钳制了，民间的怨愤只有三条路可以发泄：一是秘密的传单小册子，二是匿名的杂志文字，三是今日最流行的小报。"所以，"一个国家没有纪实的新闻而只有快意的谣言，没有公正的批评而只有恶意的谩骂丑诋，——这是一个民族的大耻辱。这都是摧残言论出版自由的当然结果"④。这些激烈的言辞，张扬出自由主义知识分子秉承的价值观念，也隐藏着对国民党政权"自杀"政策的深深焦虑。虽然自由主义作家对国民党采取的策略不是左翼文学阵营的暴力革命，而是抱着谏净的监督者姿态，但是他们所张扬的民主、自由、人权的价值理念，符合当时时代发展的走向。无论从短期的政治目标，还是长期的价值诉求来看，自由主义作家的行动方向，都与左翼作家群体奋斗的目标并肩而行。自由主义知识分子和国民党当局爆发的人权论战，被称为"新月的微光"，这种微光在现代历史长夜中也显示出一定的

---

① 胡适：《胡适全集》（第 21 卷），第 423 页。

② 罗隆基：《告压迫言论自由者——研究党义的心得》，《新月》第 2 卷第 6—7 期合刊，1929 年 9 月 10 日。

③ 梁实秋：《论思想统一》，《新月》第 2 卷第 3 号，1929 年 5 月 10 日。

④ 胡适：《胡适全集》（第 21 卷），第 365 页。

价值。

随着国民党文网进一步收紧，胡适和鲁迅之间的对立关系也有所缓解，自由主义知识分子之间的矛盾得以缓和，先前新月社内部的不快也得以冰释。"有些社会制度常对知识分子的活动造成严重的困扰。……对知识分子疏远他们的社会负有很大责任，因为他们觉得自己受到当权者的严重限制，这使他们只有与受到类似磨难的另一些人结成联盟，才有可能得到他们所渴望的不受外界干涉的自由。"① 可以说，胡适和鲁迅的隐性和解、自由主义社群以及左翼的形成，与上海文网密不可分，这一点是当权者始料未及的。"人权派对国民党专制独裁统治的揭露与抨击，其价值取向与斗争方式固然都是自由主义的，但它对警醒民众的启蒙事业的意义是显而易见的，并且与整个左翼力量反对国民党统治的政治斗争有某种共鸣。"② 这种共鸣是隐性的、双向的，胡适等人一定程度上共情于左翼，鲁迅等人也能预见到自由主义知识分子群体面临的威胁。

1931 年 2 月，左联五烈士之一的胡也频被秘密杀害于上海龙华警备司令部，其分娩不久的妻子丁玲在生活和精神上陷入困顿，为了给丁玲筹款，新月书店冒着相当大的危险，以丁玲的署名出版了其夫妇二人合作的《一个人的诞生》。上海期间出版的《新月》也摒弃门户之见，刊登冰心（《分》3 卷 11 期）、巴金（《爱》4 卷 4 期）、废名（《桥》4 卷 5 期）等民主主义作家和文学研究会作家的作品。"审查制度为知识分子与统治阶层的主导观念的离异做出了一份贡献，这种离异也是现代史的一个特点。另外，同审查当局的冲突使作者们有了一项集体事业，一面使他们团结一致的旗帜。它加强了集体意识，使他们意识到一个现实和理想利益的共同体的存在，它超越了使他们造成分裂的各种分歧。此外，这种激发起知识分子热情的冲突，也促使他们到更广泛阶层的人民中寻找同盟者。……审查制度造成了始料未及的后果，它启动了自由事业与智力活动的现代联盟。"③ 胡适和鲁迅

① ［美］刘易斯·科塞：《理念人》，第 7 页。
② 胡伟希等：《十字街头与塔：中国近代自由主义思潮研究》，第 284 页。
③ ［美］刘易斯·科塞：《理念人》，第 96 页。

之间在上海的隐性和解就是在文网的压制下达成的，左翼和新月社的刊物中互相刊登对方阵营的作品，可视为一种寻找同盟的尝试和努力。

有学者认为，在对抗国民党白色恐怖统治的进程中，"自由主义者与左翼力量实际上存有某种同盟关系"①。1932年，宋庆龄、蔡元培等在上海发起"中国民权保障同盟"，呼吁废除酷刑和杀戮，争取言论、集会、结社、出版等自由，胡适还担任了北平分会的主席，这个同盟里，还有林语堂、鲁迅等人。知识分子并不是独立的社会阶级，而是由多个社会阶层中的精英组成的特殊集体。卡尔·曼海姆认为，知识分子是"相对不具有阶级性的，没有太牢固地安排在社会地位上的阶层"②。从本质上说，知识分子之间理念的冲突，是利益的冲突。当不同类别甚至在理念和思想上相互对立的知识分子面临着共同的强大对手时，外部的利益的冲突上升为首位，内在的理念的冲突就会退居其次，知识分子"反抗共同体"的形成就具备了基础。审查的结果往往出乎实施者的初衷。在严酷的文网重压下，知识分子群体内部原本处于对立状态的不同集团，会暂时找到利益共同点。"知识分子是为理念而生的人，不是靠理念吃饭的人。"③当各阶层和派别的知识分子在政治权力的高压下面临着共同的利益时，理念的冲突就退居其次。国民党严酷的文网，是左翼作家和右翼知识分子不得不面临共同的、真正的敌人，他们结成利益共同体，这是制度的制定者和执行者始料未及的。

综上所述，发掘30年代上海左右翼作家的"暗合"关系，不但能丰富文学史的细节和深度，开拓自由主义文学和革命文学研究的新空间，亦对考察上海文网的历史提供了反思的角度。文网对作家而言，并非都是消极的。在上海文网的钳制下，以胡适为首的右翼自由主义作家和以鲁迅为首的左翼革命文学阵营之间的关系，不是二元对立，而是形成了微妙的隐性和解。不同派别的现代知识分子，在南京

---

① 胡伟希等：《十字街头与塔：中国近代自由主义思潮研究》，第285页。
② ［德］卡尔·曼海姆：《意识形态与乌托邦》，第157—158页。
③ ［美］刘易斯·科塞：《理念人·前言》，第2页。

国民政府严酷的舆论钳制体系下，找到了共同的利益攸关点。知识分子内部之间的分歧和冲突在共同的强大对手面前得以暂时弥合和缓解，使得他们创作的激情进一步激发出来。这也是 30 年代中国文学创作收获黄金时期的原因之一。国民党的文网造成了始料不及的后果，激励着自由主义知识分子进一步团结起来，促进了现代自由主义思潮的进一步传播。当然，左右翼之间结成的同盟"是暂时的，其间有极为深刻的鸿沟；但是'自由'、'民主'、'人权'已经渐渐成为五四以来一切进步、正直的知识分子的共识，趋向于成为一套可以有较大凝聚力的价值参数，背离它，意味着背离了时代潮流、人心所向"[1]。左右翼作家的合流并非一蹴而就，也并非长久持续，且二者之间的分歧并没有完全弥合。上海文网让原本对立的左翼和右翼知识分子形成了隐性和解的微妙局面，加剧了现代知识分子与国民党当局主流意识形态之间的疏离和对立。

---

[1]　胡伟希等：《十字街头与塔：中国近代自由主义思潮研究》，第 285 页。

第九章　30 年代自由主义
作家的上海叙事

日本鲁迅研究专家竹内好在反思日本和中国的文化类型时，认为中国在不断抵抗西方过程中创造出"非欧洲"的东西，而日本"什么也不是"。对此，另一位日本学者沟口雄三敏锐捕捉到日本学界对待中国问题上根深蒂固的偏见乃至歧视，他批评说："一个全面否定或者全面肯定自己的历史、无法将自身相对化的人，也不可能客观地、相对地来看待他者。"① 所以，沟口提出"作为方法的中国"研究视角，即"以中国为方法，以世界为目的"，到中国寻求中国的原理，而不遵从西方一元话语逻辑。沟口的方法论对国内史学界和文学界产生了一定影响，李怡提出了"作为方法的民国"。李怡主张文学研究的"历史化"，反对观念"预设"的意义。"回到民国，我们的研究将继续在历史中关注文学，政治、经济、法律、教育等等议题都应当再次提出，……不再执著于概念，转而注重细节的挖掘与展示。"② 倡导文学研究的"历史化"，反对观念"预设"的意义，其实质是试图打通历史政治叙事与文学叙事之间的壁垒，在具象的历史文化场域中建构现代文学史的新路径，无疑具有方法论价值。由此观之，现代文学史上长期被酒神魔咒遮蔽的自由主义作家叙事话语，也亟待"回到民国"。20 世纪 30 年代上海自由主义作家的创作与当时的社会政治历史语境息息相关。鉴于文学叙事和政治叙事的交融性特征，阐释上海自由主义作家的创作活动，并非仅仅局限于文学审美视角，从社会

---

① ［日］沟口雄三：《作为方法的中国》，孙军悦译，生活·读书·新知三联书店 2011 年版，第 7、8 页。

② 李怡：《作为方法的民国》，《文学评论》2014 年第 1 期。

政治视阈切入或许更加贴切。自由主义作家 30 年代在上海期间的小说、翻译、诗歌、日记和书信等著述，有一条符合自由主义文学思潮主要特征的叙事脉络。

一　"自成片段" 胡适之

首先明确一个前提，政论也是一种文学体裁。这个问题的提出，源于学界对政论文、报章体的成见。政论文、报章体是论文、杂文的一种，隶属于大散文范畴。政论和杂文的美学意蕴与小说和诗歌等主流文体相比，艺术价值的确稍逊。但是，写作杂文并不意味着一个作家放弃了创造性艺术活动，也不意味着作家全面转向政治，放弃文学艺术追求。如果我们否认政论的文学价值，就无法定位鲁迅的生命最后十年的文学创作成就。如此，就可以从新的角度去探究胡适等自由主义作家的文学创作活动。正如费正清先生评价鲁迅在上海十年的杂文创作："1927 年以后，鲁迅本人结束了其内心的苦闷，决定面对中国社会的具体现实，拿起笔为'左翼'事业来写杂文了。从纯美学的观点来看，鲁迅的这一明显转向，意味着作为创造性艺术家事业的终结，但从意识形态的观点来看，只不过是投身于政治压倒了对艺术的兴趣。但是这两种看法都太过于极端，不但不能说明鲁迅和西方文学关系的深刻含义，也模糊了以'现代性'为背景的现代中国文学的真实特点。"[①] 政论写作体现了一个作家的创造性，一个纯文学写作的作家也不能完全和政治话语绝缘。

新文化运动期间，胡适以极大的勇气创作了中国现代文学史上第一部话剧《终身大事》和第一部白话诗集《尝试集》。这些作品今天看来，的确比较粗糙，但其文学史意义不在艺术成就而在于开风气之先。20 世纪 30 年代，胡适在上海一直继续他的另一种文体创作，那就是政论。胡适在五四新文化运动中暴得大名，增强了信心，文化革新运动在青年知识分子群体中迅速开展，有可能在政治方面发展为一

---

① ［美］费正清编：《剑桥中华民国史》（上），第 489 页。

场社会运动。曾经反对参与政治的胡适转变姿态，于 1922 年和丁文江等创办《努力周报》，试图将知识分子的影响力拓展到政治领域，从此踏上用政论和舆论刊物干预政治事务的道路。

胡适在上海期间发表的一系列政论，是他在上海三年半时间里最宝贵的收获之一。1930 年 11 月 25 日，胡适离开上海前夕，在日记中写道："此三年半之中，我的生活自成一个片段，不算是草草过去的。"① 如果说胡适的三年半上海生活有什么"自成片段"的话，能够将其上海岁月勾连在一起的，恐怕非政论莫属。胡适在政论文中传达的自由主义思想，是上海自由主义文学思潮的主线，鲜明地体现了自由主义知识分子的政治诉求，对其他自由主义知识分子起到了鼓舞作用。他的政论文语言平实，切中时弊，理论确凿，逻辑严密，堪与瞿秋白等现代政论家比肩。如果从文体和叙事视角审视胡适的政论，也有很多值得总结和梳理之处。

第一，胡适政论文的文体特征是语言平实，即用简单的白话表达深刻的政治诉求。自由、民主、平等、人权、法治等诉求比较抽象和晦涩，不易被中国的普通民众理解和接受。而胡适的政论文读来平易近人，极少有引经据典和"掉书袋"的痕迹。他往往就事论事，在评论时弊中将自由主义的核心诉求贯通其中，用浅显的白话表达清晰的政治理念。1929 年 8 月 25 日，也就是上海市执委会第四十七次常委会呈请撤惩中国公学校长胡适的当天，《新月》第二卷第四号出版，发表了胡适质疑孙中山"行易知难说"和建国大纲的《我们什么时候才可有宪法》《知难，行亦不易》等文章。在《知难，行亦不易》中，胡适指出庸人误国的道理，继而提出专家政治的理念。他认为当今社会最大的危险是领导人对他们肩上的重担缺乏足够的估计，"以一班没有现代学术训练的人，统治一个没有现代物质基础的大国家，天下的事有比这个更繁难的吗？""要想把这样一个国家治理好，没有别的办法，只有充分请教专家，充分运用科学。"② 胡适立论的背后，是在用现代民主政治架构的"法治"，对抗专制独裁的"人治"，建

---

① 胡适：《日记·十九，十一，廿五》，《胡适全集》（第 31 卷），第 810、811 页。

② 胡适：《知难，行亦不易》，《胡适全集》（第 21 卷），第 390、391 页。

立民主决策咨询和权力制约机制。胡适提倡"好人政府"，所谓好人，就是同时具备"科学"与"民主"素养的现代知识分子，和柏拉图《理想国》中治理城邦的"哲学家"比较相似。胡适希望有科学知识的人，也就是人数很少的所谓"好人""能对现存的权力中心施加影响"①。

第二，胡适的政论文具有极强的时效性，能够迅速抓住时政关节点，及时发表自己的见解。1929 年 4 月 20 日，国民政府发布"保障人权命令"说："凡在中华民国法权管辖之内，无论个人或团体均不得以非法行为侵害他人身体，自由，及财产。违者即依法严行惩办不贷。"命令发布后的最新一期《新月》上，发表了胡适撰写的《人权与约法》，这篇文章是"人权论战"得名的重要文献之一。在文章中，他对"保障人权命令"借保护人权为名行压制言论自由为实的面目大加讨伐，指出这个所谓的人权命令，剥夺了普通民众的权利，保障了当权者的为所欲为。他还质问："违者即依法严行惩办不贷"，所谓"依法"是依什么法？② 1929 年 11 月 12 日，叶楚伧的《由党的力行来挽回风气》一文彻底惹恼了胡适。胡适当夜撰写了《新文化运动与国民党》一文，对叶文中所谓"美德筑成的黄金世界"进行批判。③ 胡适从文中嗅出了国民党逐渐走向保守腐儒的臭味，针锋相对地揭露国民党的反动面目。新文化运动最大的历史贡献是思想解放，"我们当日批评孔孟，弹劾程朱，反对礼教，否认上帝，为的是要打倒一尊的门户，解放中国的思想，提倡怀疑的态度和批评的精神而已"④。未曾想十年之后，国民党竟然想回到过去的"黄金世界"，实际上是在开历史的倒车，想回到原来的皇权社会。

第三，胡适政论文的逻辑性极强，步步推理，环环相扣。在《人权与约法》一文中，胡适先举出无可辩驳的事实，即上海特别市党部代表陈德征在会上提出所谓的"严厉处置反革命分子案"，这个议案

---

① [美] 费正清编：《剑桥中华民国史》（上），第 419 页。
② 胡适：《人权与约法》，《胡适全集》（第 21 卷），第 370、371 页。
③ 胡适：《新文化运动与国民党》，《胡适全集》（第 21 卷），第 420 页。
④ 胡适：《新文化运动与国民党》，《胡适全集》（第 21 卷），第 423 页。

抱怨法院的审判程序太过机械，拘泥于证据，使那些"反革命分子"成为漏网之鱼。于是提出只要是省党部和特别市开具证明，就可以在没有法院审理的条件下，将认定的"反革命分子"进行严惩。胡适就此推理说："这就是说，法院对于这种案子，不须审问，只凭党部的一纸证明，便须定罪处刑。这岂不是根本否认法治了吗？"他写信质问司法部长王宠惠："在世界法治史上，不知在哪一世纪哪一个文明民族曾经有这样一种办法，笔之于书，立为制度的吗？"① 胡适敏锐地抓住了对方的逻辑漏洞，他的质问，让对手很难反击。1929 年 7 月 1日，胡适致信李璜，对《探海灯》《黑旋风》等黑幕杂志上刊登的那些不问证据侮辱对手的小文章深恶痛绝，认为这种不加揣度信以为真的宣传，实际上是一种思想上的懒惰，他说："宁可宽恕几个政治上的敌人，万不可纵容这个思想上的敌人。因为在这种恶劣根性之上，决不会有好政治出来，决不会有高文明起来。"② 胡适考据的思想方法延续到政论，说理论事讲求逻辑。

第四，胡适的政论文依托事实说话，证据确凿，立论稳健。胡适在《人权与约法》中举例说明当局限制言论自由的闹剧时首先举了一个发生在自己身上的例子，说明当局钳制言论的手无所不在。③ 接着又拿出这样一个证据："安徽大学的一个学长，因为语言上顶撞了蒋主席，遂被拘禁了多少天。"这是因言获罪的鲜活案例，最可笑的是，他的家人只能求情而不能控诉，更不能去控告蒋主席，胡适得出的结论是："这是人治，不是法治。"④ 在《新文化运动与国民党》一文中，胡适同样举出当局剥夺言论自由的铁证。他说，一个学者怀疑三皇五帝的教科书被封杀，出版社商务印书馆被罚款一百万元，这部很

---

① 胡适：《人权与约法》，《胡适全集》（第 21 卷），第 372 页。

② 胡适：《致李璜、常燕生》，《胡适全集》（第 24 卷），第 14、15 页。

③ 胡适写信给王宠惠，质问所谓的"严厉处置反革命分子案"，并将信稿给报社发表："我认为这个问题是值得大家注意的，故把信稿送给国闻通信社发表。过了几天，我接得国闻通信社的来信，说：昨稿已为转送各报，未见刊出，闻已被检查者扣去。兹将原稿奉还。我不知道我这封信有什么军事上的重要而竟被检查新闻的人扣去。"参见胡适《人权与约法》，《胡适全集》（第 21 卷），第 372、373 页。

④ 胡适：《人权与约法》，《胡适全集》（第 21 卷），第 373 页。

好的历史教科书，"曹锟吴佩孚所不曾禁止的，终于不准发行了"。而他本人，作为一个学者说了几句负责任的话，就有五六个省事的党部跳出来呈请政府严办。最后，胡适得出另一个结论："在思想言论自由的一点上，我们不能不说国民政府所代表的国民党是反动的。"① 无论是以人治代替法治，还是国民党反动，胡适的结论水到渠成、不容辩驳。胡适早已经"痛苦地意识到政治势力的权势，妨碍知识分子言论和行动自由的权利，也觉察到新权威'主义'的出现——准备抢先登上政治活动的舞台。因此，胡氏政治活动的一个方向，就是对'公民权利'的自由主义要求，反对独断专行，这是此后其一直信守不渝的主张"②。

　　第五，胡适政论文的句式衔接紧密、气势逼人，具有很强的说服力、攻击性和震撼效应。他在《新文化运动与国民党》一文中，从国民党念诵"革命尚未成功"却害怕"思想之变化"的现实，联想到当局压迫言论的行径。继而抨击说："用一个人的言论思想来统一思想，只可以供给一些不思想的人的党义考试夹带品，只可以供给一些党八股的教材。"紧接着，他从思想的僵化推广到国民党的生死存亡，认为现在国民党逐渐失去民心，一方面是因为政治民主不能保障广大人民的权利，另一方面就是国民党在思想界和知识分子群体中的吸引力越来越小。对国民党而言，"前进的思想界的同情完全失掉之日，便是国民党油干灯草尽之时"③。胡适的句式步步紧逼，由小见大，气势雄辩，句句刺痛当权者的痛处，将国民党实施党化教育、剥夺民众言论自由的行径暴露在阳光之下，并进行了决然的否定。

二　"荒歉年头"徐志摩

　　如果说胡适是用谏诤姿态张扬自由主义价值观，徐志摩就重点反思中国治乱循环的社会政治模式。徐志摩不仅是一个诗人，更是一个

---

① 胡适：《新文化运动与国民党》，《胡适全集》（第21卷），第423、424页。
② ［美］费正清编：《剑桥中华民国史》（上），第418、419页。
③ 胡适：《新文化运动与国民党》，《胡适全集》（第21卷），第433、434页。

政治活动家。徐志摩去世不久，茅盾在《徐志摩论》中称其为"布尔乔亚诗人"，说他是"中国布尔乔亚'开山'的同时又是'末代'的诗人"①，这一论断后来成为学界盖棺定论。随着时代语境的变迁，学界对徐志摩的创作和思想有了新的认识。内地首套徐志摩全集的编者韩石山先生认为，如果仅仅认为徐志摩是一个诗人，实在是怠慢了他，徐志摩绝非我们以前想象得那么简单，"在中国政治思想界的努力，才是他的正业"②。韩先生的论断不但撕去了原来附加在徐志摩身上"资产阶级自由主义诗人"③的标签，而且还原了一个现代知识分子的复杂身份。

如果将徐志摩在上海四年创作的诗歌、散文、日记、书信等视为整体加以系统梳理，会发现政治叙事是其30年代上海创作中一以贯之的隐性线索。茅盾先生曾经认为，徐志摩的许多披着恋爱外衣的诗歌，不能看作单纯的情诗，"透过那恋爱的外衣，有他的那个对于人生的单纯的信仰"④。的确，徐志摩的许多以爱情为主题的抒情诗，实际上是政治抒情诗。他对"荒歉"年头里失范的社会秩序痛心疾首，反思中国治乱循环的历史怪圈却无解；他在碎片化的历史语境中寻找理性和秩序，却徒劳无功；他反对革命和暴力，却难以摆脱自身的角色隔膜和身份困境。这三种视角，是考察徐志摩在碎片化历史语境中的政治叙事及其话语困境的切入点，也是审视中国现代自由主义作家及其创作的有效路径。在1927年秋创作的《秋虫》中，徐志摩写道：

> 秋虫，你为什么来？人间
> 早不是旧时候的清闲；
> 这青草，这白露，也是兽：

① 茅盾：《徐志摩论》，《现代》第2卷第4期，1933年2月。

② 韩石山、伍渔编：《徐志摩评说八十年》，第2页。

③ 胡炳光：《徐志摩———一个资产阶级自由主义诗人》，《天津师范大学学报》（社会科学版）1985年第1期。

④ 韩石山、伍渔编：《徐志摩评说八十年》，第210页。

　　再也没有用，这些诗材！
　　黄金才是人们的新宠，
　　她占了白天，又霸住梦！①

　　污浊的世界，廉耻告假，黑白颠倒，秋虫也最好不要飞来，徐志摩满是困惑。因为宣扬"思想被主义奸污得苦"和"打革命的钟"。在这首诗中，他将友爱的消失、廉耻的缺席和社会的"荒歉"归因为各种激进主义，带有明显的时代局限性。
　　当我们用历史和政治的维度观察徐志摩在上海创作的文本时，第一印象可能就是其对"荒歉"时代的焦虑。"荒歉"，即社会理性的缺失和政治秩序的失范，成为徐志摩对当时中国社会格局的基本研判。1928 年 3 月，他在《新月》创刊号《新月的态度》一文中感叹："我们正逢着一个荒歉的年头，收成的希望是枉然的。"② 30 年代的中国，荒歉的维度有很多，政治上军阀专权，军事上地方混战，民生上生灵涂炭。让中国远离"荒歉"，是颠沛流离的诗人之心声。1927 年 1 月 5 日，刚刚从硖石避兵乱到上海，徐志摩致信恩厚之说，自己"拜内战之赐"被困上海，而江浙诸省一片战乱，浙江曾因为战乱不侵而被别处羡慕，但是现在也不能幸免，杭州半个城的人都逃难而出，"可怜的西湖，只余一片荒凉破败"③。1928 年 12 月 15 日，徐志摩在苏州女中演讲时说，他看见江边的雪地已经变成赤地千里的灾区，黄沙漫天的土地只有惨淡风云、荒无人烟的村庄和枯树林。几千万人民在连年征战的苦难中苦苦挣扎，"为了谁都不明白的高深的主义或什么的相互的屠杀"，他们目光呆滞，头脑麻木，"单纯的生存已经到了绝对的绝境，前途只是沙漠似的浩瀚的虚无与寂灭"，专制者在"跸卫森严的魔窟中计较下一幕的布景与情节"，为了他们的野心、贪婪和威严，拿中华民族的命运做赌注，令无数如花少年倒在血泊中，"穷、窘、枯、干"，是现代人的物质生存状态，也是现代人的思

---

　　① 徐志摩：《徐志摩全集》（第 4 卷），第 329、330 页。
　　② 徐志摩：《徐志摩全集》（第 3 卷），第 194 页。
　　③ 徐志摩：《徐志摩全集》（第 6 卷），第 328 页。

想状态。这样，中华民族的最后结局似乎只有一个："沙漠似的浩瀚的虚无与寂灭，不分疆界永不见光明的死。"①

1929年3月5日，徐志摩再次致信恩厚之，诉说自己在国内遭受的思想痛苦，他说："在这里当我无法避免去接触每天临到身上的现实环境时，我就更加感到怀念之情的苦痛。"他见到的，不是友谊而是敌意，不是合作而是互相吞并，不是高贵而是卑鄙，不是思想自由而是僵化教条，人的灵魂被阻塞，创造性的思想被压制，部分省份民生极度凋敝，北方的人民在生死线上挣扎，极度营养不良的孩子为了能吃到青苔而打斗，瘦骨嶙峋的双手在石缝里搜寻一切可以食用的东西，急不可耐地往嘴里送，整个国家即将步入更深的灾难。每每想到此处，"我的血液会骤然变冷"②。这封信中所描述的景象，正是北伐战争之后，新军阀博弈正酣之状，也是中原大战的序幕。山南海北连年征战，国家和人民正经受着物质与精神的双重困顿和凋敝。

徐志摩遇难之后，学生赵家璧回忆老师生前的思想状态时认为，徐志摩一直为中华民族的命运担忧，他敏锐地觉察到近百年来中国人民失去"中心信仰"的危险，"看到目前国内上下陷于'无办法'的混乱中"③。应该承认，徐志摩首先关心的是个人生计，但家国破败的时局更让他忧心忡忡。风沙扑面的社会现实，使徐志摩像杜甫一样感时忧国。"碰到这儿全国在锅子里熬煎，你又不能不管……心里也不得一丝的安宁，过日子就像是梦，这方寸的心，不知叫烦恼割成了几块，这真叫人难受。"④徐志摩一直未曾停止对中国未来命运的思考。在《秋虫》这首诗中，诗人指出了当时中国社会的顽疾，即"灵魂的懒"。他在《新月的态度》中指出，社会思潮理应具有时刻自我反思和重构的机制，而中国的社会缺乏的就是自我反思和改良的机制，以至于社会积重难返无可救药，最终在激进的革命运动中陷入混乱。

徐志摩对中国社会治乱循环怪圈的反思，触及中国数千年来社会

---

① 徐志摩：《徐志摩全集》（第3卷），第270—271页。

② 徐志摩：《徐志摩全集》（第6卷），第363—364页。

③ 徐志摩：《徐志摩全集》（第3卷），第350页。

④ 徐志摩：《徐志摩全集》（第6卷），第252页。

政治的核心问题。胡适和鲁迅都曾论及中国治乱循环的社会症结，胡适的方案是改良，鲁迅则赞成革命。胡适力求建立具有自我改进功能的良性政治架构，与鲁迅所批判的"革命，革革命，革革革命，革革……"① 具有潜在一致性。无独有偶，徐志摩的这首《秋虫》，也在反思中国历史深陷治乱循环"原地踏步"怪圈的问题。曾在剑桥大学主修政治经济学的徐志摩，担心人性的狂热导致整个社会架构的颠覆，而他最不愿意看到的是，中国的政治架构和社会格局还长期徘徊在 17 世纪的欧洲状态。他认为，从卢梭的《忏悔录》到法国大革命，从浪漫主义运动到尼采和哈代，人类的情感"脱离了理性的挟制，火焰似的进窜着"，各种数不清的运动和主义花样翻新，病态的、怀疑的、厌倦的情感蔓延，"直到一种幻灭的感觉软化了一切生动的努力，压死了情感，麻痹了理智，人类忽然发现他们的脚步已经误走到绝望的边沿，再不留步时前途只是死与沉默"②。在激进的暴力革命之后，中国是否会走上持久和平和安宁的道路，如何才能寻找到摆脱治乱循环泥沼的方案，是徐志摩一直深思的问题。也正因如此，徐志摩一直对"乡村复兴计划"的社会实验情有独钟。

　　遗憾的是，徐志摩的政治试验中途夭折，他也始终未能就中国如何摆脱治乱循环局面提出有价值的构想。如果说胡适在一系列政论中提出了若干书生气的改良方案，鲁迅在晚年加入左联，用实际行动践行"立人"理想的话，徐志摩则只能长期沉浸在苦闷和烦恼中。荒歉的年头，他游走大半个中国，为个人生计奔波劳顿，无力深入探寻中国数千年来遗留的政治遗产对于当时的影响，无法解开中国历史在当时原地踏步的死结。当然，这不仅是徐志摩一个人面临的困境，更是摆在中国现代知识分子面前的难题。

三　"美在适当"梁实秋

　　自由主义者强调理性、宽容和秩序，反对激进的暴力革命，这样

---

① 鲁迅：《鲁迅全集》（第 3 卷），第 556 页。
② 徐志摩：《徐志摩全集》（第 3 卷），第 204—205 页。

的文学理念在 20 世纪 30 年代的上海文坛潜藏着论战风险。梁实秋就
是这样一位和 30 年代上海文坛"近身肉搏"的文学批评家。著作等
身，毁誉参半，他和左翼作家的文学论战，同国民党当局的人权论
战，是时代风云际会赋予的历史契机，也是他一生中最具代表性和争
议性的文学时段之一。作为被清华预备学校遴选赴美的候选人，梁实
秋和吴宓一样，在清华接受了严格的古文训练，又在哈佛大学白璧德
门下接受了系统的西方文学教育，具有深厚的古文功底和英美文学素
养。梁实秋的学者散文取法唐宋，承续晚明，又借鉴英国小品文的从
容洒脱，高处收笔，余音不绝。台湾学者余光中认为，梁实秋的散文
具有学者散文的格调："夹叙夹议，说理而不忘抒情，议论要波澜回
荡，有时不免正话反说，几番回弹逆转，终于正反相合。"① 因为秉承
自由主义的宽容和容忍，梁实秋的散文风格与鲁迅的"匕首投枪"式
相比，显得儒雅君子、温柔敦厚、笔锋温婉，具有英美绅士公平、容
忍的自由主义风度。

　　关于散文的写作原则，梁实秋坚持节制的"减法"，反对铺张的
"加法"。他认为现代散文的两大毛病在于枝蔓冗长和过分西化，前者
的表现是"太过于白话，连篇累牍的'呢呀吗啦'，絮絮叨叨，令人
生厌"，后者的表现是欧化语体过重，失去了中文的韵味。他尤其强
调散文语言要节制，作者要切记"简短乃机智之灵魂"的道理，切忌
铺张。"文章要深，要远，就是不要长"，要舍得"把枝蔓的地方通通
削去，由博返约"。他对徐志摩"跑野马"式的散文风格颇有微词，
认为徐志摩的散文属于"下笔不能自休"类型，"虽然才情横溢，究
非文章正格"②。对于胡适的散文，梁实秋认为其最基本的优点就是
"清楚"，正是因为语言和思路的清楚，胡适的文章才长于说理。
"'清楚'二字不是容易做得到的，思想先要清楚，然后笔下没有一点
纤尘，这才能写出纯净无疵的散文。"③ 他认为散文的艺术之美是多方

---

　　① 余光中：《金灿灿的秋收（代序）》，徐静波编《梁实秋批评文集》，珠海出版社
1998 年版，第 1、2 页。
　　② 梁实秋：《"岂有文章惊海内"》，《梁实秋文集》（第 5 卷），第 547 页。
　　③ 梁实秋：《现代文学论》，《梁实秋文集》（第 1 卷），第 411 页。

面的，但是最高的境界仅仅是"简单"二字。所谓简单，就是经过精心的选择、删削和提炼之后达到的完美状态。

"散文之美，美在适当。"梁实秋用这句浅显的话概括出散文的奥妙。他认为文章的枝蔓太多，内容太琐碎，主题线索就一团乱麻，读来看似才情横溢，实则散漫无章、令人生厌。梁实秋坚持"散文艺术中之最根本原则，即是'割爱'"，因为"散文的美，不在乎你能写出多少旁征博引的穿插铺叙，亦不在辞句的典丽，而在能把心中的情思干干净净直截了当的表现出来"①。无关宏旨的妙语连珠、旁逸斜出的美丽典故，都要忍痛割爱。在 1928 年 10 月 10 日《新月》第一卷第八号上，梁实秋发表了一篇论述散文写作之道的文章，他用圣经打了一个形象的比方，"有上帝开天辟地的创造，又有圣经那样庄严简练的文字，所以我们才有空前绝后的圣经文学"②。文学的格调高低，主要看行文有没有艺术的纪律。

因为秉承简单节制的原则，梁实秋不吝褒扬宿敌鲁迅的文风。他发现鲁迅的讽刺文章之所以力度惊人，主要因为其简洁的语言风格，尤其是对文言的巧妙运用。鲁迅文章的隽永深刻，"一半由于古文的本身是典雅有味，一半由于鲁迅先生引用得灵活巧妙"③。他捕捉到了鲁迅杂文中的反语、隐喻等讽刺手法，觉察出鲁迅的文笔精雕细刻，字字用心，下笔审慎，"用心的作者，没有一个字是随便下的，没有一句话是平平的说的。作文先求达意，能达意之后便要研究为何达意。鲁迅先生便是善于以讽刺的技术，达他的愤世嫉俗攻击敌方的意思"④。如果将鲁迅与梁实秋的散文进行对比，可以发现，无论从语言的锤炼、立意的端庄，还是主题的严正和叙事手法的娴熟等方面，二人在文字节制之美上异曲同工。

那么，梁实秋倡导节制的散文风格与其文学观的关联之处何在？梁实秋之所以在回国之后倡导古典主义和理性节制的文风，与其说是

① 梁实秋：《现代文学论》，《梁实秋文集》（第 1 卷），第 413 页。
② 梁实秋：《论散文》，《梁实秋文集》（第 6 卷），第 387 页。
③ 梁实秋：《华盖集续编》，《梁实秋文集》（第 6 卷），第 358 页。
④ 梁实秋：《华盖集续编》，《梁实秋文集》（第 6 卷），第 359 页。

秉承白璧德的衣钵，或者说深受《新月》同人的影响，还不如说是大革命前后上海的文学场域凸显了他的文学立场。梁实秋1926年就在《现代中国文学之浪漫的趋势》一文中批判五四新文学的浪漫传统，主张文学应以理性的节制反映常态的人性，主张作家要全面观察人生，不能走向偏激浪漫。1928年前后，革命文学的洪流在上海风云激荡，梁实秋不得不登场亮相，与左翼作家短兵相接，并最终演绎了中国现代文学史上著名的鲁梁论战。

　　柏拉图、亚里士多德等古希腊思想家、中国古代圣人孔子以及英国古典主义文学家蒲伯等人对梁实秋的文学观影响很大。梁实秋从亚里士多德的诗学中体会到，人类有自主选择善恶的能力，人的意志是自由的，但前提是理性在发挥作用，"文学批评应以理智为至上之工具，即文学创造亦应以理智为至上之制裁"①。梁实秋倡导节制的人生境界，既反对宗教对人性的压抑和阉割，又反对卢梭张扬的自然人性，强调人心在理性制约后的平衡状态，最终达到适度、和谐、中庸的人生境界。不过，白璧德新人文主义过分倚重道德，梁实秋对此进行了扬弃，他抓住"人性"不放，这样就与秉承道德中心主义文学观的吴宓形成鲜明对比。吴宓从白璧德那里认取的圭臬是"道德"，以至于将中国传统儒家道德伦理视为珍宝，而梁实秋认为道德不是一成不变的，是随着时代的变化而变化的。梁实秋不认可中国古代社会是一个道德社会，中国古代传统道德有许多糟粕必须摒弃，他质问说："三皇五帝秦汉唐宋的道德，处处都可以适合这个二十世纪的中国吗？'君要臣死臣不得不死'我们用得着这样的忠吗？'不孝有三，无后为大'，我们用得着这样的孝吗？"②故而，他认为现代中国混乱的根源，并不在于旧的传统道德被打倒，而在于新的道德体系标准尚未建立。③

　　自由主义认同人的权利和义务的一致性，认可自由的限度。梁实秋认为，人性都有浪漫的一面，但是人性还有理性的一面，"尚有一

---

① 梁实秋：《亚里士多德的〈诗学〉》，《梁实秋文集》（第1卷），第99页。
② 梁实秋：《两句不通的格言》，《梁实秋文集》（第6卷），第521页。
③ 梁实秋：《两句不通的格言》，《梁实秋文集》（第6卷），第522页。

个不能完全泯灭的理性，这种理性要不时的低声的敲着他的脑袋，告诉他说：'朋友！人生不只是爱，还有义务哩！'"①。他反对那种消极厌世和逃避的文学，认为这是对人生的不负责任，"人生是不能逃避的，逃避的文学是欺骗的文学，以自己的情感欺骗自己。可是人生又不必一定要被现实的生活所拘束，理想主义是可能的，但真理想的境界是在理性生活里面存在，不在情感的幻梦里"②。由此，梁实秋对新人文主义进行了改造，形成了理性节制、尊重既有秩序、反对暴力的人生观。

梁实秋的文学观和人生观"在整体上基本是统一的"③。他说，"在理性指导下的人生是健康的常态的普遍的；在这种状态下所表现出的人性亦是最标准的，在这标准之下所创作出来的文学才是有永久价值的文学"④。他还强调，"伟大的文学的力量，不在于表示出多少不羁的热狂，而在于把这不羁的热狂注纳在纪律的轨道里"。⑤ 梁实秋的这种文学观主要体现为：反对任何非文学话语对文学性的切割和统摄，反对各种形式的文艺政策，反对文学阶级论、文学革命论和文学工具论，倡导保守、节制、中庸、严正的文学创作和批评。

梁实秋的文学观深受柏拉图和亚里士多德的古典主义文学观念的影响，又深得白璧德新人文主义的真传，是中国传统文学和西方文学思想杂糅在一起的"混合物"。他的文学观念介于文化激进主义和文化保守主义之间，追求理性秩序，在当时显得不合时宜。所以，他把自己的批评文集命名为《偏见集》。梁实秋在现代文学史上是一个类似吴宓的"不合时宜"的文学批评家，但是正是其文学观与五四新文学和革命文学的张力，构成了对革命文学的反拨。他用古典主义的"纪律"反拨激进文学思潮，也可以说是一种"矫枉过正"。

---

① 梁实秋：《现代中国文学之浪漫的趋势》，《梁实秋文集》（第1卷），第51页。

② 梁实秋：《现代中国文学之浪漫的趋势》，《梁实秋文集》（第1卷），第52页。

③ 徐静波：《编后记》，《梁实秋批评文集》，第256页。

④ 梁实秋：《文学的纪律》，《梁实秋文集》（第1卷），第143页。

⑤ 梁实秋：《文学与革命》，《梁实秋文集》（第1卷），第317页。

四　"有刺有花" 林语堂

　　知识分子针砭时弊有两种方式，一种是为谈政治而谈政治，如胡适和鲁迅；一种是借谈风月而谈政治，如林语堂和沈从文。有人认为林语堂谈风月，就是为了幽默和消遣，没有政治目的；沈从文建构田园牧歌，就是为了书写幽美人性。也有学者认为，林语堂在不谈政治的口号下大谈政治，是"十分不明智" 的举动，林语堂不具备鲁迅思想家的勇气和胆识，却没有自知之明，"自以为有经天纬地拯世济民的政治才能，不懂政治而偏要大谈政治"①。正如沈从文写田园是一种隐性的政治批判，林语堂谈风月也是一种鲜明的政治隐喻。林语堂的政治小品文创作不失为一种有益的杂文探索。他用政治隐喻的方式，将沉重而尖锐的社会政治问题处理成文章的隐性背景，含沙射影地批判时局。他的小品文在貌似谈天说地中暗藏政治玄机，在表达社会政治立场时又不失散文的神韵，巧妙地达到了文学介入政治但又不做政治 "丫鬟" 的效果。不但躲避了国民党当局的文网，又一针见血地针砭时弊，实现了自由主义知识分子的话语权。

　　1929 年前后，胡适等人与当局进行针锋相对的人权论战，最后落得《新月》被查封、罗隆基被逮捕、胡适被迫辞去公职、新月同人纷纷北上的命运。国民党当局为了清除言论对立的知识分子，不惜杀一儆百，派遣秘密警察于 1933 年 6 月 18 日杀害了中国民权保障同盟总干事杨杏佛。身为该同盟发起人之一的林语堂，也感受到了生命的威胁。胡适在上海期间与林语堂交往莫逆，杨杏佛与林语堂接触也很频繁，他们所遭遇的残酷现实，让林语堂陷入困境。不过，林语堂并未因此彻底放弃对言论自由和思想自由的争取，谈 "幽默" 就是他争取言论自由的迂回策略。林语堂主办的刊物貌似谈苍蝇，实则谈社会，貌似嬉皮笑脸，实则义正词严，他自己称之为 "有刺又有花"②。

---

　　① 陈平原：《林语堂东西综合的审美理想》，子通主编《林语堂评说 70 年》，第 313 页。

　　② 林语堂：《无花蔷薇》，《林语堂文集·且行且歌》，第 138 页。

　　林语堂认为小品文的幽默和闲适笔调并非一味调侃，也不是博得读者一笑，而是花中带刺。蔷薇花虽然有刺，但是人们因为爱惜花的美丽，而容忍刺的存在。如果蔷薇有刺无花，"结果必连根带干拔而除之"，鲁迅的辛辣之笔，堪称有刺无花的蔷薇，"虽然'无花'也很可看"，但是鲁迅这样的杂文毕竟是凤毛麟角。作为杂志，《宇宙风》"单叫人看刺是不行的"，可以有刺，但也要有花。林语堂用"刺"和"花"的比喻，意在表明为了维系一个刊物的生存，讽刺和批判的限度必须平衡拿捏。文章有笑料，可以看出作者的机智，但单纯的笑料会趋于油滑；文章有讽刺，可以感受作者的骨气，但单纯的讽刺会显得刻薄无趣。幽默是含泪的微笑，笑中含泪，即林语堂所说的"有刺有花"。林语堂在《论幽默》中说过："其实幽默与讽刺极近，却不定以讽刺为目的。讽刺每趋于酸腐，去其酸辣，而达到冲淡心境，便成幽默。"①林语堂主张的"刺"，即讽刺，"花"，即去除讽刺的酸辣味道之后，留下谑而不虐的冲淡平和之境。

　　为了在白色恐怖笼罩的上海生存下去，林语堂采取了机智的退守姿态，以退为进。他说《论语》同人办刊主要鉴于"世道日微，人心日危"，于是便办一个刊物，"聊抒愚见，以贡献于社会国家"，既没有什么主张也没什么"主义"，办杂志的经费"不知道"，没有依附任何当政者，"羊毛出在羊身上"，最后靠读者买杂志收回成本。②他调侃说："凡事，其来也茫然，其去也兀突，我们阅历所见，无非类此。不但男子择业，我们办报，不甚了了，就是女子择婿，也是大多茫然"，"办报也是因缘际会，有人肯执笔，有人肯拿钱"，报纸也就应运而生了。所以，那些爱将"理由，理想，主义，主张"挂在嘴边的人是有"罪"的。如果有人一定要认为做什么事情都要有一个理由的话，那就是："我们同人中有一位的岳母死了。"③

　　林语堂在主编杂志时摆出一副嘻嘻哈哈的"痞子气"，在创作小品文时采用"挂羊头卖狗肉"的方式对时弊旁敲侧击、含沙射影。这

① 林语堂：《论幽默》，《林语堂文集·我行我素》，第74页。
② 林语堂：《缘起》，《林语堂文集·人生殊不易》，第44页。
③ 林语堂：《缘起》，《林语堂文集·人生殊不易》，第47、48页。

种时而正人君子时而泼皮无赖的姿态，被唐弢先生称为"绅士鬼"与"流氓鬼"的合一①。而杨剑龙先生则将这种流氓气看作林语堂自由主义思想的表现，"注重贯穿林语堂一生的流氓气也就是其自由主义的思想，这也就成为他在30年代提倡以闲适为格调的幽默小品的思想基点"②。的确，林语堂钻进"幽默"的道场里，时而讥讽一下左翼的革命文学，时而调侃官员的丑态，摆出一副与左翼文学迥异的面目，开辟了《论语》等相对稳定的文学空间。《论语》的"戒条"就包括"不反革命"，"不拿别人的钱，不说他人的话"，"不主张公道，只谈老实的私见"等③。其中，"不反革命"是自由主义者忌惮革命暴力的天然倾向，"不拿别人的钱"是自由主义知识分子试图保持独立人格和自主话语权，至于"不主张公道"，说老实话，则是对当时盛行的动辄"今夫天下"之类"方巾气"十足的虚夸文风的反拨。可以说，林语堂用看似玩世不恭的"流氓气"，在政治高压和言论钳制的上海，以退为进地实现自由主义知识分子的话语权。

1935年11月1日，《论语》三周年之际，林语堂在第73期上发文，将《论语》比作一个有说有笑的淘气儿，这个小孩儿虽然整日嘻嘻哈哈，但是并非不上进，别人不允许说的话，他可以说，别人不敢说的话，他敢说出口，"客人须上有一粒饭粒，他必要指出"，因为他是笑嘻嘻的小孩，大家也不怪他。他还道出了《论语》生存壮大的原因："我想《论语》所以今日无恙，还是靠他平日有说有笑，能吃能玩的充实元气吧。"同时，他告诫当局不可对文学界管束太死，对于《论语》这样的小孩，"不应常吆喝他，管教太严。千万不可使他失了活泼天真，慢慢的沉闷，慢慢的虚伪，不敢再说说笑笑，将来闷成一个无名病出来，那可不是玩的"。④ 嘻嘻哈哈的《论语》在白色恐怖的上海文网之下，获得了生存空间，用反讽和隐喻的方式，保留了那

---

① 唐弢：《林语堂论》，《鲁迅研究动态》1988年第7期。

② 杨剑龙：《论语派的文化情致与小品文创作》，上海书店出版社2008年版，第18页。

③ 林语堂：《论语社同人戒条》，《林语堂文集·人生殊不易》，第49页。

④ 林语堂：《〈论语〉三周年》，《林语堂文集·人生殊不易》，第279、280页。

个时代的鲜活印记，记录了 20 世纪 30 年代自由主义知识分子的所思所想。林语堂采用与胡适、梁实秋等正面论战迥异的方式，曲线张扬了自由主义文学的话语权，为左翼文学思潮"一枝独秀"的 30 年代中后期上海文学场域，注入了异质因子和独特的文学样态，在现代文学史乃至现代思想史上留下了浓墨重彩的一笔。

20 世纪 30 年代的上海，像林语堂这样的自由主义知识分子面对着两种压迫，一种是国民党的政治独裁和思想钳制，一种是左翼文学的意识形态排斥。前者可谓软硬兼施，从法令到秘密警察，再到"纪念周"和总理遗训，可谓无孔不入，而后者是无产阶级对"有闲的资产阶级"的批判。对于 30 年代的中国的思想专制，林语堂认为主要原因是民主自由观念在中国人的信仰中扎根不深，自古以来"深恶思想自由之老脾气不改"，政治上的独裁、文学上的专制、思想上的霸权在中国遍地开花，"一若曰不狄克推多便不摩登。西家倡文化统制，东家怒目视之，东家所作文章，字里行间，又何尝非欲狄其克而推其多？"① 林语堂在批判国民党文化专制的同时，也倡导上海文坛各派别互相包容。

林语堂有意避开专制和独裁等醒目字眼，采用迂回策略与损害思想自由的行为相抗衡，他将思想自由的专制局面称之为"一道同风"，将那种排除异己的舆论倾向称之为"单轨思想"。而这种剥夺思想自由行为，胡适称之为"自杀政策"，梁实秋称之为"思想统一"。林语堂认为，"单轨思想发生于单轨头脑"，这种头脑极其顽固，看世界的方式极其简单，非对即错，非敌即友，"一有问题，用三两时行名词上去，果然天下太平"。这种单轨思想盛行，"一道同风"的局面就形成了，文学界"如白茅千里，不复有溪涧潭壑之胜矣"。② 思想的大一统将导致万马齐喑之状，文学的大一统将导致千人一面，最终会导致创作力的枯竭和文学性的阉割。即便单轨思想实现了一道同风，一时雄霸天下，但是久则生厌，道风随之改变。奉行单轨头脑的知识分子，思想毫无弹性，从云从风，嫁鸡随鸡，嫁狗随狗，思想界左摇

---

① 林语堂：《谈天足》，《林语堂文集·且行且歌》，第 68 页。

② 林语堂：《谈天足》，《林语堂文集·且行且歌》，第 69 页。

右摆，难有创建。

单轨思想，是对思想界的扼杀，因为"竖起脊梁、立定脚跟之人"寥寥无几，一顿热闹之后，极容易归于寂寞。林语堂说："凑热闹，唱烂调，相呼应，立门户，鄙夷苍蝇，好谈宇宙，都是单轨思想之徽记"，单轨思想不容异己，门户一立，非此即彼，"党其所同，而伐其所异，一有丝毫不同意见，就'若丧考妣的伤感'，加以'破坏统一'的'顶大罪名'"。林语堂忍不住质问：这种行为"与前之崇孔卫道有以异乎？"① 他之所以创办《人间世》，倡导笑谈"苍蝇之微"，就是出于对单轨思想的一种反拨。当胡适、梁实秋、徐志摩等自由主义知识分子风流云散纷纷北上之后，林语堂在上海独当一面，坚守思想自由之信念，在扛旗帜、立门户的上海文学界挺起脊梁，在党同伐异、派系对垒的思想界站稳脚跟，留下一方不随风摇摆的印记。就此而言，林语堂不愧为现代自由主义知识分子群体中追求个性独立和本真自由的代表人物。

五　"幽美悲悯"沈从文

1928 年 1 月初，沈从文来到上海。《晨报副刊》2 月 1 日开始连续四天发表了他的《南行杂记》。这篇杂记的结尾，是他写给大哥的信，信中重点阐述了自己的创作原则和文学观念，显示出对当时上海文坛执拗的疏离。

　　作文章，固然也有居然成了小资产阶级的，那都是些耳目伶便善于看风使舵的人，到某一种情形下头，则立时也把主张移到某一种有利的方向下去干——譬如在革命区域就喊"打倒"，在保守地方又回复到旧的形式上，在……且不妨作俨若热血喷涌的诗。这我全不能够办。我作的事便不是发财的事，也不是我真真有一分心顾全到物质生活的事。我即或不愿意饿死，但我还是走

---

① 林语堂：《谈天足》，《林语堂文集·且行且歌》，第 70 页。

那挨饿的绝路，就是对实生活完全不过问，单尽我的脑力的抽象，在某一地方别人还不让我自由发表这思想，我所顾而又能够顾却算是哪一种呢!?①

　　沈从文的这段话读来有点生硬，但是他还是清晰描述了自己的创作理念，认为作家不必过多介入现实生活，应该有自己内心的坚持，不能见风使舵，对时代过于紧跟，应该用一种超脱和审美来反映生活。沈从文来上海前，有朋友告诉他，要在上海写作小说支撑生活，"第一是走类乎'性史'的路。第二是走上海方面自命为青年无产阶级的人所走的路；每一篇小说都是嗳呀苦，嗳呀闷，嗳呀我抱到这女人又怎样全身的抖，且应当记着莫忘到'穷'字，实则有钱也应说怎样的穷，自然而然就能增加读者的数量。第三则应当说到革命事上来了，枪呀炮呀，在枪呀炮呀之中再夹上女人，则所谓'时代精神'是也"。沈从文对此不以为然。"我告他我办不到。……不过同时为我发愁，因为人人说是艺术随到时代跑，不在前，纵在前也像打旗子的引元帅出马的跑龙头套模样的人，而所谓艺术，在时下人谈来竟认为一种宣传告示，然而把一种极浅浮的现象用着极草率简陋的方法去达到一种艺术以外的目的，虽认为艺术是表现时代的纠纷，而忘却表现值得称为艺术的必须条件，若说文艺的路是走一条死路，这也算是把国人艺术的观念弄错的一件事了。""我是并不反对把艺术的希望是来达到一个完美的真理的路上工具的，但所谓完美的真理，却不是政治的得利。若说艺术是一条光明的路，这应当把他安置在国家观念以上。凭了人的灵敏的感觉，假借文字梦一样的去写，使其他人感到一种幽美的情绪，悲悯的情绪，以及帮助别人发现那超乎普通注意以外的一种生活的味道，才算数。""在一种虚伪下说艺术是应当那样不应当这样，且为一种自私便利在极力拥护他的主张的，实大有人在。这类人其实在另一时会变，人是很聪明的人，不必为他担心。我怕的是我不能这样作便无法吃饭，但只要拖得下去，这发财方法只好放弃，尽人

---

① 沈从文：《沈从文全集》（第 11 卷），第 83 页。

事以外另外靠天去了。"① 刚到上海的沈从文，对上海文坛上的浮夸风、萎靡风、革命风不满意。一些作家为了经济利益，不惜放弃原则，靠吸引眼球、一味迎合读者的套路写作，还有人把文学简单降格为宣传工具，把文学视为政治的附庸，沈从文都不以为然。他对自己在上海如何生存充满忧虑，担心自己不迎合上海文坛的坏风气，就会没有饭吃，但是依然表现出一种"乡下人"的执拗，试图创作一种能给读者带来超越现实生活的幽美悲悯的文学。

　　此时的沈从文，还未能将自己的文学观念进行提炼，他对自己坚持的创作理念似乎还不能说透，表达有一点含混。但是，他坚持远离都市、书写一种与城市生活截然相反的生活经验的创作理想，始终未曾改变。很快，沈从文就在上海的文坛崭露头角，他的书被排在四马路的书架售卖，他的笔越来越勤，对小说的驾驭越来越得心应手。6 年后，也就是 1934 年 1 月，在上海显露出来的"幽美的情绪，悲悯的情绪，以及帮助别人发现那超乎普通注意以外的一种生活的味道"，被沈从文升华到了极点，成就了《边城》的神话。8 年后，也就是 1936 年 1 月 1 日，沈从文在《国闻周报》上发表了一篇序言，这篇序言里有被学界多次重复引用的句子，用来说明沈从文的创作观念："这世界上或有想在沙基或水面上建造崇楼杰阁的人，那可不是我。我只想造希腊小庙。选山地做基础，用坚硬石头堆砌它。精致，结实，匀称，形体虽小而不纤巧，是我理想的建筑。这神庙供奉的是'人性'。""我要表现的本是一种'人生的形式'，一种'优美，健康，自然，而又不悖乎人性的人生形式'。"② 从"幽美、悲悯的情绪""超乎普通注意以外的一种生活的味道"到"优美，健康，自然，而又不悖乎人性的人生形式"，沈从文的上海写作经验弥足珍贵。

　　沈从文是现代文学史上城乡视阈对立冲突最激烈的作家之一。他早年怀着求学梦，主动摆脱农村，向往都市，最终在城市立足生活，享受城市便捷的物质财富和精神资源，却以"乡下人"视角尖锐批判

① 沈从文：《沈从文全集》（第 11 卷），第 83—84 页。
② 沈从文：《沈从文全集》（第 9 卷），第 2、5 页。

都市人性，虚构农村田园牧歌乌托邦。沈从文作品中有两种人物形象比较耐人寻味，一种是学生，一种是城市女人，有时候这两种人物合二为一，称之为"女学生"。在上海期间创作的《萧萧》和很多描写农村生活的作品中，都描写了"学生"或"女学生"。在农村长者眼中，女学生和萧萧、翠翠这样土生土长的农村女孩是对立的存在。萧萧的祖父就多次拿"女学生"揶揄萧萧。

　　沈从文观察上海的初始视角很有趣，对上海的女人和学生群体十分反感。这可能与作者的生活经历有关。首先，沈从文未能实现学生梦，可能对学生群体有点"酸葡萄"心理，最后演变为调侃和讽刺。沈从文当初赴京，是为了求学，并不是为了写作，求职写作都是为了求学打下生存基础。1924年，他特意迁居北大附近的小公寓，旁听北大课程，当年投考北大失败。他后来投考中法大学，被录取，但是因交不起28元的膳宿费而放弃。1926年9月20日，参加燕京大学入学考试，口试失利，预交的2元报名费也被退还。

　　到上海的沈从文放弃了学生梦想，却偏偏要与学生租住在一起。隔壁的学生夜间嘈杂吵闹，害得沈从文无法入睡，于是对学生的一肚子苦水都倾泻出来。"我的邻居据说是大学生……凡是大学生，一个样，这倒是我最近才明白的。南北也一样，这个未免令人又要想到国运上头了。在北京，同寓诸公所谓好学生者，每日对于利用功课的余暇到唱戏弹琴上面，到打骂伙计上面，到逛游艺园上面，觉得是教育这东西真走错了路。"而到了上海，发现这些大学生一样不学无术："这一群天真烂漫的学生，打打闹闹不知害的是什么病。天一亮，鸡叫了，这之间为一种'创造冲动'而醒的学生中的谁一个，便立时也学起鸡的声音来。立时又影响开去，可以听到另一床上的鸡叫。第二个且把这权利给第三人。依次来，轮流着，天是居然为了这些鸡公叫着喊着居然大明了。"①除了半夜学鸡叫，还有早晨学巷口刷马子声音，午饭时间用筷子敲打碗碟并配以哼哼唧唧的歌声，夜间打牌赌钱，小钱角子在红木桌上滴溜乱响。气得沈从文"俨然游过地狱看过

① 沈从文：《沈从文全集》（第11卷），第78、79页。

一切罗刹的变形"①。学生调皮吵闹当然是事实，作家清梦被扰自然不快，但落得"地狱罗刹"的恶名，当带有沈从文的成见。

对于上海女人，沈从文也很好奇，他专门去南京路看看"顶好看的新式女人"，"每一个脸我都细心的检察一番，每一个人从我身边过去的我都得贪馋的看一个饱"，结果很失望。"一百个穿皮领子新式女人中间，不到五个够格。""上海女人顶讨厌，见不得。男人也无聊，学生则不像学生，闹得凶。"②"每个女人都像在一种肉欲的恣肆下受了伤。每个人都有点姨太太或窑姐儿神气。"③ 不得不说，这样的描述对于上海女人过于苛刻。他笔下的城里人，无论是学生、女人还是大学教授，大都龌龊、猥琐和虚伪。然而，他笔下的农村女性，无论是没有结婚的翠翠（《边城》）、三三（《三三》），还是嫁为人妇的萧萧（《萧萧》），还是到城里妓船上卖身的有夫之妇老七（《丈夫》），甚至码头边上的妓女（《柏子》），都以纯洁、自然、不事雕琢、有情有义的面貌示人。

除了《萧萧》，沈从文在上海期间创作了若干篇反抗都市人性、描写湘西女性的作品。在短篇小说《柏子》④ 里，沈从文塑造了一对匪夷所思的嫖客和妓女，前者是辰州河上运货的水手，半个月或一个月靠岸一次，靠岸后急不可耐地奔向老相好的温柔乡，像牛一样发泄身上的性欲，然后把带去的稀奇物件一一奉上，最后把几乎所有的钱交给妓女，只留下一点点到船上赌博。后者是一位在风尘屋里苦苦等待情郎回来的妓女，她只对柏子倾心，日思夜想，计算着他回来的日子。沈从文的笔下，嫖客有情，妓女有义，两人互相牵挂，丝毫不显得淫秽和肮脏。

另一篇类似题材的作品《丈夫》⑤ 更加挑战现代人的婚姻观和伦理观。故事很简单，乡下丈夫背着老家精心挑选的风干栗子来城里看

① 沈从文：《沈从文全集》（第 11 卷），第 80 页。
② 沈从文：《沈从文全集》（第 11 卷），第 78、80、81 页。
③ 沈从文：《沈从文全集》（第 11 卷），第 81 页。
④ 沈从文：《沈从文全集》（第 9 卷），第 39 页。
⑤ 沈从文：《沈从文全集》（第 9 卷），第 47 页。

望妓船上卖身的妻子"老七"。但是故事背后却有巨大的张力：丈夫为何能够允许自己的妻子去城里卖淫？丈夫如何能够在妻子接客的时候主动退到船后安然睡觉？女人要接客，丈夫"从板缝里看看客人还不走"也没有什么话好说，"就在梢舱上新棉絮里一个人睡了"，嘴里含着冰糖，原谅了妻子的行为，"尽她在前舱陪客，自己仍然很和平的睡觉了"。次日晚上，接待了两个醉酒士兵船上喧闹，又接待了水保、巡官等人之后，"两夫妇一早皆回转乡下去了"。故事的结尾，夫妻感情没有因为女人接客而受损，丈夫和妻子平静地回家了。沈从文湘西题材小说中的基层官员形象也大多是正面的。作者还把本来是水上一霸的"独眼龙"水保，塑造成一个备受当地人尊敬的乡绅，因为他"在职务上帮助了官府，在感情上又亲近了船家，在这些情形上面他建设了一个道德的模范"①。这让人不禁想起了《边城》里的船总顺顺。当然，作者没有忘记在《丈夫》中揶揄城里人：

> 她们从乡下来，从那些种田挖园的人家，离了乡村，离了石磨同小牛，离了那年青而强健的丈夫的怀抱，跟随了一个熟人，就来到这船上做生意了。做了生意，慢慢的变成为城市里人，慢慢的与乡村离远，慢慢的学会了一些只有城市里才需要的恶德，于是这妇人就毁了。但那毁，是慢慢的，因为需要一些日子，所以谁也不去注意了。而且也仍然不缺少在任何情形下还依然好好的保留到那乡村气质的妇人，所以在市的小河妓船上，决不会缺少年青女子的来路。②

作者直白地告诉读者：城里人恶德满满，乡下人气质淳朴。城市妓船上的妓女依然葆有乡村的淳朴，她们的人性比城里人还高贵。沈从文塑造的这种远离现实生活的田园牧歌，如果用现代城市伦理道德去观察，简直匪夷所思，但是在他的笔下，一切都那样自然，了无痕迹。

---

① 沈从文：《沈从文全集》（第9卷），第50、51、66页。
② 沈从文：《沈从文全集》（第9卷），第47—48页。

沈从文在上海期间很少进行文学批评，大多进行文学创作，与此相比，梁实秋则更多是进行文学批评，与左翼作家就"人性论""阶级论""天才论"等问题笔战不休。对于文学史来说，无法简单衡量文学批评和文学创作的价值和意义孰轻孰重。梁实秋一直认为自己在上海的论战是孤军奋战，目前也没有发现确凿的证据证明沈从文的创作和梁实秋"人性论"之间的直接关联。但就文学史层面而言，上海期间沈从文的创作和梁实秋的批评的确相得益彰：梁实秋在阵前高扬"人性论"的大旗和左翼作家笔战，沈从文在阵后笔耕，用一座座坚硬石头堆砌精致结实的人性"希腊小庙"。梁实秋抨击左翼作家将文学作为政治的工具，而没有经得起检验的作品。"从文艺史上观察，我们就知道一种文艺的产生不是由于几个理论家的摇旗呐喊便可成功，必定要有有力量的文学作品来证明其自身的价值。无产文学的声浪很高，艰涩难懂的理论书也出了不少，但是我们要求给我们几部无产文学的作品读读。我们不要看广告，我们要看货色。"① 沈从文在上海期间的创作，就堪称自由主义作家拿出来的响当当的"货色"，这些货色放在中国现代文学史的历史长河中，也依然熠熠闪光。

六 作为一种艺术形式的政治性写作

自由主义作家在上海的创作的文体多样，以上梳理的只是鳞爪。自由主义作家的上海叙事，让我们想起英国著名作家乔治·奥威尔，他的《一九八四》《动物庄园》等作品让全世界领略了一位天才政治预言家的风采。奥威尔的读者可能无法否认，作者既是一位作家，也是一位政治家。他的作品，既有文学家的审美和叙事技巧，又有政治家的远见卓识。奥威尔承认，作家都对其读者有所设计，所有形式的作品都有其政治的一面。他说："每一件作品，都有其宣传的一面。"但是，"任何一本书、任何一个剧本，任何一首诗歌，或者任何一件文学作品，要想流传下去，就必须具有不受其伦理或者意义影响的某

---

① 梁实秋：《文学是有阶级性的吗?》，《梁实秋文集》（第 1 卷），第 325 页。

种东西的基——对这种基，我们只能称之为艺术。"① 包括洪子诚在内的很多学者，都认为自由主义文学这一概念的主要特点是"政治性"，但这并不能否认自由主义文学的本质：文学性。退而言之，文学本身就带有政治性，没有脱离政治的文本，即便严格遵守不谈政治，或者远离政治的作家，他们的文本也含有政治性，因为不谈政治或远离政治本身就是一种政治。可以说，政治性是文学的常态。然而，文学之所以称之为文学，他的核心是文学性，文学性是文学的本真。

什么是文学性？正如绪论所述，文学性可能是文字及其最初始的情感表达。"文学从本质上说它不是思想，它是生命中无以言说的血泪和欢欣……情感永远是文学最有价值的一部分，也是人身上最具普世意义的一部分。"② 文学的本质是人的情感。奥威尔说：

> 所有的喜恶，所有的美感，所有的对错观念（审美的考量和道德的考量，在任何情况下都是密不可分的），都源于感情，而感情公认为要比言词更微妙。如果有人问"你为什么那么做，或者不那么做"，你一定知道，自己真正的理由绝不会说出来，即便在你并不想去隐瞒的时候，也是这样。于是，你多少有些不诚实地文饰了自己的行为。③

文学家富有审美的责任，这种责任体现在其文本蕴含的情感中。作家清楚地观察，清晰地写作，诚实地思考，真诚地表达。有时候作家要坚持自己内心的判断，需要与自己生存的世界持续不断地争斗，这就毫无例外地会牵扯政治。

> 在过去的十年里，我最想做的事情，是使政治性写作也成为一门艺术。这是因为，在开始的时候，我总是感觉到党派偏见和

---

① ［英］乔治·奥威尔：《政治与文学·序》，李存捧译，译林出版社 2011 年版，第7页。

② 艾伟、何言宏：《重新回到文学的根本》，《小说评论》2014 年第 1 期。

③ ［英］乔治·奥威尔：《政治与文学·序》，第 9 页。

不公。当我坐下来写一本书时，我并不对自己说："我要写一本艺术作品。"我写它，是因为有一个谎言需要我去揭穿，有一些事实需要我引起公众的注意，我最主要的考虑是得到倾听。不过，假如我在写一本书的时候，或者为杂志写一篇长文章的时候，我不能同时得到一种审美的体验，那我就不会去写它。①

　　作家的政治性写作，也是一种审美写作，作家在写作时感受到的情感和作家希望读者感受到的情感都是一种审美。不能否认，可能会有一种纯粹的政治性写作，但更多的是一种艺术形式的政治性写作。通过梳理胡适、徐志摩、梁实秋、林语堂和沈从文等六位自由主义作家在上海的创作可以看出，他们的上海叙事，既是艺术形式的政治性写作，也是政治形式的艺术性写作。

　　胡适敏锐捕捉到言论出版自由被国民党钳制的趋势，发起了劲烈的政论；徐志摩深感荒歉年头社会失范带来的苦痛，像贾岛一样一路苦吟不止；梁实秋反拔革命文学的激进倾向，不遗余力地坚守文学的人性光辉；林语堂在同人纷纷离开的境地依然采取迂回的政治策略，用谈风月的智慧展示批判的勇气和担当；而沈从文则在困顿的吴淞一隅，固执地维护"乡下人"的尊严，用田园牧歌的幽美和悲悯建造人性的希腊小庙，拿出了自由主义作家上海叙事的沉甸甸的"货色"。一百年后，当读者走进他们彼时彼刻的生存空间，触摸他们带着体温的真诚的文字，就能感受到那个时代的脉搏和文学的魅力。

---

① ［英］乔治·奥威尔：《政治与文学·序》，第 10—11 页。

余论　30 年代上海自由主义
文学与新文化传统

揆度上海自由主义文学发展的脉络，无法回避这样一个问题：20世纪 30 年代在上海同时并存的自由主义文学与左翼文学，二者同五四新文学存在怎样的赓续关系。20 世纪主流文学史一般认为，左翼作家代表的革命文学方向继承了五四新文化运动的传统，而自由主义文学思潮是对五四传统的背叛。唐弢先生认为，新月派等自由主义作家是"从'五四'新文化队伍中分化出去"的知识分子，自由主义作家和左翼作家在 20 世纪 30 年代上海展开的论战，是"文艺战线上无产阶级和资产阶级的第一场激烈论战，由此开始了两条道路斗争的新阶段"①。但是，如果从五四新文化运动的核心理念之一——"自由"出发，切入这个问题，就会得出与以往文学史不同的结论：中国现代自由主义文学思潮在"自由"这一维度上，也继承了五四新文化运动的传统。

上海自由主义文学思潮不是凭空而来的，是近代以来中国自由主义思潮发展的结果，其发生和发展有其内在社会思想结构。自由主义在新文化运动前期扮演了极为重要的角色。个人与集体之间的关系，个人权利和国家权力之间的关系，是自由主义关注的核心议题。"我们不是为君主生的！不是为圣贤生的！也不是为纲常礼教而生的！"② 在五四新文化先驱者眼中，自由主义也像法国大革命一样，被拿来作为攻击传统君主政治、进行思想启蒙的武器。三纲五常之说，

---

① 唐弢、严家炎主编：《中国现代文学史》（二），人民文学出版社 1979 年版，第311 页。

② 吴虞：《吃人与礼教》，《新青年》1919 年第 6 卷第 6 号。

在陈独秀那里是"无独立自主之人格"，① "窒碍个人意思之自由"，"剥夺个人法律上平等之权利"，"养成依赖性戕贼个人之生产力"②；在李大钊那里是"护持元恶，抑塞士气，摧折人权"；③ 在鲁迅那里是极易使人"变成奴隶，而且变了之后，还万分喜欢"④，它让"中国人向来就没有争到过'人'的价格，至多不过是奴隶"。⑤ 在这些论断中，思想家们不但已经意识到个人自由和权利的重要性，而且进一步认识到自由和权利是要靠争取换来的，也就是在风沙扑面的专制社会中"立人"。陈独秀认为，个人的幸福不能坐等别人恩赐，要敢于争取，而那种敢于抗争的人，一定是个体精神和人格比较独立的人，这种人具有"纯粹个人主义之大精神"，"拥护个人之自由权利与幸福"，因此能够"谋个性之发展"⑥。在思考了国家与个人之间的关系之后，陈独秀认为："集人成国，个人之人格高，斯国家之人格亦高；个人之权巩固，斯国家之权亦巩固。"⑦ 五四新文化运动促进了个人意识的觉醒，为自由主义文学萌芽奠定了基础。

　　自由主义思潮进入中国之后，首先带来的震动就是关于国家与个人关系的再认识。戊戌变法之前，梁启超等维新派首先聚焦国家政体，自上而下改造国民，当戊戌变法失败之后，他们对转变政体几近绝望，于是观点发生逆转，认为："苟有新民，何患无新制度、无新政府、无新国家。"⑧ 但是"新民"的策略，以及鲁迅发现的"国民性"维度，都是在西方民主自由等价值体系的对比中得以建构的。中国长时间以来的文化传统并未催生自我反思和检视的思维，我们长期生活在"病苦"之中，但并未感觉到病苦，正是自由主义等西方思潮

---

　　① 陈独秀：《一九一六年》，《青年杂志》1916 年第 1 卷第 5 号。

　　② 陈独秀：《东西民族根本思想之差异》，《青年杂志》1915 年第 1 卷第 4 号。

　　③ 李大钊：《大哀篇》，《李大钊全集》（第一卷），朱文通等编，河北教育出版社1999 年版，第 550 页。

　　④ 鲁迅：《坟·灯下漫笔》，《鲁迅全集》（第 1 卷），第 223 页。

　　⑤ 鲁迅：《坟·灯下漫笔》，《鲁迅全集》（第 1 卷），第 224 页。

　　⑥ 陈独秀：《东西民族根本思想之差异》，《青年杂志》1915 年第 1 卷第 4 号。

　　⑦ 陈独秀：《一九一六年》，《青年杂志》1916 年第 1 卷第 5 号。

　　⑧ 梁启超：《新民说》，《饮冰室合集》（第 19 册），第 4984 页。

的涌入给中国知识分子提供了自我反思的参照系，他们在中外对比中发现民族的劣根性，从而对身在"黑屋子"中的民众进行感知"苦痛"的启蒙。

但是，自由主义价值观很快又被启蒙者自己亲手缔造的思想洪流淹没了。巴黎和会作为第一次世界大战的余绪，真切地向国内民众尤其是知识分子传达了一个十分重要的信息：秉承自由主义价值体系的西方社会，强调个人权利和个人竞争，最后却陷入血腥的互相杀戮之中。于是，支撑中国知识分子自由主义信念的基石发生了动摇。

这一点可以从胡适"二十年不干政治，二十年不谈政治"主张窥见一斑。1917 年 7 月，胡适学成回国，到了上海以后，"看了出版界的孤陋，教育界的沉寂，我方才知道张勋的复辟乃是极自然的现象，我方才打定二十年不谈政治的决心，要想在思想文艺上替中国政治建筑一个革新的基础"[1]。但是，五四运动很快打破了这个长时间的思想改造计划，胡适不得不谈政治。自由主义知识分子不但很难实现思想解放的目标，而且根本难以摆脱国内时局的影响，不谈政治"不容易做得到，因为我们虽抱定不谈政治的主张，政治却逼得我们不得不去谈它"[2]。丁文江 1922 年曾经质问胡适："你的主张是一种妄想：你们的文学革命，思想革命，文化建设，都经不起腐败政治的摧残。良好的政治是一切和平的社会改善的必要条件。"丁还在朋友的谈话中呼吁："不要上胡适之的当，说改良政治要先从思想文艺下手。"[3] 面对国内外一团混沌的乱局，中国现代知识分子陷入对中国传统文化和西方思潮的双重怀疑之中。

正如钱理群先生在《试论五四时期"人的觉醒"》一文中所说的那样，自由主义的个性主义思潮，"在中国现代思想、文化、文学史上始终不占主导地位"，但是却从未断绝过。[4] 个性主义和自由主义信念在 20 世纪 30 年代前后的上海，在胡适、梁实秋、徐志摩和林语堂等人为代表的自由主义作家手中，被再次建构起来。在上海期间，胡

---

[1]　胡适：《我的歧路》，《胡适全集》（第 2 卷），第 467 页。

[2]　胡适：《陈独秀与文学革命》，《胡适全集》（第 12 卷），第 224 页。

[3]　胡适：《丁文江的传记》，《胡适全集》（第 19 卷），第 434 页。

[4]　钱理群：《试论五四时期"人的觉醒"》，《文学评论》1989 年第 3 期。

适仍然坚持没有个人的"小我"，就没有社会的"大我"，个人对社会的最大贡献是先把自己铸造成器。他强调说，"社会最大的罪恶莫过于摧折个人的个性，不使他自由发展"①。徐志摩则坦承自己是一个"不可教训的个人主义者"，他坚持说自己只知道个人，只认得清个人，只信得过个人，民主的意义就是普遍的个人主义，每一个人和每一朵花一样都可以"实现他可能的色香"②。梁实秋认为："个人许多生活上必需的条件，不受别人无故剥夺或限制，这是个人的自由；国家许多生活上必需的条件，不受别国无故剥夺或限制，这是国家的自由。"③ 而林语堂强调所有社会问题"都须取决于各有关国家内的个人思想、个人情感和个人性格"，"在一切人类历史的活动中，我只看见人类自身任性的不可捉摸的、难于测度的选择所决定的波动和变迁"④。他们在白色恐怖的政治氛围中，争取个人的正当权利，挑起一场激烈的人权论战，从政治启蒙的维度中突围，在某种意义上坚守了五四新文学的思想启蒙传统。值得注意的是，中国第一代现代知识分子群体，无论是严复还是梁启超，都无法与政府争夺自由话语，而胡适等人却做到了。他们以现代以来最为整齐的自由主义知识分子阵容，在大革命后的上海同当局展开了话语博弈。从这个意义上说，30年代上海自由主义文学思潮不但没有背离五四新文化的传统，而且用文学话语坚守了新文化运动的核心理念之一：自由。

---

① 胡适：《易卜生主义》，《胡适全集》（第1卷），第614页。
② 徐志摩：《列宁忌日——谈革命》，《徐志摩全集》（第2卷），第358页。
③ 梁实秋：《两句不通的格言》，《梁实秋文集》（第6卷），第522页。
④ 林语堂：《林语堂文集·生活的艺术》，第88页。

参考文献

一　全集、文集

[古希腊] 柏拉图:《柏拉图全集》,王晓朝译,人民出版社 2003 年版。

《马克思恩格斯选集》,人民出版社 1995 年版。

蔡元培:《蔡元培全集》(第一卷),高平叔编,中华书局 1984 年版。

陈独秀:《陈独秀著作选编》,任建树主编,上海人民出版社 2014 年版。

胡适:《胡适全集》,季羡林主编,安徽教育出版社 2003 年版。

李大钊:《李大钊全集》,朱文通等编,河北教育出版社 1999 年版。

梁启超:《饮冰室合集》,中华书局 2015 年版。

梁实秋:《梁实秋文集》,鹭江出版社 2002 年版。

林语堂:《林语堂文集》,群言出版社 2011 年版。

鲁迅:《鲁迅全集》,人民文学出版社 2005 年版。

毛泽东:《毛泽东选集》,人民出版社 1991 年版。

沈从文:《沈从文全集》,北岳文艺出版社 2009 年版。

徐志摩:《徐志摩全集》,韩石山主编,天津人民出版社 2005 年版。

严复:《严复集》,王栻主编,中华书局 1986 年版。

二　文学史

高占伟主编:《中国现代文学三十年》,广西师范大学出版社

2010 年版。

洪子诚：《问题与方法：中国当代文学史研究讲稿》，北京大学出版社 2010 年版。

刘绶松：《中国新文学史初稿》，人民文学出版社 1979 年版。

刘绶松：《中国新文学史初稿》，作家出版社 1956 年版。

钱基博：《现代中国文学史》，上海书店出版社 2004 年版。

钱理群等：《中国现代文学三十年》（修订本），北京大学出版社 1998 年版。

钱理群、吴福辉、温儒敏、王超冰：《中国现代文学三十年》，上海文艺出版社 1987 年版。

唐弢主编：《中国现代文学史》（二），人民文学出版社 1979 年版。

唐弢主编：《中国现代文学史简编》，人民文学出版社 1984 年版。

王瑶：《中国新文学史稿》，新文艺出版社 1953 年版。

温儒敏、李宪瑜、贺桂梅、姜涛等：《中国现当代文学学科概要》，北京大学出版社 2005 年版。

杨义：《中国现代小说史》，人民文学出版社 1998 年版。

朱栋霖、丁帆、朱晓进：《中国现代文学史》，高等教育出版社 2012 年版。

三　专著

［德］古斯塔夫·施瓦布：《古希腊罗马神话》，王莹译，吉林出版集团有限公司 2009 年版。

［德］卡尔·曼海姆：《意识形态与乌托邦》，黎鸣、李书崇译，商务印书馆 2000 年版。

［法］卢梭：《社会契约论》，何兆武译，商务印书馆 2003 年版。

［法］梅朋、傅立德：《上海法租界史》，倪静兰译，上海译文出版社 1983 年版。

［法］孟德斯鸠：《论法的精神》（上），张雁深译，商务印书馆 1961 年版。

［法］米歇尔·福柯：《性经验史》，佘碧平译，上海人民出版社2005年版。

［法］皮埃尔·布迪厄、［美］华康德：《实践与反思——反思社会学导引》，李猛、李康译，中央编译出版社1998年版。

［法］皮埃尔·莫内：《自由主义思想文化史》，曹海军译，吉林人民出版社2004年版。

［荷兰］斯宾诺莎：《神学政治论》，温锡增译，商务印书馆1963年版。

［美］爱德华·W. 萨义德：《知识分子论》，单德兴译，生活·读书·新知三联书店2002年版。

［美］德里格：《胡适与中国的文艺复兴：中国革命中的自由主义（1917—1937）》，鲁奇译，江苏人民出版社2005年版。

［美］费正清、费维恺编：《剑桥中华民国史》（下），刘敬坤等译，中国社会科学出版社1994年版。

［美］费正清：《费正清论中国》，薛绚译，正中书局1994年版。

［美］费正清：《中国：传统与变迁》，张沛译，世界知识出版社2001年版。

［美］费正清编：《剑桥中华民国史》（上），杨品泉等译，中国社会科学出版社1994年版。

［美］黄仁宇：《万历十五年》，中华书局2006年版。

［美］刘易斯·科塞：《理念人———项社会学的考察》，郭方等译，中央编译出版社2004年版。

［美］卢汉超：《霓虹灯外：20世纪初日常生活中的上海》，段炼、吴敏、子羽译，上海古籍出版社2004年版。

［美］罗兹·墨菲：《上海——现代中国的钥匙》，上海社会科学院历史研究所编译，上海人民出版社1986年版。

［日］沟口雄三：《作为方法的中国》，孙军悦译，生活·读书·新知三联书店2011年版。

［匈］阿格妮丝·赫勒：《日常生活》，衣俊卿译，黑龙江大学出版社2010年版。

［英］阿克顿：《自由史论》，胡传胜等译，译林出版社 2012年版。

［英］阿克顿：《自由与权力》，侯健、范亚峰译，商务印书馆 2001 年版。

［英］安东尼·德·雅塞：《重申自由主义》，陈茅等译，中国社会科学出版社 1997 年版。

［英］弗里德里希·奥古斯特·哈耶克：《通往奴役之路》，王明毅等译，中国社会科学出版社 1997 年版。

［英］弗里德里希·奥古斯特·哈耶克：《致命的自负》，冯克利、胡晋华等译，中国社会科学出版社 2000 年版。

［英］F.H.欣斯利编：《新编剑桥世界近代史》（第 11 卷），中国社会科学院世界历史研究所组译，中国社会科学出版社 1999 年版。

［英］霍布豪斯：《自由主义》，朱曾汶译，商务印书馆 1996年版。

［英］杰拉德·德兰蒂：《现代性与后现代性：知识、权力与自我》，李瑞华译，商务印书馆 2012 年版。

［英］科林伍德：《历史的观念》，何兆武、张文杰译，商务印书馆 2003 年版。

［英］昆廷·斯金纳：《近代政治思想的基础》（上），奚瑞森、亚方译，商务印书馆 2002 年版。

［英］乔治·奥威尔：《政治与文学》，李存捧译，译林出版社 2011 年版。

［英］约翰·密尔：《论自由》，许宝骙译，商务印书馆 1959年版。

陈从周：《徐志摩：年谱与评述》，上海书店出版社 2008 年版。

陈鼓应注译：《庄子今注今译》，中华书局 1983 年版。

陈平原：《作为学科的文学史》，北京大学出版社 2016 年版。

耿云志：《胡适评传》，上海古籍出版社 1999 年版。

顾维钧：《顾维钧回忆录》（第一分册），中国社会科学院近代史研究所译，中华书局 1983 年版。

胡梅仙：《中国现代自由主义文学话语之建构（1898—1937）》，中国社会科学出版社 2009 年版。

胡明贵：《自由主义与新文学现代性品格》，人民出版社 2013 年版。

胡伟希等：《十字街头与塔：中国近代自由主义思潮研究》，上海人民出版社 1991 年版。

黄克武：《自由的所以然：严复对约翰弥尔自由思想的认识与批判》，上海书店出版社 2000 年版。

金元浦、陶东风：《阐释中国的焦虑——转型时代的文化解读》，中国国际广播出版社 1999 年版。

旷新年：《1928：革命文学》，山东教育出版社 1998 年版。

李何林：《近二十年中国文艺思潮论》，陕西人民出版社 1981 年版。

李强：《自由主义》，中国社会科学出版社 1998 年版。

李勇：《林语堂传》，团结出版社 1999 年版。

李玉梅：《陈寅恪之史学》，香港三联书店 1997 年版。

梁实秋：《梁实秋自传》，江苏文艺出版社 1996 年版。

梁实秋：《雅舍忆旧》，江苏人民出版社 2014 年版。

林太乙：《林语堂传》，中国戏剧出版社 1994 年版。

林语堂：《林语堂自传》，江苏文艺出版社 1995 年版。

刘川鄂：《中国自由主义文学论稿》，武汉出版社 2000 年版。

刘群：《饭局·书局·时局：新月社研究》，武汉出版社 2011 年版。

钱满素：《美国自由主义的历史变迁》，生活·读书·新知三联书店 2006 年版。

任剑涛：《中国现代思想脉络中的自由主义》，北京大学出版社 2004 年版。

沈卫威：《自由守望——胡适派文人引论》，上海文艺出版社 1997 年版。

施建伟：《林语堂传》，北京十月文艺出版社 1999 年版。

宋益乔：《梁实秋传》，北岳文艺出版社 1994 年版。

汪原放：《回忆亚东图书馆》，学林出版社 1983 年版。

王本朝：《中国现代文学制度研究》，西南师范大学出版社 2002 年版。

王俊：《四十年代自由主义文学研究》，中国社会科学出版社 2019 年版。

王晓渔：《知识分子的"内战"：现代上海的文化场域（1927—1930）》，上海人民出版社 2007 年版。

王兆胜：《林语堂大传》，作家出版社 2006 年版。

吴宓：《文学与人生》，王岷源译，清华大学出版社 1993 年版。

吴晓东：《记忆的神话》，新世界出版社 2001 年版。

谢泳：《逝去的年代——中国自由知识分子的命运》，文化艺术出版社 1999 年版。

忻平：《从上海发现历史——现代化进程中的上海人及其社会生活（1927—1937）》，上海人民出版社 1996 年版。

许纪霖等：《近代中国知识分子的公共交往（1895—1949）》，上海人民出版社 2008 年版。

闫润鱼：《自由主义与近代中国》，新星出版社 2007 年版。

杨洪承：《"人与事"中的文学社群》，人民出版社 2014 年版。

杨剑龙：《论语派的文化情致与小品文创作》，上海书店出版社 2008 年版。

杨剑龙：《上海文化与上海文学》，上海人民出版社 2007 年版。

姚公鹤：《上海闲话》，上海古籍出版社 1989 年版。

叶公超：《新月怀旧》，学林出版社 1997 年版。

叶中强：《上海社会与文人生活（1843—1945）》，上海辞书出版社 2010 年版。

易竹贤：《胡适传》，湖北人民出版社 1987 年版。

张宁：《无数人们与无穷远方：鲁迅与左翼》，复旦大学出版社 2006 年版。

张晓春：《文化适应与中心转移：近现代上海空间变迁的都市人

类学研究》，东南大学出版社 2006 年版。

张晓唯：《蔡元培传》，百花文艺出版社 2009 年版。

张晓唯：《蔡元培与胡适（1917—1937）：中国文化人与自由主义》，中国人民大学出版社 2003 年版。

张仲礼：《近代上海城市研究》，上海人民出版社 1990 年版。

章清：《"胡适派学人群"与现代中国自由主义》，上海古籍出版社 2004 年版。

章清：《大上海亭子间：一群文化人和他们的事业》，上海人民出版社 1991 年版。

章锡琛点校：《张载集》，中华书局 1978 年版。

郑开：《庄子哲学讲记》，广西人民出版社 2016 年版。

周晔：《伯父的最后岁月：鲁迅在上海（1927—1936）》，福建教育出版社 2001 年版。

朱联保：《近现代上海出版业印象记》，学林出版社 1993 年版。

朱晓进：《政治文化与中国二十世纪三十年代文学》，人民出版社 2006 年版。

朱晓进等：《非文学的世纪——20 世纪中国文学与政治文化关系史论》，南京师范大学出版社 2004 年版。

Gamewell, Mary Louise Ninde, *The Gateway to China*：*Pictures of Shanghai*（1916），Taipei：Cheng Wen Publishing Co, 1972.

Hartz, L., *The Liberal Tradition in America*, New York：Harcourt, 1955.

Reed, Christopher A., *Gutenberg in Shanghai*：*Chinese Print Capitalism*, 1876—1937, Vancouver：University of British Columbia Press, 2004.

四　资料

《上海租界志》编纂委员会：《上海租界志》，上海社会科学院出版社 2001 年版。

北京大学历史系《北京史》编写组：《北京史》（增订版），北京出版社 1999 年版。

辞海编辑委员会:《辞海》（彩图本），上海辞书出版社 1999 年版。

耿云志、李国彤编:《胡适传记作品全编》，东方出版中心 1999 年版。

韩石山、伍渔编:《徐志摩评说八十年》，文化艺术出版社 2008 年版。

李世涛编:《激进与保守之间的动荡》，时代文艺出版社 2002 年版。

李世涛编:《自由主义之争与中国思想界的分化》，时代文艺出版社 2000 年版。

刘洪涛编:《沈从文批评文集》，珠海出版社 1998 年版。

刘健清编:《中国法西斯主义资料汇编》，中国人民大学中共党史系 1984 年版。

刘军宁等编:《市场逻辑与国家观念》，生活·读书·新知三联书店 1995 年版。

商务印书馆编:《商务印书馆九十五年》，商务印书馆 1992 年版。

申报年鉴社:《申报年鉴（民国二十二年）》，申报年鉴社 1933 年版。

实业部中国经济年鉴编纂委员会:《中国经济年鉴（民国二十五年）》第 3 编，国家图书馆出版社 2011 年版。

王跃、高力克编:《五四:文化的阐释与评价——西方学者论五四》，山西人民出版社 1989 年版。

徐静波编:《梁实秋批评文集》，珠海出版社 1998 年版

颜惠庆等编:《英华大辞典》（上），商务印书馆 1908 年版。

虞坤林编:《志摩的信》，学林出版社 2004 年版。

中国百科大辞典总编辑委员会编:《中国百科大辞典》（第 2 版），中国大百科全书出版社 2005 年版。

不列颠百科全书编辑部编译:《不列颠百科全书国际中文版》（10），中国大百科全书出版社 1999 年版。

中国社会科学院近代史研究所中华民国史组编：《胡适来往书信选》，中华书局 1979 年版。

子通主编：《林语堂评说 70 年》，中国华侨出版社 2003 年版。

Grob, Gerald N., and George A. Billias, eds., *Interpretations of A-merican History: Patterns and Perspectives*, vol. Ⅱ, New York: The Free Press, 1967.

五　论文

艾伟、何言宏：《重新回到文学的根本》，《小说评论》2014 年第 1 期。

陈明远：《鲁迅生活的经济背景（上）》，《社会科学论坛》2001 年第 2 期。

陈思和等：《论点摘编·重写文学史》，《中国现代文学研究丛刊》1989 年第 1 期。

高小康：《斯宾格勒魔咒：中国都市发展与文化生态困境》，《探索与争鸣》2011 年第 6 期。

郜元宝：《再谈鲁迅与中国现代自由主义》，《鲁迅研究月刊》2000 年第 11 期。

胡炳光：《徐志摩——一个资产阶级自由主义诗人》，《天津师范大学学报》（社会科学版）1985 年第 1 期。

胡风：《林语堂论——对于他底发展的一个眺望》，《文学》1935 年第 4 期第 1 号。

胡梅仙：《鲁迅与中国现代自由主义》，《中国现代文学研究丛刊》2009 年第 11 期。

黄汉民：《1933 年和 1947 年上海工业产值的估计》，《上海经济研究》1989 年第 1 期。

雷池月：《主义之不存，遑论乎传统》，《书屋》1999 年第 4 期。

李旦初：《“左联”时期同“自由人”与“第三种人”论争的性质质疑》，《中国现代文学研究丛刊》1981 年第 1 期。

李珹：《移民：上海城市的崛起》，《档案与史学》2001 年第

1 期。

李文阁：《叙拉古的诱惑——在哲学与政治之间》，《哲学动态》2008 年第 10 期。

李怡：《开拓中国"革命文学"研究的新空间》，《探索与争鸣》2015 年第 2 期。

李怡：《作为方法的民国》，《文学评论》2014 年第 1 期。

林贤治：《"带着镣铐的进军"》，《书摘》2004 年第 2 期。

刘川鄂：《梁实秋与中国自由主义文学》，《文学评论》2006 年第 1 期。

刘克敌：《文人门派传承与中国近现代文学变革》，《中国社会科学》2011 年第 5 期。

刘纳：《辨析五四的独立自由精神和陈寅恪的独立自由理念》，《首都师范大学学报》（社会科学版）2020 年第 3 期。

梅新林：《文学世家的历史还原》，《中国社会科学》2011 年第 1 期。

钱理群：《试论五四时期"人的觉醒"》，《文学评论》1989 年第 3 期。

冉彬：《30 年代上海文学与上海出版业》，博士学位论文，上海师范大学，2007 年。

苏光文：《论中国现代自由主义文艺思想派别及其消长》，《西南师范学院学报》1982 年第 4 期。

苏智良、江文君：《中共建党与近代上海社会》，《历史研究》2011 年第 3 期。

唐弢：《林语堂论》，《鲁迅研究动态》1988 年第 7 期。

汪晖：《预言与危机——中国现代历史中的"五四"启蒙运动》，《文学评论》1989 年第 3 期。

汪纪明：《左联组织结构考述》，《中国现代文学研究丛刊》2012 年第 2 期。

王本朝：《文学传播与中国现代文学》，《贵州社会科学》2004 年第 1 期。

王本朝：《文学审查与中国现代文学》，《现代中国文化与文学》2005 年第 2 期。

王彬彬：《鲁迅的脑袋和自由主义的帽子》，《鲁迅研究月刊》2000 年第 11 期。

王富仁：《林纾现象与"文化保守主义"》，《中国现代文学研究丛刊》2007 年第 3 期。

王建伟：《逃离北京：1926 年前后知识分子群体的南下潮流》，《广东社会科学》2013 年第 3 期。

杨剑龙：《国家、群体与个人：中国现代文学研究的思考》，《广东社会科学》2010 年第 6 期。

张福贵：《第三只慧眼看文学史》，《文艺争鸣》2016 年第 10 期。

张林杰：《文化中心的迁移与 30 年代文学的都市生存空间》，《北京大学学报》（哲学社会科学版）2000 年第 6 期。

张体坤：《中国自由主义文学的话语建构与理论阐释》，《北京科技大学学报》（社会科学版）2010 年第 2 期。

章清：《"国家"与"个人"之间——略论晚清中国对"自由"的阐述》，《史林》2007 年第 3 期。

朱健国：《胡适为何不反鲁迅？》，《文学自由谈》2005 年第 3 期。

后　记

　　本书是在博士学位论文《上海自由主义文学思潮论（1927—1937）》基础上修订而成的。2012 年毕业至今，该选题先后被浙江省哲学社会科学规划课题（14NDJC252YB）、教育部人文社会科学研究青年基金项目（14YJC751014）立项。当初做这个选题，是受到导师杨剑龙教授的启发。20 世纪 30 年代，现代文学中心南移到上海，十里洋场汇聚了大部分左翼作家和右翼作家。时至今日，当年以鲁迅为代表的留日派作家和以胡适为代表的英美派作家的笔墨官司尘埃落定，留下泛黄的纸页和无声的文字。杨老师认为，英美留学背景的自由主义作家在上海期间的生活方式、思想倾向、文学观念和文学创作与左翼革命文学阵营表现出不同的特质，其原因值得探讨。在我的开题构思中，杨老师接连提出了数十个亟待解决的问题。虽然直到今日很多问题我依然无力回答，但老师在这个研究领域的"学术野心"鼓励我持续耕耘。

　　2023 年 4 月 26 日，王铁仙老师在华山医院辞世，享年 82 岁。王老师是杨剑龙老师的博士生导师，也是我的博士论文答辩委员会主席。记得 2012 年 5 月底的一天中午，我和师姐王晶晶接王老师到学校主持博士毕业论文答辩。下公交走了好久才到王老师家门口。王老师的爱人为我们开门，笑着说王老师怕耽搁你们答辩，已经下楼在路上等你们了。找到路边的王老师，出租车却久等不到。上了车，高架很堵，天气又很热，王老师额头直冒汗。他同范钦林老师、葛红兵老师、丁罗男老师和黄昌勇老师给论文提出了精到的意见。当天晚餐后，大家一起路边等车。来了一辆出租车，杨老师让我先送王老师回家，并且叮嘱一定要送到楼上，因为王老师刚做了心脏手术，装了几个支架。从王老师家出来的那一刻，就是我和他的最后一面。王老师审读我论文的温婉而又严谨的脸庞，十余年后依然历历在目。

为纪念那段上海的读书时光，现将博士学位论文后记照录于此：

窗外，晨曦微露，杉林静立，点点雪花飞舞，上海南站不时传来火车进站的轰鸣声。春天早已到来，然而上海还是有点冷。这篇后记，似乎三年前就在酝酿，然而，光标闪烁到此处，忽然觉得，这个论文中唯一不需要构思的部分，却难以下笔——除了沉思，少有诗意。

选定这个选题，意味着挑战自己。九十多年前和我同处一个城市的数位智者，留下了卷帙浩繁的小说、散文、书信和日记。虽然界定了具体时空坐标，资料爬梳和立论铺陈的过程依然不时考验我的极限。很长一段时间以来，我久久穿行在带着老上海体温的文字中，想象这几位作家的音容笑貌，努力拼接那个时代的剪影，无法从历史隧道里走出。饱尝论文写作甘苦之后，不禁怀念刚刚过去的这段平静而又充实的时光。夜深人静，躺在床上，思绪盘旋，细数当日收成，感到发自内心的满足。从胡适的广博、徐志摩的才情、梁实秋的雄辩以及林语堂的智慧中走出时，我感到思维方式和行文风格都发生了变化，于是，有了对先前文稿痛下杀手的勇气。这一点，让我感到欣慰。

这种治学的欣慰，是导师杨剑龙老师开列的秘方。本论文从选题、写作到修订，一直得到杨老师的悉心指导。老师在文稿上密密麻麻的修改笔迹，令我汗颜。当然，我也从未设想过自己能走得这么远。十五年前，十七岁的我中师毕业，来到松林环抱的山村中学教书，孤灯眺望寒夜，阵阵松涛陪伴无梦的酣眠和点点星光。六年前，我走下豫南小镇的讲台，踏上拥挤的列车，在一个秋日的午后，我闻到了北碚雾霭的温润气息。山高水长，千里之外，妻儿满眼别离的泪光。三年前，我游荡在西子湖畔，白堤上的桃花，让人不忍转头凝望。在人生交叉路口，杨老师将我"打捞"，我有幸得以忝列门墙。现在还清晰记得，接到老师录取电话的那个早晨，眼前所有花朵都仿佛瞬间绽放。杨老师谈话，开场通常是"各位朋友"，表达意见一般是"我想"，默认每个学生都是独立、成熟、细心和勤奋的个体。因为处事疏忽和学术怠惰，我曾被老师严厉批评，有时倍感压力，时刻觉得背后有一双眼睛。我知道，这是我的幸运，因为从杨老师那里受到严谨的学术训练，必将让我长久受益。同样感谢任老师，她为家庭辛勤操劳，让杨老师潜心学术和培育学生。她还牵挂我妻子的工作和孩子的成长，曾装了满满几大包儿童衣物，让我带回杭州。2010 年春夏，海华在课余时间来到上师大校园，和我们一家人共同度过很多快乐时光，高考序幕早已拉开，祝他好运！

三年来，在课堂上聆听了杨文虎、苏智良、孙景尧、刘旭光诸位老师的教诲；开题和预答辩过程中，王纪人、孙惠柱、刘忠、钱文亮诸位老师悉心指点；推出学界首部自由主义文学研究专著的刘川鄂老师，也拨冗指导本文；葛红兵老师、黄福寿老师、高丽静老师也一直关注我的学业，毛奎林和杨洋女士校订了英文摘要。以上诸位师友，都是我要衷心感谢的。

在硕士生导师王本朝老师的细心指导下，我这位山村教师有幸得以窥见学术和思想的门径。王老师搬进新家的第一个春节，邀请我们一家三口去他家里过年，那是我在西南大学最美好的记忆之一。离开北碚后，王老师和师母兰友珍女士一直关注我的学业和生活，他们和蔼的笑容永驻我心，他们的鞭策是我前行的力量。攻读博士学位的三年里，我得到了同门陈海英的真诚帮助，感受了高兴、刘畅、满建、赵鹏、陈卫炉、贾伟、张勐、吴智斌、王晶晶、李彦姝、陈冬梅、陈永有、王童等给予的杨门温暖，体味了程庆华、彭志军、姚连兵、刘坛茹、张振国、张凯、魏现军、毕谦琦、张盛满、王翠、李杰玲、王文敏等诸位同窗的友情，领受了张毅、刘鲁嘉、王妮、王丹、魏书琴、周茂、吕行等硕士同门和朋友的关爱。尤其要感谢刘坛茹，他的治学路径让我受益良多，也开拓了本文的研究视野。2012 年春节，十几位坚守在上海的同窗共度除夕，餐桌简陋，却摆满了各地风味的佳肴，欢声笑语令人难忘。有多位学友的陪伴，学思湖畔苦读的日子充满美好回忆。

最后，我要对妻儿深表歉意。妻子一直在背后默默掩护我，为了我的学业，她付出的太多，得到的太少，跟着我吃苦受累，一边读硕士一边带孩子，用隐忍和坚强诠释了"为母则刚"的含义。她还悉心校订了本文，减少了文稿中的错漏。儿子电话中最喜欢问的是爸爸何时回来，我到家的第一句话就是爸爸什么时候走。聚散之间，他已从蹒跚幼子长成虎虎少年，而我感到愧疚。六年前，我们背起行囊，一起在渝、沪、杭等地奔波，家的概念似乎与房子无关，在流浪中享受清贫和苦难的快乐。三年来，由于一家三口都在读书，含辛茹苦的两对双亲竭力支持我们。桑华峰、毛运富、常国军、王万志、张传亮、周顺洋、洪赞、余洋、刘昌俊等诸位亲友师长，在我最困难的时候伸出援手，让人情的温暖溢满心田。生活是一种支撑，本无胜败可言，挺住就意味着一切。惟愿以谦卑感恩之心，从这些温暖中采撷光明，点亮船头烛火，继续未来航程。

2012 年 2 月 26 日于上海

十年前的文字，恍如隔世。师友和亲人，远行、离别或相守，他们都慷慨馈赠于我。衷心感谢本书责任编辑慈明亮先生，他严谨细致的工作使得本书得以顺利出版。我的研究生许芸萱帮助审读了书稿，在此一并致谢。本书部分章节曾在《暨南学报》《现代中国文化与文学》《出版科学》等期刊上发表，对诸位编辑谨致谢忱。文学是人学，文学性是人性。文学研究让我感受到的不是皓首穷经的冷板凳，而是人与人心灵相通的感动和让生命不再孤独的温暖。

2023 年 6 月 3 日于杭州钱塘江畔